살수의 꽃 1

살수의 꽃

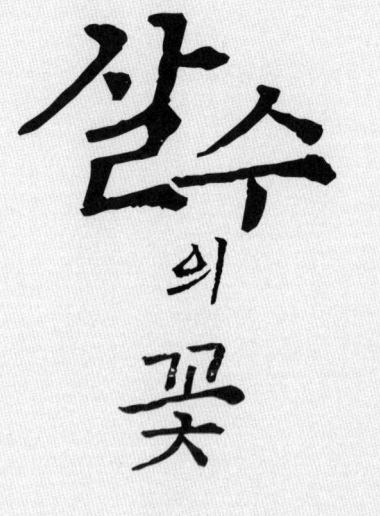

1 을지문덕의 약조

윤선미 장편소설

차례

1권 을지문덕의 약조

폭풍 전야	7	자객	167
어머니	13	억울하였느냐?	179
그리고 가리	19	무력한 존재	190
개마무사	33	쇠뇌	199
삶과 죽음	43	목숨값	214
온달 장군을 아니?	58	녹족	226
약조	69	쇠뇌 비기	237
연이은 비보	88	탕척	247
조문	100	전운	261
평강의 의지	113	출정	273
우경 선인	126	중상	283
찔레꽃 향	134	도새	294
재회	143	도발	303
검은 복면	154	임유관 전투	314

폭풍 전야

 짐승들의 울부짖는 소리가 들린다. 온몸에 검붉은 핏물을 뒤집어쓰고 찢어진 아가리 가득 끔찍한 비명을 토해내며 죽어갔던 그 짐승들의 소리. 14년 전 내 염통을 불길처럼 타오르게 했던 바로 그 짐승들이 다가오는 소리를 나는 다시 듣고 있다. 치욕을 잊은 겐가? 자신들의 주검이 산더미같이 묻힐 이곳에 다름 아닌 내가 기다리고 있음을. 저 간악한 짐승들은 정녕 모르는 걸까?
 하늘과 땅이 요하 건너 너른 대지 끝, 병풍처럼 펼쳐진 산정에 잇닿아 있었다. 물기를 머금어 더욱 냉랭한 북풍이 연신 철모 사이로 드러난 살갗을 에었다. 여름에 홍수가 빈번하고 풍사의 피해가 크지만, 땅이 비옥하여 건사만 잘한다면 농사짓기에도 좋은 이곳 요동. 역류하는 물살이 세어 수성전에 임하는 입장에서 적을 방비하기에도 적소였다.

게다가 많은 물자가 요하를 건너 이곳을 통해 고구려로 흘러들었고, 고구려의 물자 또한 면해 있는 여러 나라들로 전해졌다. 요하는 북방 여러 민족과 고구려가 무역할 수 있는 거점이자 고구려가 방비해야 할 최전선 요해지이고, 나아가 대륙을 농락할 수 있는 전진기지였다.

척후 갔던 소동이 돌아와 요하 서쪽의 정황을 알렸다. 탁군涿郡에서 집결한 수隋나라 두 번째 황제 양광楊廣. 수양제의 113만 대군이 강 건너 영주營州까지 진격해 오고 있다는 소식이었다. 행군 길이만 무려 960리에 달했다. 또한 오 층 누선을 포함한 500척에 달하는 함선이 10만 수군을 싣고 동래東萊에서 양광의 진격 명령을 기다리고 있다고 했다. 군량미와 군수 물자를 업은 보급 병사들까지 치면 적의 수가 200만 혹은 300만에 달할 것이다. 14년 전 양광의 선친인 초대 황제 양견楊堅. 수문제이 첫 번째 고구려 침략 전쟁에 나섰을 당시 동원했던 30만 대군의 열 배이자, 고구려 백성 모두를 합친 것에 준하는 실로 어마어마한 수가 아닐 수 없었다.

수제隋帝를 도발하여 원정길에 오르게 한 것은 나의 주군이자 고구려 태왕인 원元 또는 大元 영양태왕이었다. 말갈의 일만 군사를 이끌고 영주 총관을 기습하여 양견을 자극한 것도 원이었고, 돌궐 아장에 행차한 양광의 코앞에서 보란 듯이 돌궐 왕에게 사신을 보내 그를 자극했던 것도 원이었다.

원은 수제를 두려워하지 않았다. 고구려는 왕 중의 왕이자 천족의 후예인 태왕의 나라이며, 명실공히 요동을 포함한 중원의 동북방 일대의 패권을 장악하고 있는 제국임을 공고히 하고자 했다. 원은 이미 수의 도발에 대비하여 성곽 위에 노대를 설치하고, 활보다 사정거리와 관통력과 살상력 모두 탁월한 쇠뇌를 만들도록 했다. 이때 쇠뇌를 만들기 위해 신라의 무기 기술자를 이용한 사실을 양견은 묵과하지 않았다.

양견은 친서를 보내 원에게 조공과 입조를 명했다. 이에 원은 '감히 짐에게' 라며 펄펄 뛰었다. 그를 진정시키기 위해 세 명의 후궁들이 동시에 달라붙어야 했다. 원은 요서의 영주 총관을 기습하는 것으로 거부 의사를 확실히 밝혔다.

당시 원은 직접 말갈과 고구려 군사 1만을 이끌고 요서를 침략했고, 대장군 강이식姜以式 지휘하에 5만의 정병으로 수의 군 30만을 격퇴했다.

이후, 원의 사기는 더욱 하늘을 찔렀다. 또한 아비를 시해하고 황좌에 오른 양광의 패륜에 대한 경멸을 노골화했다. 예와 인, 민을 저버리고 대운하 사업과 정복 사업에만 천착해 백성들을 사지로 내몬 광폭하고 오만한 양광의 나라는 반드시 시황제의 진나라가 패망했던 전례를 따르리라 장담했다.

그러나 담대하고 영민한 원도 백만 대군은 예상치 못한 일이었으리라. 대규모 토목 사업을 벌여 하북에서 강남에 이르는 대운하를 연결하고, 동래에서 대규모 군함을 건조하고 있다는 정보가 간자를 통해 전해지기는 했다. 하지만 5년의 세월 동안 대군을 집결하고 어마어마한 군비를 확충한 것이 오로지 고구려를 향한 경계와 적의 때문이었다는 사실을 읽지 못했다. 그렇게 준비한 엄청난 병력을 일시에 움직였다는 사실만으로도 윈은 기가 찬 모양이었다.

나를 대장군에 임명하고 요동성으로 급파하며 재차 농성에 주력하라 당부하던 원의 표정에서 그의 깊은 시름을 읽었다.

"문덕. 수주^{隋主}의 백만 대군이 나라의 국경을 향해 침략 행군을 단행한 이때 그대를 대장군으로 임명하노니, 북방 최전선 요해지인 요동성을 굳건히 지키라. 또한 수적으로 열세인 아군에게 백병전은 불가하니, 성문을 닫고 농성하며 군세를 아끼라. 때를 기다려 적의 후방을 끊는 기습책은 쓰되, 수성을 도모하는 것을 최우선으로 하라. 요동성의 함락은 곧 황성의 위기란 사실을 명심하여야 할 것이다."

수의 대군 앞에 아군의 형세는 중과부적일 수밖에 없음을 아는 주군의 시름에, 노회한 장수라면 숨이 끊어지는 한이 있더라도 성을 지키겠노라 단언했을 것이다. 그러나 나는 그러지 못했다. 성을 지키기 위해 진력을 다하려면 내가 살아 있어야 했고, 내가 살아 요동을 지켜내야 황성 또한 무사할 것이기 때문이다.

부장인 비유가 기병 백을 이끌고 해자를 건너가는 것이 내려다보였다. 적의 공성전에 대비해 성 밖에서 적이 거할만한 집을 모두 불태우고 양곡과 백성들을 성 안으로 옮기는 것이 그의 임무였다. 견벽청야堅壁淸野. 성벽을 튼튼히 하고 들판을 깨끗하게 한다. 즉 성벽을 견고히 다지고 들판의 곡식을 모두 없애 적의 군량 조달을 미리 차단하는 전술이야말로 이악스럽게 성에 매달릴 적을 지치게 할 수 있는 첫 번째 방책이자, 대군을 상대할 수 있는 유일한 방책이었다.

붉은 노을이 마수산 너머로 기울어 요하의 수면 위에서 일렁일 즈음, 성 밖 여기저기에 벌건 불길이 치솟았다. 초가에 붙은 불길은 삽시간에 백성들의 가옥과 세간을 잿더미로 만들었다. 부경 안에 쌓였던 양곡들은 이미 소가 끄는 수레에 실려 성 안으로 옮겨지고 있었다. 밥을 짓고 구들을 땔 나무들도 죄다 벌목되어 끊임없이 날라졌다. 나머지는 모두 불태워 버렸다. 적에게 군수 물자로 쓰일 나무라면 없느니만 못했다. 야철장의 쇠와 농기구는 적에게서 지켜내야 할 가장 중요한 물자였다. 이 또한 경첩 하나 남기지 않고 성 안으로 옮겼다.

불길 속에서 피어난 매캐한 연기와 구수한 나무 탄내, 바람 쫓아 두둥실 떠오르는 잿가루가 높은 성벽을 가볍게 타고 넘어 성루 위에서 넘실댔다. 짜릿한 전율이 냄새와 연기와 재와 함께 전신을 훑고 훑었다.

눈을 제대로 뜨지 못하는 것은 검은 재와 연기 탓만은 아니었다. 두려움 탓이었다. 백만 적의 수효가 두려움의 근원이었고, '거오해서 더욱 괘씸한 원의 죄를 묻겠노라'며 일거에 대군을 이끌고 천 리 길을 달려오는 적의 기세가 살 떨리게 공포스러웠다. 두려움은 이내 심중에서 가장 약한 살을 파고들었다. 그리고 불길 속에 저릿한 통증이 함께 떠올랐다.

내 고향 석다산에 화전하는 이들이 곧잘 있었다. 화전을 하려면 불을 놓아 나무와 잡풀들을 태워야 했다. 겨우내 바짝 마른 나무며 잡풀들이 삽시간에 잿빛 연기를 내며 타들어 가다가 끄트머리 파 놓은 고랑에서 까무룩 사위었다.

간혹 작은 불씨가 날아가 애꿎은 나무에 불집이라도 놓을라치면 어디선가 삼끈으로 채머리를 동여맨 작은 여자아이가 달려와 어린 소나무 가지로 부산을 떨며 불씨를 잡았다.

"너는 어째 그리 조심성이 없니? 산불이라도 나면 장형을 면치 못할 것인데……"

작은 여자아이는 길고 또렷한 눈꼬리를 할기족족하다가 긴 머리채를 채찍처럼 휘두르고는 길을 달려 내려갔다.

그 달음질이 어찌나 민첩하고 재바른지 동네 아이들은 여자아이를 '사슴발'이라 불렀다.

어머니

어머니 우씨는 연나부 출신이었다. 우황후를 배출한 명문 일족의 먼 친척뻘이었다. 그러나 수차 황후를 낸 갑족과 변변한 관직도 없이 몇 대를 방계로 이어온 한미한 집안과는 윗대에서 이미 내왕이 끊긴 지 오래였다.

아버지는 요동성 밖에 터를 잡고 요하를 넘나들며 흥정을 붙이는 거간꾼이었다. 여러 나라가 난립하는 중원뿐 아니라 말갈과 돌궐, 거란, 토욕혼의 장사치들을 상대로 고구려의 물자를 소개해주고 구전을 챙겼다. 팔려는 자와 사겠다는 자의 신원을 보증하고, 피아간 셈이 기울지 않게 적정하니, 청탁이나 의뢰가 꽤 있었다. 종종 구전 아닌 이문이 낫지 않겠느냐 충돌질하는 이가 생겼다. 물론 자금력만 따랐다면 애초에 상단이라도 꾸렸을 것이다. 그러나 현실은 뜻한 바와 달랐다.

주周, 또는 북주나라의 상단에서 신루지鯨樓脂를 찾고 있었다. 신루지라면 고래의 기름을 이르는 말이었다. 고대로부터 고래는 귀족과 황족들의 잔칫상에 빈번히 오르는 고기로 쓰이기도 했지만, 신라와 백제에서는 숭앙하는 바, 간혹 포획 금지 대상이 되곤 했다.

고구려에서도 고래를 바다의 용이라 하여 영험한 동물로 귀히 여겼다. 대신 고구려에서의 쓰임은 달랐다. 그 기름을 짜내 추운 겨울 몸에 열을 내게 하거나, 높은 온도의 불을 피워 양질의 철을 생산할 수 있는 초탄의 원료로 사용했다. 특히 중국 황실에서 등기름으로 주로 쓴다 하니 잰 체하는 귀족들이 앞다투어 물건을 사 쟁였다.

동쪽 바다에는 이삼십 마리씩 떼 지어 다니는 집채만한 고래가 자주 출몰했다. 선단을 이루어 이를 쫓는 무리도 있었다. 고래 한 마리 값은 어지간한 기와집 한 채와 맞먹었다. 귀하고 고가인 만큼 일개 거간꾼에게 직접 사서 파는 것은 무리였다. 상단에게 고래잡이 선단을 연결해주거나 중간에서 가격을 흥정해주는 정도가 고작이었다.

이때, 요동성 인근에서 돈 꽤나 굴린다는 상두라는 부자가 찾아왔다. 두어 차례 거래로 면식이 있는 자였다. 어디에서 들었는지, 잘 되면 천금을 벌 수 있는 일인데 왜 주저하냐며 거간이 아닌 중간상 노릇을 부추겼다. 빚이라 여기지 말고 쓰라며 차용증 한 장에 담보도 없이 은자 오천 냥을 선뜻 내놓고 갔다. 아버지는 즉시 고래잡이 선단을 수배하기 위해 동쪽 바다로 향했다.

떠나기 직전, 아버지는 어머니의 두 손을 맞잡고 전에 없이 뜨거운 포옹을 해주더라고 했다. 결기에 찬 눈빛을 빛내며 웃어주더라고, 고래 등 같은 기와집은 아니더라도 사람을 부려야 할 만큼의 세간을 갖춘 아담한 기와집에서 고운 벽사로 옷을 해 입을 수 있게 해주마 약조하더라고, 어머니는 그날의 일을 생생히 떠올리곤 했다.

당시 어머니는 명치께가 찌르는 듯 아팠다고 했다. 같이 살아온 십여 년 세월 동안 살가운 맛이라고는 삶아 빤 내의 속 옷엣니만큼도 찾기가 힘들더니 상빈한 아내의 마음을 이제야 알아주는 겐가, 하면서도 사내의 다짐 내지 앞날에 대한 기대가 과한 탓이려니 애써 외면했다. 눈물을 찔끔거리거나 속히 오라 채근하는 것은 큰일 하러 가는 사내의 발목을 잡는 부덕한 짓이라 여겨 절대 하지 않았다. 대신 아담한 집과 벽사가 아니더라도 좋으니 무사히만 돌아와 달라고 하늘에 빌고, 땅에 빌고, 돌아가신 선친께 빌었다. 복중 태아가 세상에 나왔을 때 아비가 탯줄을 끊어줄 수 있기만을 바랐다.

그런데 아버지는 돌아오기로 한 날로부터 보름이 지나도록 돌아오지 않았다. 초조한 어머니는 점점 불러오는 배를 안고 매일 강나루로 나갔다. 장사치들이 보이면 '을비류'라는 이름과 인상착의를 대고 행방을 물었다. 아무도 본 사람이 없었다. 미처 신루지를 구하지 못하여 동쪽 바다에 발이 묶여 있는 겐가 싶어, 지나는 소금 장수를 잡고 물었다. 소금 장수는, 동쪽 바다에는 조수가 없어 소금을 만들지 않는다고 했다. 그쪽에서 오는 게 아니니 모른다는 소리였다.

그렇게 또 얼마의 시간이 지났다. 드디어 고대하던 아버지가 돌아왔다. 사공 하나가 노 젓는 작은 돛배에 실려 왔다. 그러나 약조했던 벽사도, 신루지도, 은자 오천 냥도 품고 있지 않았다. 멍석에 싸인 것은 고약한 냄새를 풍기며 썩어가는 시신뿐이었다.

시신을 인도해준 무려성武閭城 관원의 말로는, 열흘 전 묵었던 객잔에서 주검으로 발견되었다고 했다. 자상이나 타박, 독살 등 어떠한 타살 흔적도 찾을 수 없었다는 설명을 덧붙였다. 신루지 혹은 은자 오천 냥의 행방을 묻는 어머니의 물음에, 내 어찌 아느냐 타박만 늘어놓고 관원은 속히 사라졌다. 하루아침에 어머니는 지아비를 잃은 과부가 되었다.

뜻하지 않은 변고로 치러진 장례식은 경황이 없었다. 조문객을 청할 틈도 없었다. 대신 청하지도 않은 채귀가 구들을 베고 누워 치레 끝나기만을 기다렸다. 상두가 아버지가 수결한 차용증을 들고 나타난 것이다.

그는 아버지의 집과 전답뿐 아니라 혹한기를 견뎌내기 위해 준비해두었던 곡식이며 말린 고기, 짐승의 모피, 심지어 집안의 놋수저, 부부가 함께 덮고 자던 낡은 털 이불까지 몽땅 챙겨갔다. 게다가 모자란 빚 대신이라며 임신한 어머니마저 침방으로 끌어들이려고 했다.

어머니는 상두가 만취해 쓰러져 있는 틈을 타 야반도주했다. 혹여 덜미가 잡힐까 달그림자만 밟고 처마에 바짝 붙어 다녔다. 의지가지 없는 어머니에게 돌아갈 곳은 없었다. 굶기를 밥 먹듯 했고 남의 찬방에 숨어들어 쉰 밥 한 덩이 훔쳐 먹는 것이 고작이었다.

그렇게 석 달이 지나서야 어머니는 죽을 자리를 찾았다. 평양성 인근 석다산 산허리였다. 이태 전 홀로 살던 노망난 노파가 죽어 나갔다는 초가 한 채가 있었다. 근처를 지나다 귀신을 목격했다는 소문이 심심치 않게 들리는 흉가였다. 어머니는 부러 그 집에 들었다. 흉가에 갈 곳 없는 타지인이 들었다 하여 이러쿵저러쿵 세정내는 이는 없을 것이라 여겼다. 더욱이 소리소문 없이 죽을 자리로 그보다 더한 자리는 없을 터였다.

폐가의 안방 자리에 누운 첫날 밤, 어머니는 뼈가 벌어지고 살이 찢어지는 산통 속에 나를 낳았다. 남은 한 달을 다 채우지 못한 조산이었다.

초봄에 쫓겨가는 동장군의 시샘은 밤새 눈발을 쏟으며 혹독했다. 어머니는 군불도 때지 않은 차디찬 구들 위로 미끄러져 내린 핏덩이의 탯줄을 생니로 끊었다. 지독한 산통과 과다한 출혈로 잠시 의식을 잃었다가 깨어보니 갓 태어난 핏덩이가 여러 날 굶어 젖은커녕 추위에 뻣뻣해진 젖꼭지에 매달려 울다 빨다 자다를 반복하고 있었다. 그제야 그곳이 죽을 자리가 아니라 살 자리라는 사실을 어머니는 깨달았다.

당장 호구지책이 필요했다. 어머니는 산 중턱에 밭을 일구기 시작했다. 산에는 이름처럼 바위와 돌 천지였다. 다행히 폐가 가까이 폐전이 있었다. 몇 해 전까지 죽은 노파가 갈아먹던 자리로 두더지 굴 천지였다. 어머니는 몇 날 며칠 한 자리를 파서라도 두더지 굴을 찾아내 불을 놓고 구멍을 메웠다. 그리고 사방에 대나무를 꽂고 멀리 난 측백나무 가지를 꺾어다가 삽목했다. 다시 기어들 두더지를 막기 위함이었다.

도망 나올 때, 겨우 챙겨 나온 옷 몇 벌을 밑절미와 당장 먹을 양식으로 바꾸었다. 어머니는 젖 물리는 시간 외에 해 질 무렵까지 밭일을 멈추지 않았고, 밤이면 침침한 호롱불 밑에서 베를 짰다. 겨울이면 낮 내 베를 짜고 밤에도 베를 짰다.

몇 해 그렇게 억척을 떨고 나서야 애옥살이는 겨우 면할 수 있었다. 또 몇 해가 지나서는 살고 있던 폐가와 주변 땅을 아예 사들였다. 일꾼을 사서 폐가와 나란한 기둥을 새로 세우고, 서까래를 잇대어 새 볏짚으로 지붕을 올린 뒤, 부서진 문짝과 꺼진 마루까지 고쳐놓았다. 폐가는 온데간데없고 세 칸짜리 말끔한 초가가 되었다.

그러나 불혹에 이르지도 못한 어머니의 등은 이미 새우처럼 굽었고, 손등은 오이 껍질처럼 까칠해 마디마다 못이 박혔다.

그리고 가리

나는 내어나 일곱 해가 바뀔 때까지 석다산 인근을 벗어난 적이 없었다. 산 아랫동네 아이들은 '폐가 도깨비'라고 놀렸다.

대낮에 돌아다니는 도깨비에게 천둥벌거숭이 같은 아이들은 삿대질하고 돌을 던졌다. 썩 물러가라며 욕도 했다. 그때마다 어머니는 짊어지고 갔던 조나 수수, 마, 약초 따위를 장꾼에게 던져놓고 내 손을 바삐 잡아끌며 산으로 돌아왔다. 내 얼굴을 쓰다듬으며 괜찮다, 괜찮다, 했지만 나보다 어머니가 더 괜찮지 않아 보였다.

또래와 노느니 산을 놀이터 삼아 산새들의 노래에 대꾸하며 노는 게 만사 편했다. 산으로 들로 사슴이나 다람쥐를 쫓으며 놀다 보면 해거름이 되어서야 집 생각이 났다.

약초려니 씹은 독초 때문에 까무러치는 일도 있었다. 죽음이 뭔지 모르는 어린아이가 '죽는구나' 하고 눈을 감았다 뜨면 집이었다. 어머니는 밭일하고 약초를 캐다가도 산 어디쯤 있을 내 모습을 찾고 내 소리를 더듬는다고 했다. 그 소리가 들리지 않거나 보이지 않아 달려가 보면 영락없이 독초를 먹었거나 벌에 쏘여 자빠져 있는 내가 있더라고 했다.

"어머니는 진짜 귀신인가 보우. 내가 아무리 숨어도 한 식경이면 찾아내잖소."

어머니는 그때마다 희미하게 웃었다.

"아무렴 달 뒤로 가 숨는다고 내 널 못 찾을까? 귀신이 아니라도 어미는 널 찾을 수 있다."

어머니가 쓰러지던 날도, 나는 어머니와 숨바꼭질하고 있었다. 해 질 무렵까지도 내려가지 않으면 찾으러 올 것이었다. 한 식경이 지나고, 두 식경이 지나고 목을 빼고 교망하다 그만 잠이 들었다.

얼핏 귀에 익은 어머니의 발걸음 소리가 들렸다.

"어머니!"

잠결에도 놀라게 하려고 '우왁', 했는데 두 눈깔이 억실억실한 수리부엉이 한 마리가 풍양나무 위에서 푸드덕 날아올랐다. 어머니는 없었다. 휘영청한 만월이 높다란 나무숲 우듬지에 걸려 황연했다.

"너무 멀리 왔나?"

어두운 탓에 눈 감고도 다녔던 산길을 더듬더듬 내려와야 했다. 허방에 발을 헛디뎌 두어 번 뒹굴고 나무 등걸에 걸려 땅에 코를 박기도 했다. 사사삭 지나는 게 독뱀인지, 어린 시절 어머니가 자장자장 하며 들려주던 옛날이야기 속 사람 탈을 쓴 여우인지 알 수 없어 뒷골이 쭈뼛했다. 시야에 집이 보일 때까지 꽁무니가 빠지도록 달렸다.

"어머니!"

소리치면 어머니가 마당 밖까지 달려 나와야 했다. 그런데 마당을 밟기가 무섭게 내처 구들방 안으로 미투리를 끌고 들어설 때까지도 어머니는 보이지 않았다. 구들 모퉁이에 놓인 부싯돌로 불을 당겨 등잔 심지에 붙이고 나서야 어머니가 보였다.

어머니는 멍석 위에 모로 누운 채 가슴을 쥐어뜯으며 신음하고 있었다. 소리치고 흔들어도 의식은 없었다. 열이 올라 헛소리만 했다.

"덕아. 덕아……."

"어머니, 덕이 여기 있소. 안 보이오? 나 안 보이오?"

얼른 이불을 끌어다가 덮어주고 군불을 땠다. 사지를 주무르는 동안에도 어머니의 헛소리는 이어졌다.

"덕이 아버지…… 살만하우? 내 숨도 거의 다 된 것 같소."

"무슨 소리요, 어머니? 죽은 아버지는 왜 찾는단 말이오? 내 안 보이오?"

어머니가 기침하며 뱉어낸 가래에 피가 섞여 나왔다. 숨소리는 점점 거칠어졌다. 아무 생각이 나지 않았다. 어머니를 살려야 한다는 생각뿐이었다.

나는 단걸음에 산 아랫동네까지 내달렸다.

가끔 어머니가 약초를 바구니 가득 캐 가져가면 보리쌀 몇 되, 백미 한 되씩을 꾸려주던 약방 의원을 알고 있었다. 약 쓰는 비방이 워낙 용해서 황성의 태의조차 다녀간다고들 했다. 장거리 끝 모퉁이 기와집이 그 연 의원의 집이었다. 문설주 위에 꽂아둔 등롱불 빛 덕에 어둠 속에서도 쉽게 찾을 수 있었다.

밤이 깊어 대문은 굳게 닫혀있었다.

"이보시오, 의원님! 문 좀 열어주시오! 내 어머니 죽소! 제발 문 좀 열어주시오!"

부서지라 두드리는데도 문은 열리지 않고 기척도 없었다. 장거리가 쩌렁쩌렁 울리는 고함에도 코빼기 한 번 내비치는 이가 없었다.

"연 의원을 찾아온 게냐?"

얼마를 정신 빠진 아귀마냥 문에 매달려 통사정하고 있으려니 뒤에서 부르는 이의 소리가 들렸다. 등롱 불빛에 비친 모습은 언뜻 키가 작고 몸체가 가냘픈 예닐곱 살 남짓 여자아이였다.

"누가 장거리가 떠내려가라 돼지 멱을 따나 싶었는데 '폐가 도깨비' 너였구나."

여자아이는 나를 아는 듯했다. 양미간을 찌푸리고 자세히 그 낯을 들여다보았다. 가끔 어머니의 화전 만드는 일을 돕는 내게 야단을 부리고 사라지거나, 개울에서 고기 잡는 것을 지켜보고 섰다가 돌을 던지고 도망치던 시비쟁이 여자아이였다.

여자아이는 들으라는 건지 그냥 하는 소린지 연신 참새처럼 조잘댔다.

"연 의원은 매일 해지기 시작하면 술을 마신다. 끊으라 소리 해도 들은 척도 않는다. 아마 부인이 폐질로 죽고부터 적막해서 그러는 모양인데……. 내외의 금실 좋기가 이만저만한 게 아니었다. 연 의원이 약초를 캐러 나갈 때면 망태보다 먼저 챙기는 게 부인이었다. 연의원은 부인이 해준 밥이 그 어떤 산약초보다 보약이라고 했다. 그런데……."

"연 의원 어디 계시냐? 우리 어머니가 아프시다."

색썩은 소리를 듣고 있을 새가 없었다. 연 의원의 부인이 폐질로 죽었든 아니든, 내게 중요한 것은 연 의원이 지금 어디 있는가였다.

급박한 물음에 잠시 말을 끊고 보던 여자아이가 담 위를 가리키며 말했다.

"날 올려줘."

"뭐?"

"연 의원을 깨워야지. 술 취하면 귀신이랑 얘기하다가 잔다 하더라. 그게 무서워서 종놈들도 오래 붙어 있지 못하고 다들 그만뒀다. 나는 연 의원과는 막역한 사이니 깨우는 방법을 안다."

여자아이는 의원 집 사정을 속속들이 아는 듯싶었다. 귀가 솔

깃했다. 아는 처지도 아닌데 도와준다고 하니 고맙기도 했다. 또한 한시가 급했다. 나는 선뜻 담벼락에 붙어 허리 굽히기를 마다하지 않았다. 여자아이가 내 등을 밟고 훌쩍 담을 뛰어넘었다. 이어 담 너머에서 여자아이의 소리가 들렸다.

"기다려라. 깨우려면 시간이 좀 걸릴 게야."

사부작대던 여자아이의 발소리가 금세 사라졌다. 초조하게 오락가락 서성이는 내 머리 위로 만월이 따라다녔다.

"아직 멀었나?"

만취한 의원을 깨우기가 수월치 않은 모양이었다. 담을 넘어가 의원을 끌고 나올까도 싶었지만 참았다. 의원을 잘 안다는 여자아이와는 입장이 달랐다. 담을 넘다가 걸리면 도적으로 몰릴 수도 있었다. 어머니를 구하는 것이 중했다. 그러기 위해서는 여자아이가 의원을 데리고 나올 때까지 기다리는 것이 상책이었다. 의원이 나오기만 하면 끌고 가든 업고 가든 집으로 데려가기만 하면 되었다.

멀거니 기다리고만 있자니 참을 수 없는 요의에 배 아래가 조여 왔다. 대문 앞쪽에 오줌을 누는 게 미안해서 담을 돌아 구석으로 갔다. 바지춤을 끄르기가 무섭게 오래 참았던 오줌이 쏟아졌다. 굵고 힘찬 오줌발이 담벼락에 부딪혔다가 흙바닥에 떨어졌다가 미투리 위로도 튀었다.

어디선가 두런두런 소리가 들렸다. 이번에는 의원 집 뒷문 쪽이었다. 넝기슭 아래 달아맨 등롱 불빛에 뒷문을 나서는 그림자가 보였다.

"이 밤에 왜 또 이러는 게냐?"

"조용하시래도요."

"네 아비 만취해서 숨넘어가는 소리 한두 번이냐? 그냥 술을 끊게 하든가, 내 지난번에 준 환약이라도 먹여서 푹 재우든가."

"당장 죽겠다는데 어떡하오? 지난번처럼 침이라도 한 방 놔 달란 말이오."

"이 년아, 너 때문에 네 아비보다 내가 먼저 저승 문턱을 넘겠다. 사람이 잠을 자야 살지. 밤마다 귀신처럼 쫓아와 성화를 부리면 어쩌누?"

당기고 뻗대고 옥신각신하던 두 개의 그림자 앞으로 다가가자, 작은 그림자가 펄쩍 뒤로 물러섰다. 담을 넘어갔던 여자아이였다. 여자아이에게 팔이 잡힌 장년의 사내는 반쯤 풀어헤쳐진 상투를 연신 걷어 올리는 것이 자다가 채비도 없이 끌려 나온 듯 보였다. 주먹코에 눈꼬리가 관자놀이께까지 길게 빠진 장년의 사내는 몇 차례 면식이 있어 금방 알아볼 수 있었다.

"연 의원 어른……"

"내 아버지가 먼저야!"

내가 의원을 알아보자 여자아이는 다짜고짜 성을 냈다. 그제야 뒷문으로 빠져나오던 두 사람의 사정을 눈치챌 수 있었다. 여자아이는 내 처지를 가엾이 여겨 내 등을 밟고 월담한 것이 아니었다. 제 아비를 의원에게 먼저 보이기 위해 내 등을 이용한 것이었다. 은인이 아니라 새치기 사기꾼이었다는 소리다.

황망하여 말을 잇지 못하고 있는 동안에도 여자아이는 펄펄 뛰며 연 의원을 잡아끌었다.

"가요! 우리 아버지 먼저 살려 달란 말이오!"

"무슨 짓이야? 내 어머니 살리려고……! 의원님을 깨워야 한다고……! 그래서 담 위로 올려줬더니……!"

나는 그예 분기를 참지 못하고 가래기 시작했다. 여자아이도 지지 않고 포달을 떨었다.

"내가 언제 네 어머니 살린다고 했어? 의원님 깨워야 한다고 했지, 이 바보 녀석아!"

"누가 바보냐? 나를 속이고 의원님을 가로채려는 이 가짓부리 사기꾼아!"

"내가 의원님을 깨웠고 내 아버지도 급하단 말이야!"

듣다 못한 연 의원이 여자아이를 돌아보았다.

"가리야, 잠깐 이 손 놓아라."

"안 돼요, 어르신! 우리 아버지 잘 아시잖소! 저러다 죽으면 전……."

"가리야."

연 의원이 낮고 단호하게 일성하자 '가리'라는 아이는 더 이상 채근하지 못했다. 다만, 연 의원이 난발한 머리카락을 끌어 올려 삼끈으로 다시 동여매는 꼴을 억울한 표정으로 보고만 있었다.

연의원이 등롱불 빛에 비친 나를 알아보았다.

"너는 석다산에 사는 아이가 아니더냐? 너도 나를 찾아온 게냐?"

나는 일단 급박한 상황부터 전했다.

"어르신, 어머니가 갑자기 쓰러져서는 가슴을 쥐어뜯고 객혈을 하셨소. 의식 없는 와중에도 선친을 찾으며 허성을 늘어놓으니 당장이라도 돌아가실 것 같소. 폐질인가 보오. 유복자로 소인을 낳아 십 년 동안 허리 한 번 펴지 못하고 고생만 하신 우리 어머니요. 제발 좀 살려주시오."

가만히 사정을 듣고 있던 연 의원이 가리를 돌아보았다.

"가리야, 어씨하련?"

이때껏 자신이 먼저라고 생떼를 쓰던 가리건만, 무슨 이유에선지 시선을 외면한 채 말이 없었다. 어두워서 표정을 정확히 읽을 수 없었다. 다만 잠시 후, 가리의 음성이 풀피리처럼 가늘게 떨렸다.

"지난번 그 약을 먹이라 하셨소?"

가리는 체념한 듯 고개를 떨구었다.

"그래. 그리하면 된다."

"그럼 금방 괜찮아질 거란 말씀이오?"

"잠이 들 게다. 일간 약방에 들르라 하고."

재차 연 의원에게서 '괜찮다'라는 확신을 듣고서야 그의 소맷자락을 틀어쥐었던 가리의 손이 떼어졌다.

"가지. 위독하시다 하지 않았나."

연 의원이 나를 앞세워 갈 길을 재촉했다. 돌연 수그러진 가리의 태도가 적잖이 신경 쓰여 발걸음이 쉽게 떨어지지 않았다. 나는 슬그머니 뒤를 돌아보았다. 가리는 이미 사라지고 없었다.

한밤중이 되어서야 집에 당도할 수 있었다.

연 의원은 여전히 의식을 차리지 못하고 누운 어머니의 맥을 짚고 눈꺼풀을 까보았다. 다행히 폐질은 아니라고 했다. 그렇다고 두고 볼만한 경증도 아니라고 했다.

의원은 나에게 일러 어머니의 웃옷을 벗기게 했다. 노상 드러내놓고 있어 검어진 낯과 거칠어진 수족을 뺀 어머니의 속살은 의외로 하얬다. 뽀얗고 하얀 속살 속에서 울퉁불퉁하게 굽이진 등뼈의 돌출 부분이 얇은 살가죽을 뚫고 튀어나올 것만 같았다.

연 의원은 어머니의 굽은 뼈를 따라 침을 놓았고, 등에 뭉친 어혈을 빼기 위해 부항을 떴다. 검붉은 피가 하얀 살가죽을 타고 흘러 바닥에 깔린 멍석을 검게 물들였다. 나는 헤진 천 조각을 가져다가 멍석 위에 퍼지는 피를 닦았다. 걸레질을 하는 내 손에 살스러운 힘이 쥐어졌다.

어머니로 말미암은 이 피가 내 어미를 아프게 했고, 이 피가 내 어미를 신음하게 했고, 이 피로 인해 내 어미가 생사의 기로에 섰다는 사실에 분심이 일어 짚 검불이 뜯어져 너덜너덜해질 때까지 닦고 또 닦았다.

내 해망한 손짓을 연 의원이 지그시 잡아 눌렀다.

"이제 되었다."

잠시 후, 어머니의 온몸에 온기가 돌고 숨이 편해졌으며 굽었던 허리도 다소 펴졌다. 모두 연 의원 덕이었다.

나는 연 의원이 돌아가는 길에 백미 석 되를 어깨에 짊어지고 따라나섰다. 부자들이나 감히 먹을 수 있는 귀하고 귀한 백미를 어머니는 아버지 제사상에 올리려 했던 것이고, 나는 어머니를 살린 의원에게 사례해야 한다고 여겼다. 그러나 연 의원은 한사코 거절했다. 궁박한 살림이라고 환자의 섭생을 게을리하면 아니 되니 차후 병증의 추이에 따른 처치를 받거나 약을 쓰는 데 아끼지 말리는 깃이 그 이유였다.

비탈진 산길 위에서 실랑이가 한참이나 이어졌다. 어머니는 보은을 철칙으로 아는 분인데, 깨어나 사례하지 않았다는 사실을 알게 되면 날벼락이 떨어지리라는 것이 나의 이유였다. 그예 연 의원은 정히 갚고 싶거들랑 나중에 큰 사람이 되어 10배로 갚으라는 것으로 그의 이유와 나의 이유가 달라 빚어진 실랑이를 매듭지었다.

칠 년 동안 산에서만 태어나 자란 불학무식한 촌무지렁이에게 '큰 사람'이란, 실체도 없고 의미도 알 수 없는 막연한 '무엇'이었다. 하지만 나는 꼭 그러마, 하고 약조했다. 그리고 속내 다짐했다. 열 배 아니라 백 배라도 갚을 수 있는 '큰 사람'이 되리라고.

나는 연 의원을 산기슭까지 배웅했다. 연 의원은 처방한 약을 거르지 말고 꼭 달여 먹일 것과 장시간 휴식할 것, 섭생에 힘쓰라는 말을 거듭 당부했다. 그악스레 일에만 매달리는 어머니의 성정을 잘 알고 있는 듯했다.

"가리라는 그 아이 아버님은……."

어머니를 살리고 나니 가짓부리 사기꾼 가리의 사정이 궁금했다. 연 의원은 긴 한숨과 함께 가리 부녀에 대해 말했다.

"술 때문이지. 그리 술을 많이 처먹는데 속인들 멀쩡할까? 가리 아비도 예전엔 그리 참하고 순실한 사람이었는데……."

연 의원은 연신 혀를 차며 안타까운 심정을 드러냈다.

"가리 어미가 폐질로 죽고부터 완전히 사람이 달라졌다. 야철장 일도 때려치우고 술독만 끌어안고 산 게 벌써 두 해를 넘겼지. 그렇게 매일 술 처먹고 똥물까지 게워내니 '나 죽겠네, 나 죽네' 소리가 안 나오고 배겨? 그 소리를 가리 그 어린 것이 듣고 있자니 매번 '죽는구나' 놀라는 게지. 제 아비 말이라면 구정물에라도 뛰어들 만큼 지극한 아이인데……. 하지만 하루 이틀도 아니고 매일 밤 내 집 대문을 두들기면서 성화를 부리니 적이 성가신 게 아니더란 말이지. 술을 끊지 않는다면 절대 낫지 않을 중증을 편작(扁鵲)인들 무슨 수로 치료하겠느냐 이 말이다. 할 수 없이 내 편하자고 실뭉치를 귓구멍에 쑤셔 박고 잔 게 하마터면 너의 어머니마저 영영 불귀의 객으로 만들 뻔했구나. 나의 불찰이다. 의원으로서 참으로 부끄러운 짓을 했어."

가리가 연 의원의 처지라 종알댄 소리가 모두 제 아비 사정이라는 소리였다. 폐질에 걸린 것도 제 어미였고, 그렇게 안사람을 보내고 술로 하세월을 보내는 것도 연 의원 아닌 가리의 아비였다.

그제야 가리를 이해할 것 같았다. 나에게 세상에 어머니 하나뿐이듯, 그 아이 또한 제 아비가 전부인 게다. 괜스레 포달을 떤 게 아니라 급박하고 두려웠던 게다. 그리 혼자되는 것이 두려웠던 게다. 나처럼 말이다. 나처럼 말이다.

**

어머니는 이틀 만에 자리를 털고 일어났다.

당연한 듯 어머니의 걸음은 밭으로 향했다. 만류하는 것으로는 될 성싶지 않아 따라나섰다. 어머니가 손을 바삐 놀리면 서툰 손짓으로 열심히 일을 도왔다. 어머니가 돌을 이어 나르면 더 큰 돌을 골라 짊어졌다. 어머니가 베를 짜면 무너지듯 몰려오는 잠을 쫓으며 밤새 삼을 꼬아 미투리를 삼았다.

원기 왕성한 어린 몸도 간혹 몸살을 앓았다. 그래도 꼬박 하루를 앓고 나면 다시 일어나 어머니를 따라나섰다. 하루 이틀 하다 말겠지 싶던 어머니도, 한 달을 넘기고 두 달을 지내는 동안 자신의 고집이 하나뿐인 아들의 앞날에 아무런 보탬이 되지 않는다는 사실을 깨달았다.

어느 날, 어머니가 굽은 허리를 펴며 일손을 놓고 말했다.

"사내대장부란 자고로 큰물에서 놀아야 하거늘, 덕이 네가 나로 하여 이런 궁벽한 산속에서 썩는다면 그것이 어찌 산송장과 다를 바 있겠느냐."

어머니는 당장 석다산 살림을 정리했다.

바닥을 데우는 구들 중에 겨울에도 불을 때지 않는 빈 구들 하나가 있었다. 그 잿더미 깊은 속에서 철전 한 보퉁이가 나왔다. 어머니가 먹고 자는 것을 최소화하고 억척스럽게 모은 당신의 피와 땀이었다.

잿더미 속에 갈퀴를 넣어 보퉁이를 끌어내느라 어머니의 낯은 거무뎅뎅한 그을음이 묻어났다. 그을음 위로 말간 미소가 번졌다.

개마무사

  어머니는 석다산을 내려와 장거리에 국밥집을 열었다. 매일 새벽 돼지머리를 끓이다가 갖가지 산약재와 함께 폭 고아냈다. 누린내가 나지 않아 구수하고 약초 내를 더해 향긋하니, 한 번 먹어본 사람치고 단골이 되지 않는 사람이 없었고, 입소문이 퍼져 장날이면 문전성시를 이루어 손이 달렸다.
  어머니 집에 단골로 드나들던 불거로라는 초로가 있었다. 요동 출신으로 한때 고구려 사신들의 역관 노릇을 하며 주나라를 자주 오갔다고 했다. 어머니는 불거로를 나의 글 선생으로 맞이했다. 나는 그에게서 중원의 글과 말을 배웠고, 그가 체득한 세상의 기기묘묘한 풍속과 문화, 본 적도 없는 생경한 물건들 얘기에 감탄사를 연발하곤 했다.
  그는 식견이 넓을 뿐 아니라 무예에도 재주가 있어 내게 궁술을 따로 가르쳤다. 나는 워낙 강골인 데다가 또래에 비해 체신이 크고 궁술에 대한 흥미가 다분해 금세 그의 기술을 습득했다. 가르치는 족족 잘 따라오는 제자를 불거로는 흐뭇한 표정으로 지켜보곤 했다.

종종 가리와도 마주쳤다. 여전히 긴 머리채를 흔들며 장거리를 쏘다니는 뻘때추니였지만 서로 아는 체는 하지 않았다. 멀리서도 눈이 마주치면 새치름하게 고개를 돌리는 가리였다. 연 의원으로부터 가리의 아비가 폐앓이를 한다는 소리를 들었지만 내 알 바 아니었다.

**

따사로운 햇살이 살풋 잠을 부르는 봄날이었다.

장이 서는 날이면 한산했던 장거리가 인근에서 몰려드는 사람들과 팔고 팔리는 갖은 물자들, 가축들로 북새통을 이루었다. 굳게 닫혔던 점방들은 이른 새벽부터 문을 열었다. 산기슭에서 병아리를 키워 기르던 영감은 어리에 장닭 몇 마리를 담아 들고 장판으로 나왔다. 암탉은 노계가 되어서야 팔았다. 알을 낳고 품어야 할 중요한 재원이기 때문이다.

푸줏간 주인은 전날 잡은 개와 돼지, 닭, 꿩 등 고깃감을 손질하느라 여념이 없었다. 벼린 칼날이 지칠 때마다 고기의 가죽과 털은 말끔히 벗겨지고 싱싱한 살이 쩍쩍 갈라졌는데, 부위별로

뼈와 뼈 사이가 분리된 고기는 잠시 후 벌겋고 하얀 속살을 드러낸 채 갈퀴에 걸려 매달렸다.

푸줏간 주인이 쓰는 칼은 그의 오랜 경험과 숙련된 발골 기술의 증거였다. 어찌나 오래 사용했는지 닳고 닳아 어른 손바닥 길이보다 좀 컸다. 그래도 이만한 칼은 구하기 어렵다며 숫돌에 매일 갈기를 쉬지 않는 그였다.

그게 마땅치 않은 옆 점방 주인이 늘 푸줏간 앞에서 뉘 집 칼은 애 좆만 하다며 핀잔했다. 그는 야철장에서 철물을 받아다가 파는 철물간 주인이었다. 칼이나 도끼, 창촉, 화살촉, 철갑 따위 무기류는 야철장에서 직접 나라에 공급하였고, 고깃간 칼을 비롯한 가정에서 쓰이는 식킬, 농사를 싯기 위한 호미 날, 괭이 날 따위가 팔 수 있는 한계였다. 하지만 그마저도 녹록지 않은 값을 치러야 하는 탓에 가난한 백성들은 여전히 나무 호미, 나무 괭이를 쓰는 형편이었으니, 장사가 잘되지 않아 괜히 시새우는 꼴이었다. 이에 푸줏간 주인은 가리 아비의 칼이 네가 파는 칼보다 훨씬 나으니 도리가 없다는 것으로 일축했다. 그리고 가리 아비가 더 이상 칼을 만들지 못하는 것을 아쉬워했다.

이 동리 저 동리 돌며 방물이나 소금을 팔러 다니는 봇짐장수들은 이미 지난 밤 장거리 주막에 들어 있었다. 남보다 빨리 눈에 띄는 좌판 자리를 차지하기 위해 그들은 올빼미 새벽에 일어나 좌판을 펼치곤 했다. 그마저 늦은 이들은 장판 끄트머리에 겨우 자리를 얻을 수 있었다.

남의 점방 앞에 세를 내고 앉은뱅이 좌판을 대는 이들도 있었다. 그 때문에 그리 너르지 않은 조붓한 장거리가 더욱 좁아졌고 장 보러 나온 이들의 행로가 불편할 수밖에 없었다. 그렇지만 장판에 나온 누구 하나 탓하는 이 없었다.

어머니도 장날이면 전날부터 밤을 새웠다. 일 없는 이웃 처자의 손을 빌려 새벽부터 돼지머리를 우리고 밥을 해댔다. 그럼에도 거추장스럽다고 겨를 없는 자리에 오지 말라는 어머니의 지시에 나는 항상 열외였다. 스승에게 글을 배우러 가는 시간이기도 했다.

그날도 그랬다. 어머니가 눈코 뜰 새 없이 국밥을 말아내는 동안 나만 느긋하게 서책을 들고 집을 나섰다. 장판에 깔린 물건들을 보는 재미에 지체하기는 했지만, 사람 사는 모양새, 인간사가 이곳에 다 있다고 어머니는 늘 말해왔기에 장거리는 내게 또 하나의 배움터인 셈이었다.

갑자기 등 뒤가 시끌벅적해졌다. 동시에 지축이 흔들리고 요란한 말발굽 소리가 이어졌다. 돌아보니 희뿌연 잿빛 모래 먼지가 구름떼처럼 몰려오고 있었다. 놀란 사람들은 몰려오는 모래 먼지를 피해 점방 앞으로 바짝 붙어서야 했다.

드디어 커다란 모래 먼지가 점점 다가오면서 위압적인 정체를 드러냈다. 수십 기의 기마병들이 한 줄로 빠르게 말을 타고 달려오고 있었다. 선두에서 펄럭이는 도깨비 귀면상이 당장에라도 깃발을 뚫고 포효할 것처럼 사납게 꿈틀댔다.

"개마무사다!"

누군가 소리쳤다. 머리에 쇠뿔 모양의 철모를 쓰고 온몸에 찰갑을 걸친 기마병들이, 묵직한 마면갑과 찰갑을 발목까지 뒤집어쓴 말을 타고 하늘을 가릴 만큼의 엄청난 모래 먼지를 일으키며 달려왔다. 그 모습은 마치 불길을 뚫고 나오는 야차와 같았다. 격렬한 전투를 치른 지 얼마 되지 않은 듯한 그들의 찰갑과 못신에는 검붉은 핏자국이 선명했다. 후끈한 열기와 함께 비릿한 피 냄새마저 선연하니, 갈도하는 이 없이도 모든 이들을 물러서게 했으며, 보는 것만으로도 기를 삼키게 하기에 충분했다. 그들의 충심과 결속력, 두려움 없이 단신 적진에 뛰어들 수 있는 용맹은 익히 들어 알고 있었다. 공포에 앞서 동경하는 마음이 숨찬 어깨를 들썩이게 하는 이유였다. 그들은 무엇보다 내 나라 고구려의 최전선에서 싸우는 선봉대이자, 최강의 국력을 만방에 떨치게 한 무적의 철갑 부대였다.

마침 누군가 내 팔을 힘껏 잡아끌었다.

"뭐 하는 거냐? 말굽에 밟혀 죽고 싶은 게야?"

그제야 모두가 물러난 자리를 향해 몰려오는 개마무사들을 나 홀로 넋 놓고 막아서고 있었다는 사실을 깨달았다. 개마무사들은 내 눈앞에서도 멈출 기세가 아니었다. 다행히 가리의 손에 이끌려 철물간 벽에 붙어섰으니 망정이지 하마터면 아이 대갈빡만 한 말굽에 짓이겨져 형체도 보존하지 못하고 죽을 뻔한 아찔한 상황이었다.

내가 방금 서 있던 자리를 철갑마들이 뜨거운 콧김을 연신 내뿜으며 지나쳤다. 그동안 나는 모래 먼지 때문에 따가운 눈을 깜빡이면서도 무사들이 모두 사라질 때까지 그들에게서 눈을 떼지 못했다.

"돌아서 가면 한길이구만 왜 꼭 이런 좁은 길로 말을 몰고 들어온담."

불평 소리에 가리가 여태 곁에 있다는 사실을 알았다. 돌아보면 다시 새치름 떨 줄 알았던 가리가 이번에는 내 눈길에도 자리를 뜨지 않고 서 있었다. 그리고 가지런한 잇바디를 드러내며 연신 종알댔다.

"이봐, 이봐. 모래 먼지 때문에 옷 다 버렸네. 유세야, 뭐야?"

"난 개마무사가 될 거다."

옷과 머리에 뽀얗게 올라앉은 먼지를 떨어내느라 분주하던 가리가 나의 뜬금없는 공언에 멈칫 돌아보았다. 공언을 내뱉은 나 자신도 깜짝 놀랐다. 개마무사에 대한 소문은 익히 들어 알고 있었지만, 그들을 처음 목도한 이제야 불현듯 품게 된 생각이었기 때문이다.

곧 가리가 퉁명스레 말을 받았다.

"누가 시켜준대?"

"난 요즘 스승님께 글도 배우고, 궁술도 배운다."

내 손에 들린 서책을 발견한 가리의 입에서 픽, 하는 바람 소리와 함께 비소가 물렸다.

"그런 글 나부랭이나 읽고 무예를 익힌다고 해서 아무나 개마무사가 되는지 아나? 어림없는 소리."

가시 돋친 가리의 말에 뼛성이 돋은 것은 말할 것도 없었다.

"네가 무어라고 참견이냐? 네가 나에 대해서 무얼 안다고? 이 가짓부리 계집애야!"

갑작스러운 나의 통박에 가리는 적이 놀란 모양이었다. 큰 눈을 퉁방울처럼 동그랗게 떴다가 잠시 후 황급히 자리를 떴다.

반면, 나는 그리 성을 내고도 불거로의 집에 당도할 때까지 분심이 잦아들지 않았다. 내가 잘될 것을 시샘하는 게다, 그래서 어리석고 사리에 어두운 계집아이가 심술을 부린 게다, 하면서도 속내 편편지 않았다.

불거로의 집은 장거리 서쪽 조붓한 내를 건너면 나오는 마을 어귀에 있었다. 불거로는 낮은 담 너머로 들여다보이는 다섯 칸짜리 작은 기와집에서 시동 하나의 시중을 받으며 살았다. 멀리 역관으로 수행을 자주 다니다 보니 함께 안주해 살 안사람을 얻지 못했고, 오래 살다 보니 건상투라도 그게 편하다고 했다.

"어찌 그러느냐? 골이 난 게냐?"

마침 햇살 좋은 마당 평상 위에 탁자를 내어놓고 글을 읽던 불거로가 뿌루퉁한 낯으로 들어서는 내게 물었다.

"아닙니다."

"아니긴. 네 이마에 그리 씌어 있지 않으냐? 나 골났으니 알아서 피해 가시오, 하고……"

불거로는 푹 파인 볼에 인상 좋은 미소를 지어 보이며 나를 탁자 앞에 앉혔다. 지난번 공부한 자리를 찾지 못하고 책장만 넘기고 있자 불거로가 다시 물었다.

"무슨 생각을 그리하누? 어디까지 배웠는지 생각이 나지 않는 게냐?"

나는 용기를 내어 불거로에게 물었다.

"스승님, 소인은 우리 고구려를 지키는 개마무사가 되고 싶습니다. 어떻게 하면 개마무사가 될 수 있습니까?"

나의 정함은 이제 개마무사가 되어 큰 공을 세우고 벼슬길에 올라 자식 바라지로 시름겨운 어머니를 안거할 수 있게 함이라 했다. 또한 그 뜻이 오래전 연 의원에게 다짐했던 '큰 사람'과 일맥상통하리라 확신했다.

그런데 기대에 찬 나의 물음에 반응하는 불거로의 태도는 막막했다. 잠시 대꾸 대신 허옇게 새기 시작한 턱수염을 쓰다듬으며 묵고하는 모양새가 그랬다.

나는 다시 그의 대답을 종용했다.

"스승님, 소인 진정 개마무사가 되렵니다. 방법을 일러 주십시오. 글공부도 열심히 하고, 무예도 열심히 닦고……. 또, 또 무엇을 하면 됩니까?"

그제야 불거로가 긴 한숨 뒤에 입을 뗐다.

"덕아, 너는 개마무사를 아느냐?"

"예. 과거 우리 고구려가 요하를 넘어 중원을 아우르고 남으로는 백제와 신라를 누르고 대국이 될 수 있었던 것 모두 고구려 최강의 철갑 부대 개마무사가 있었기 때문이 아닙니까?"

"그렇지. 위대한 광개토태왕께서 중원 땅에까지 고구려 기를 꽂을 수 있었던 것도, 이후 그 어떤 외세로부터도 경외와 공포의 대상이 되는 국력을 자랑하게 된 것도 바로 개마무사의 존재 때문이지. 허나……."

"허나…… 하지만 무엇입니까?"

"덕아, 개마무사는 명문 일족들만 차지할 수 있는 자리니라. 네가 아무리 빼어난 글재주와 무예 실력을 가진 인재라 한들, 개 중 무사 하나와 대련하여 이긴다 한들, 한낱 미물에 불과한 백성이 감히 넘볼 수 있는 자리가 아니니라. 대고구려의 동량, 전장의 꽃 또한 대대손손 갑족들이 제 지위를 공고히 하기 위해 자식들로 하여금 공적을 쌓을 수 있도록 기회를 제공하는 자리. 그것이 바로 개마무사인 게다."

나의 낙담은 실로 컸다. 연 의원에게 열 배, 백 배 재물로 빚은 갚을 수 있다 해도 '큰 사람'이 되지 못한다면 아무 소용이 없었다. 또한 재기가 아무리 출중하다 한들, 쓸모를 찾지 못한다면 굳이 남의 나라 글과 성현의 말씀을 익히고 무예를 다져봐야 무용지물이 아닌가.

그날부로 나는 글공부를 작파했다. 불거로가 어머니를 찾아와 설득했지만, 어머니도 나의 고집을 어쩌지 못했다. 거들겠다고 국밥집에 나와 거불떡거리고 있는 나를 보는 어머니는 그저 한숨뿐이었다. 일을 하다 말고 그 시선이 나에게서 멎곤 했다. 오히려 내가 그런 어머니를 위로해야 할 지경이었다.

"어머니도 참. 장사를 하든 뭘 하든 큰 부자도 큰 사람 아니오? 연 의원 어르신께 진 빚도 갚고, 어머니도 땡볕에 앉아 뜨거운 국솥에 코 박고 계시지 않아도 되니 좋지 않겠소? 다 제 그릇이 따로 있다 합디다. 장수가 될 그릇, 장사할 그릇, 벼슬할 그릇, 농사지을 그릇…… 100명 밥도 해 먹일 만한 큰 솥단지가 있는가 하면 아기 주먹만 한 간장 종지까지 쓰임새에서 크기까지 다 다르지요. 설마하니 내가 간장 종지보다는 낫지 않겠소?"

참다못한 어머니가 국 솥 아궁이에 물을 끼얹고 말았다. 국밥집 문을 연 이래 밤낮없이 불이 지펴져 꺼진 적 없는 아궁이였다. 불길이 온전히 잡히지 않자 다시 한번 물을 끼얹은 어머니는 뿌연 연기가 자욱한 아궁이 곁을 벗어나 방 안으로 들어가 버렸다. 내가 수련을 게을리한다면 당신 손발이 부르트도록 고생해야 무슨 소용이겠느냐는 어머니의 의지였다.

직심스러운 어머니의 마음을 돌리는 방법은 단 한 가지였다. 다시 글과 무예 공부에 매진하여 입신양명의 뜻을 세우는 것이리라. 개마무사와 같은 큰 그릇이 되겠노라, 했을 때 나의 다짐과 다를 바가 없었다. 하지만 태생이 간장 종지 신세라 출셋길은 없다고 속내 한탄만 하면서 집을 나섰다.

삶과 죽음

고구려 태왕인 양성陽成·평원태왕은 널리 성군으로 백성들의 존경을 받았다. 가뭄이나 홍수가 들어 백성들이 기근에 빠지면 당장 수라상의 첩수를 줄이고 구휼소를 열어 굶주리는 백성들을 먹이도록 했다. 궁실을 중수하던 중에도 메뚜기 떼로 인해 흉작이 예상되자 부역하는 이들을 돌려보내 가속을 돌보도록 했다. 또한 순행을 자주 하고 농사와 길쌈을 장려하는 등 백성들의 살림살이를 걱정했다. 그러나 백성들에게 태왕의 자애는 피부로 전해지기 어려웠다.

양원태왕 재위 8년552년부터 평양성平壤城 서남쪽 20여 리 밖에 축조하기 시작한 장안성長安城 축성 공사가 30년을 넘으면서 서둘러 황성을 천도하자는 의견이 많았다.

기존 평양성은 평지의 안악궁과 산성인 대성산성으로 완전히 분리되어 있어 유사시 궁을 버리고 산성에서 수성전을 벌일 수 있다는 이점이 있었다. 하지만 이 이점이야말로 치명적인 단점이었다. 전쟁의 승패와 무관하게 안악궁과 백성들이 사는 도읍 모두 쑥대밭이 될 수 있었기 때문이다. 반면 장안성은 이를 보완하여 지리적으로 산성과 평지성의 이점을 두루 갖추고 있어 황궁을 옮기지 않고도 수성할 수 있었다. 그뿐 아니라, 평양강平壤江과 패수浿水에 감싸여 자연 해자로써 일차적인 방어가 가능하다는 것이 가장 큰 장점이었다. 무엇보다도 수나라의 급격한 성장이 완공이 채 되지 않은 장안성으로 천도를 서두르게 한 가장 큰 이유였다. 수나라는 북의 다섯 오랑캐가 세운 16개 나라의 난립과 국호가 거듭 바뀌는 남조의 혼란 속에 새 나라를 세우고 정복 사업을 벌이기 시작했다. 그러나 장안성은 아직 내성과 북성만을 완공, 외성과 중성의 일부만이 축조된 상태였다.

별수 없이 축성을 지휘하는 장안성 축성부 입장에서는 급박한 날짜를 맞추기 위해 무리하게 공사를 추진해야 했다. 부역민들의 노역 시간을 늘려야 했고, 급기야 허리도 펴지 못하는 노인들까지 끌려 나와 일했다. 이전 안민하던 태왕과 전혀 상반된 처사에 민심이 어리둥절해질 수밖에 없었다.

그나마 연일 해 뜨기 전부터 해 질 녘까지 혹사당하는 그들에게 조와 수수를 섞은 떡이 충분히 주어졌다. 그러나 그 외 환경은 조악했다. 성곽을 쌓기 위해 멀리서부터 실어 온 엄청난 양의 돌과 나무들을 옮기는 일을 부족한 말과 소 대신 부역민들이 대신했다. 새파란 젊은이들조차 피죽도 못 먹은 노인들처럼 비척거리다가 쓰러지기 일쑤였다. 커다란 나무를 깔고 큰 돌을 굴리다 보면 자칫 속도를 따라가지 못하거나 발을 헛디뎌 깔려 죽거나 다치는 일도 다반사였다.

"성벽이 무너졌다!"

이번에는 외성 축조 중 성벽 한쪽이 무너졌다.

고구려의 축성 기술로는 도중에라도 한 열흘 장대비가 쏟아지고 폭풍이 분다 해도 절대 넘어질 리 없었다. 지반으로부터 위로 갈수록 점점 안쪽으로 들여쌓기를 하면서 이를 견고하게 받치기 위해 내쌓기를 하는 안정적인 방식 때문이었다. 그런데 무에 살못되었는지 차곡차곡 쌓아 올라가던 성벽이 무너지면서 돌을 지고 나르던 이들과 아래에서 일하던 부역민들이 한꺼번에 성벽 아래 매몰되는 참사가 벌어진 것이다. 부실이 아니고서는 설명이 되지 않는 사고였다.

마침 장안성 축성을 구경하러 갔던 나도, 사색이 되어 몰려가는 사람들을 쫓아갔다가 그 광경을 목도하게 되었다.

현장은 그야말로 아수라장이었고 상황은 참혹했다. 머리가 박살 난 시신이 피범벅이 된 바위틈에 끼어 있는가 하면 팔이나 다리만 돌무덤 밖으로 튀어나와 있기도 했다. 아예 바위 아래 묻혀 보이지 않는 이들은 살았다 볼 수도 없었다.

불행 중 다행으로 한 사내가 산목숨으로 소리를 쳤다.

"살려주시오! 나 좀 빼주시오!"

사내는 무너진 커다란 바위틈에 하반신이 꼼짝없이 박혀 옴짝달싹도 못 하고 있었다. 죽은 이보다 참담했다. 가뜩이나 비쩍 곯아 얇은 살가죽을 뚫고 뼈마디가 튀어나올 것만 같은 부상자의 몰골에 두부에서 흐른 검붉은 피범벅까지 더하니 그야말로 전쟁 중 송장이 따로 없었다.

소리를 듣고 달려온 부역민들이 부상자를 살리기 위해 잔해를 들어내려고 했다. 그런데 공사를 감독하던 가군이라는 관리가 고래고래 소리치며 이를 제지하기 시작했다.

"뭣들 하는 게야? 축부터 다시 세워!"

"사람이 깔렸소! 산 사람은 살려야 하지 않겠소?"

"어차피 죽은 목숨이다! 그보다 서둘러라! 더는 성벽이 넘어지지 않도록 무너진 부분에 축부터 세워, 어서!"

가군에게 부상자는 관심 밖이었다. 무너진 성벽의 축을 다시 세우라며 악을 쓸 뿐이었다. 군졸들은 그의 지시에 따라 잔해 주변에 몰려든 부역민들을 내몰았다. 그 와중에도 잔해 속에 박힌 부상자의 고통스러운 울부짖음은 애끓게 이어졌다. 부역민들은 더는 그 애원에 부응할 수 없기에 시선을 아예 외면해야만 했다.

"살려주시오! 나 좀 살려주시오!"

"움직여! 뭣들 하는 게야?"

부상자가 죽어가는데 그 위에서 공사를 진행하라는 강요에 부역민들은 여전히 미적거리기만 했다. 가군은 선뜻 움직이지 않는 부역민들을 끌어다가 발로 차고 주먹질을 했다. 급기야 구경꾼들을 향해 몽치를 휘두르기까지 했다.
"무슨 구경났다고 모여 있나? 어서 가! 가라고!"
이때 어린 소녀 하나가 달려와 울부짖었다.
"아버지!"
귀 익은 음성에 돌아보니 놀랍게도 가리였다. 잔해 속에 박혀 살려 달라 울부짖고 있는 부상자가 바로 가리의 아비였던 것이다.
군졸들은 온 몸을 던져 발을 구르는 가리를 막아 참사 현장에 들이지 않았다.
"비켜! 일에 방해된다!"
"나의 아버지요! 아버지가 저기 있소! 저러다 죽는단 말이요! 아버지!"
군졸 하나가 아득바득 달라붙는 가리를 힘껏 밀쳐 넘어뜨렸다. 가리는 바닥을 뒹굴었다가도 벌떡 일어나 다시 달려들었다.
"아버지! 아버지! 제발 내 아버지 좀 살려주시오!"
가리의 통곡이 가슴에 통렬하게 꽂혔다. 나에게 어머니 한 분뿐이듯, 이 아이에게는 아비뿐일 터 그 아비를 잃고 어찌 살 수 있을까? 가리가 서럽게 울고 있는 것을 더는 두고 볼 수가 없었다.
나는 잽싸게 군졸 하나를 머리로 치받았다. 군졸이 비틀거리는 틈에 가리 아비 가까이 다가갈 수 있었다. 또 다른 군졸이 쫓아왔지만, 한쪽 돌무더기가 후두둑 소리를 내며 흘러내리자 더는 가까이 다가설 엄두를 내지 못한 채 악만 썼다.

"나오지 못해! 너도 죽고 싶은 게냐? 당장 나와!"

대답할 필요는 없었다.

"당장 저놈을 끌어내라! 당장! 공사를 방해하는 놈들, 놀고 있는 놈들 모두 잡아다가 장을 쳐야 정신을 차리겠나?!"

가군 또한 펄펄 뛰기만 할 뿐 차마 다가설 용기는 없어 보였다.

"괜찮으시오?"

나는 가리 아비에게 물었다. 괜찮을 리 만무했지만 일단 그리 물었다.

"다리가……"

피칠갑을 한 가리 아비는 말을 잇지 못했다.

"기운을 차리시오. 내가…… 내가 돌을 치우겠소."

나는 가리 아비의 다리를 짓누르고 있는 주변 돌덩이를 하나씩 들어내기 시작했다. 문제는 무릎 아래를 누르고 있는 어른 반신만 한 큰 바위였다. 제아무리 항우(項羽)라 한들 혼자서는 결코 들 수 없는 크기였다. 주변을 둘러보았다. 장대들이 즐비했다.

나는 길고 단단해 힘을 받을 만한 장대 하나를 주어다가 가리 아비의 하반신을 누르고 있는 바위 밑에 끼웠다. 이어 중간에 받침돌을 두고 반대편에서 장대를 눌렀다. 온몸의 무게를 실어 장대를 누르자 약간의 움직임이 있었다.

"끄아아악!"

그러나 무모한 짓이었다. 짓누르고 있는 바위의 작은 움직임에 가리 아비가 진저리를 치며 괴성에 가까운 비명을 질렀을 뿐, 정작 바위는 꿈쩍도 하지 않았다. 나는 멈칫했다. 단번에 들어내지 않는 한, 더 큰 고통으로 이어질 것이 뻔했다. 순간, 두려움이 일었다. 나로 인해 가리 아비가 더 큰 고통 속에 죽을 수도 있다! 힘도 당치 않은 어린 내가 뭘 어쩌겠다고……. 그런데,

"잠깐!"

갑자기 누군가가 또 다른 장대 하나를 들고 다가왔다. 긴 머리카락을 늘어뜨린 이는 이마의 건부터 발끝까지 검은 복색을 한 훤칠하고 이목구비가 수려한 선풍옥골의 사내였다.

"힘을 보으련 낫겠지."

같이 호흡을 맞추자는 소리였다. 이어 부역민 세 명 또한 장대 하나씩을 들고 다가왔다. 그들 모두 나와 같은 방향으로 조심스레 장대를 바위 밑에 찔러넣었다.

"셋 하면 동시에 누르시오. 하나, 둘, 셋!"

네 사람은 검은 복색 사내의 구호에 맞춰 각자의 장대 끝에 매달렸다. 가리 아비의 끔찍한 비명이 다시 한번 천공을 갈기갈기 찢었지만 멈추지 않고 장대 끝에 온몸을 실었다. 이 순간만 잘 버텨내시라, 그러면 살 것이오, 하는 간절한 마음이었다.

그 결과, 가리 아비의 하반신을 누르고 있던 바위를 어렵사리 걷어낼 수 있었다. 주변에서 안도의 탄성이 일제히 터져 나왔다. 그러나 드러난 가리 아비의 다리를 본 순간 모두 고개를 돌리고

말았다. 넓적다리와 정강이뼈는 이미 피투성이로 박살이 나 있었고, 발목 아래는 꺾인 상태로 끊어져 있었기 때문이다.

고통을 견디다 못한 가리 아비는 이미 실신하여 축 늘어져 버렸다.

"아버지! 아버지!"

검은 복색의 사내가 손짓하자 가리를 막고 섰던 군졸들이 한 발 물러섰다. 가리는 콩이 튀듯 아비에게로 달려들었다.

"아버지 일어나시오! 얼른 집에 갑시다! 예?"

아비의 미동이 없자 놀란 가리가 검은 복색을 돌아보며 물었다. 그 눈에는 그보다 크고 말간 눈물방울이 한가득 맺혔다가 연신 흘러내렸다.

"우리 아버지 왜 이러시오? 죽은 거 아니죠? 조금 전까지 소리치고 그랬잖소!"

"실신한 게다. 얼른 의원에게 보여야 할 것 같구나."

사내의 부드럽고 나직한 음성이 가리를 다독였다.

"여기 책임자가 누구인가?"

사내의 부름에 지금껏 그의 간섭을 마뜩잖은 표정으로 지켜보고 있던 가군이 달려왔다. 사내의 신분이 예사롭지 않은 듯, 백성들 앞에서는 고압적이기만 했던 가군의 태도가 깍듯하고 굴신했다.

"이곳에서 가장 가까운 의원이 어디 있는가? 그리로 부상자를 옮겨 치료케 하게. 그리고 군졸들을 모아 또 다른 부상자가 있는지 찾아보라. 시신은 수습해서 가족들에게 인계하도록 하고."

　가군은 사내의 지시를 군말 없이 따랐다. 잠시 후 두 군졸이 소가 끄는 달구지를 끌고 와 가리 아비를 실었다.

　군졸 둘이 양쪽에서 소를 끌고, 소는 달구지를 끌고, 달구지 위에는 실신한 가리 아비와 그 곁에서 구슬피 울음 우는 가리가, 그리고 그 뒤를 내가 따랐다. 뛰지 못하고 소걸음을 걷다 보니 두어 시간이 지나서야 의원에 당도할 수 있었다. 다리 건너 평양강이 패수와 합쳐지는 두물머리 초입에 새로 지은 기와집이었다.

　불행히도 가리 아비는 그곳에 닿기 전에 박복하고도 한 많은 생을 마감했다. 야철장이들이야 무기를 만들어 공납하는 것으로 부역을 대신하는 것이 보통인데 어찌 부역하다 사고를 당했는지는 알 수가 없었다. 그저 술로 몸이 망가져 더는 쇠를 다룰 수 없을 정도가 되지 않았을까 하는 추측만 가능했다.

　이마가 좁고 수염이 고슴도치처럼 사납게 일어난 늙은 의원은, 주검이 된 가리 아비를 집안으로 들이려 하지 않았다. 의원은 아비를 살려 달라 울부짖는 가리에게 지독하리만치 매정하게 대했다.

　"죽은 자를 내 어찌 살리겠느냐? 화타^{華佗}라 한들 가능치 않은 일이야. 이곳은 황성이 천도해 오는 즉시 황실의 귀하신 분들을 모시게 될 곳이다. 부정 타면 안 되지. 삼 년 상 치를 필요도 없을 게다. 억울하게 죽은 귀신은 구천으로도 가지 못하고 이승을 떠돈다 하지 않느냐? 장사나 잘 지내 보내는 것이 죽은 사람도 편할 게야."

별수 없이 시신을 다시 옮겨야 했다.

"네가 이 자를 잘 아는 모양이지?"

의원 앞까지 가리 아비를 실어다 준 두 군졸 중 붉은 수염을 한 이가 나에게 물었다. 잘 안다고 말할 수는 없었으나 모른다고 할 상황도 아니었다.

"예. 조금……"

"잘 됐구나. 우린 바빠서 말이다."

"그, 그렇지. 폐하께서 천도해 오시기 전까지 외성을 완공해야 하는 것이 우리의 임무이니."

또 다른 군졸은 키가 작고 유난히 배가 불룩했다. 배불뚝이는 말이 끝나기가 무섭게 돌아서려다가 붉은 수염의 팔에 잡혀 잠시 주저하는 듯했다.

"이 사람 큰일 나려고……"

붉은 수염의 험악한 눈빛에 양미간을 구기던 배불뚝이의 소매 속에서 염낭 하나가 나왔다. 염낭이 내 발치에 던져졌다. 열어보니 약간의 철전이 들어 있었다.

"선인께서 약값에 보태라 전하신 건데, 장례비로 쓰도록 해라."

"선인……이라시면……"

"너와 함께 바위에 깔린 이 자를 구해 주셨던 조의 차림의 그분 말이다."

"혹시 그분 존함이……."

군졸들은 내 물음에는 대꾸도 없이 돌아섰다.

"잠시만요. 그냥 그렇게 가시면 어쩝니까?"

"소와 달구지는 일이 끝나는 대로 축성부로 가져오너라. 이 또한 나라 재산이잖은가."

군졸들을 재차 불렀지만, 뒤도 돌아보지 않고 총총히 사라졌다. 그렇다고 나마저 아비의 시신에 붙어 우르적시는 가리를 두고 갈 수는 없었다. 할 수 없이 가리와 그 아비의 시신을 실은 소달구지를 직접 끌기 시작했다.

초가을의 선선한 바람이 온몸을 쓸고 지나갔다. 붉은 노을이 들판 가득한 누런 억새를 타고 군무하듯 이리저리 출렁였다. 소는 어린 손에 고삐가 잡힌 것도 마다하지 않은 채 무거운 달구지를 끌며 느릿느릿 발걸음을 옮겼다.

가리는 더 이상 소리 내어 울지 않았다. 가끔 울음이 목구멍에 막혀 끅끅 내는 소리에 돌아보면, 하늘을 원망하듯 턱을 쳐든 채 말간 눈물만 하염없이 흘리고 있었다. 가슴 한복판이 쩡해 시선을 거둘 수밖에 없었다.

어쩌다 마주 오던 행인들이 달구지 안 광경에 놀라 '에구머니나' 뒷걸음질 치거나 한 번씩 되돌아보며 혀를 찼다.

"쯧쯧쯧, 또 사달이 났구먼."

"하이고, 하루가 멀다고 죽어 나가네, 그래. 백성들이 무슨 죄람."

가리와 그 아비를 알아보는 이들도 있었다.

"가리 애비 아냐?"

"저걸 어째? 세상 못 살겠다, 술독에 빠져 살더니만 그예 죽은 마누라 따라갔구먼."

"저 어린 것 불쌍해서 어쩐대?"

해가 다해 어둑해질 무렵이 되어서야 장거리 연 의원 댁 앞에 당도했다. 어린아이 둘이 감당할 만한 일이 아니었기에 도움을 청할 곳이 필요했다.

대문을 두드리자 떠꺼머리 머슴이 불 밝힌 등롱 하나를 들고 어슬렁거리며 나왔다. 연 의원이 한 해 전에 들인 자였다. 장판에서 무전취식한 닭 한 마리 값을 대신 치러주고 데려왔다 하는데, 일은 소 한 마리 값을 한다 하여 '꼴값'이라 불리는 젊은 사내였다.

꼴값은 어디 나가 술 한잔 거하게 얻어 마시고 왔는지 하품하는 입에서 지독한 문뱃내를 풍기며 다가왔다.

"무슨 일이야?"

"도움을 청할 데가 없어서 왔소. 연 의원께 이걸 전해주시오. 가리 아비라 하면 아실 게요."

머슴은 종종 있는 일인 양 내가 내민 철전 염낭을 무심히 받아들였다. 그리고 의원도 아닌 주제에 환자 상태를 살피겠다고 달구지 안을 들여다보았다. 그러나 곧 유령이라도 본 듯 화들짝 놀라며 안으로 뛰어 들어갔다.

"의원 나리! 나리!"

머슴이 호도깝스럽게 외치는 소리에 이어 황급히 뛰어나오는 발걸음 소리가 어지럽게 들렸다. 연 의원은 나오자마자 가리 아비를 확인하고는 깊은 한숨을 내쉬었다. 이어 그의 눈길이 가리에게 가 닿았다. 가리는 아비의 시신 곁에 무심히 던져놓은 볏짚처럼 가만히 누워 있었다.

"가리야……."

연 의원의 부름에 가리는 미동도 하지 않았다.

연 의원은 꼴값에게 일러 염장이를 불러오라고 했다. 잠시 후 당도한 염장이는 가리 아비의 시신을 살피면서 연신 혀를 찼다.

"이거야 원, 상태가 온전치를 않으니……."

온갖 시신을 다 접해본 염장이로서도 이토록 끔찍한 시신은 흔치 않았던지 선뜻 손을 쓰지 못했다. 이에 연 의원이 서두르라며 꼴값을 통해 전달받았던 철전 염낭을 그의 손에 쥐여주었다.

"가는 길이나마 서럽지 않게……. 부탁함세."

염장이는 곧 가리와 그 아비의 시신을 실은 달구지를 끌고 갔다.

뒤따르려는 나를 연 의원이 불러 세웠다.

"어찌 된 일이냐?"

나는 가리의 멀어져가는 모습을 지켜보고 섰다가 재차 묻는 연 의원에게 자초지종을 설명했다. 연 의원은 조용히 듣고만 있다가 내 어깨를 두드리며 말했다.

"네가 고생이 많았다. 남은 일은 염장이에게 맡기고 넌 얼른 어머니에게 가 보거라."

"예? 어머니는 왜요?"

"요즘 통 국밥집이 열려 있지 않기에 가 보니 병증도 없이 앓아누웠더구나. 강심이 있는 사람이 무엇 때문에 조석까지 거르며 마음을 앓는가 하다가 너와 관련이 있는가 싶은데, 도통 말을 하지 않으니……. 가 보거라. 저러다 네 어머니도 죽겠다."

직전에 가리 아비 죽는 모습을 보았다. 그 위로 내 어머니의 누워 앓는 모습이 중첩되어 떠올랐다. 나 하나 잘되라고 애면글면하는 어머니가 내 고집을 꺾지 못해 화를 끓이고 있는 것을 누구보다 잘 알기에 마음이 무거웠다. 집으로 향하는 발걸음은 더욱 무거웠다.

국밥 가게 안쪽엔 어머니와 내가 함께 쓰는 작은 방 하나와 장사치들이 하룻밤 묵어가는 봉놋방 하나가 있었다.

어머니는 작은 방 안에서 벽을 향해 모로 누워 있었다. 마르고 앙상하게 굽은 등에서 한 줌 잘록한 허리로 이어지는 뒤태를 보자 속이 울컥했다. 당장 달려들어 어머니의 마른 젖가슴에 얼굴을 비비며 응석을 부리고 싶었다. 그러나 그러지 못했다. 삶과 죽음의 경계라는 것이 찰나에 갈리고 한 치 앞을 예측하지 못하는 것이 사람 일이라는 것을 깨달았다. 그럼에도 어머니의 마음을 헤아려 내 고집을 꺾을 마음의 여유가 없었다.

  나는 그저 둘이 누우면 한 뼘의 여유뿐인 좁은 방 안에서 어머니를 등지고 누웠다. 따뜻한 온기가 등을 타고 전해졌고, 잦은 한숨 소리로 어머니가 자고 있지 않음을 알았다. 그제야 참았던 눈물이 솟구쳤다.

  "어머니, 미안하오."

  어머니는 대답이 없었다. 잠이 오지 않는 밤, 코를 훌쩍일 때마다 어머니가 돌아보는 기척이 있긴 했지만 그뿐이었다. 방 안에 그어진 보이지 않는 금은 팽팽한 긴장감으로 이어졌다.

  어느새 잠든 내 꿈속에 가리가 나타나 서럽게 울었다.

온달 장군을 아니?

이틀 후, 어머니에게 국밥 한 그릇을 싸 달라 청했다.

어머니는 계속되는 손님들의 성화에 못 이겨, 그보다는 세를 받는 점방 주인의 "장사 안 할 거면 다른 사람에게 자리 양보라도 하라"는 압력에 화들짝하여 국밥집을 다시 열기로 했다. 어쩌면 이틀 전 나의 사과를 듣고 마음이 누그러졌는지도 모른다.

어머니는 뚜껑 있는 옹방구리에 국밥을 꾹꾹 눌러 담았다. 그리고 자리개로 단단히 묶어서 들고 다니기 편하게 길게 늘어뜨린 것을 아궁이 위에 올려놓았다. 누구에게 왜 가져가느냐 묻지 않고 눈길 한 번 주지 않았다. 내가 어머니의 바람을 따를 때까지 단 한마디도 안 할 참인 게 분명했다. 왼심은 알겠으나 나로서도 도리가 없었다.

석다산 자락 길도 나지 않은 벽곡에 가리가 사는 움집이 있었다. 좁은 내를 건너 산을 등진 작은 움집이었다.

집 앞에 가리가 홀로 웅크리고 있었다. 그 곁에 벌건 흙이 드러난 작은 봉분이 보였다. 양지바른 곳이었다.

가리는 내가 가까이 가도 미동하지 않았다. 밤새 울었을 눈두덩에는 열과 부기가 두텁게 얹어져 있었고, 곡기도 취하지 못했을 낯은 핏기 없이 파리했다.

나는 조심스레 싸 들고 간 국밥 뚜껑을 열어 내밀었다. 온기가 가신 국밥은 통통 불은 탓에 국물은 없고 밥만 가득해 보였다.

"좀 들어라."

가리는 한 번 돌아보았을 뿐 다시 시선을 외면했다. 나는 얼른 사리를 털고 일어났다.

"간다."

서름한 생각이 불뚝해 계속 앉아 있을 수가 없었다. 사람이 온정으로 대하면 쳐다보기라도 하지, 싶으면서도 그럴 경황이 없을 거라 이해했다. 내 발걸음은 매일 다시 움집으로 향했다. 다행히 닷새가 지나서는 놓고 온 국밥 그릇이 텅 비어 있었다. 가리의 야윈 낯에도 조금씩 생기가 돌았다.

그렇게 열흘이 지났다. 이번에는 국밥과 함께 수육을 함께 챙겼다. 보다 못한 어머니가 한 소리 했다.

"어딜 그리 중뿔나게 다니는 게냐? 배곯아 뒤진 귀신에게라도 씐 게냐?"

마땅치 않은 어머니의 말씨에 눈치를 보며 대꾸했다.

"친구가 아파요, 많이."

"에미 맘 아픈 건 모르지."

돌아서는 내 뒤통수에 어머니의 일침이 꽂혔다. 전에 없이 투정 섞인 말씨가 마른 땅에 스미는 빗물처럼 천천히 스며 울울해졌다. 나는 가리의 움집으로 향하는 동안 마음만큼 무거운 걸음을 옮겨야 했다.

개울 건너에서 가리가 나를 보고 있었다. 어찌 된 영문인지 자신이 먼저 일어나 국밥을 받아들기까지 했다.

국밥과 수육은 그 아비의 무덤 앞에 놓였다. 가리는 절을 하고 얌전히 그 앞에 앉았다. 하는 양을 지켜보고만 있던 나도 절을 하고 곁에 나란히 앉았다. 그제야 가리의 입이 열렸다. 포달을 떨던 때와는 사뭇 다른 앳되지만 차분한 음성이었다.

"아버지가 여느 때같이 술 자시고 나가셨다. 야철장에서도 쫓겨난 지 오래라 부역에 끌려 나가는 것을 마다할 수도 없는 형편이었다. 부역장에 다녀오면 허리 아프고 어깨 아프다고 '아이고, 아이고' 하면서도 술로 잠을 청하시는데 그 꼴이 보기 싫어 성을 냈었다. 내가 그날 그랬다. 어머니 따라가려고 작정했느냐, 가려거든 혼자 가라, 나는 놓고 가라, 하고. 새벽에 아버지 나가고 많이 후회했다. 오면 드시라고 마죽도 끓여 놓았었다. 그런데 그날따라 괜스레 아버지가 보고 싶더라. 일 마치면 곧바로 오시는 아버지였지만 참지 못하고 내가 부역장엘 간 거였다. 그런데 그곳에서……"

아비의 죽음을 예견하기라도 했는가. 모진 말을 했던 것이 마음에 걸려, 그래서 아비를 찾아 부역장에 갔던 날 그의 죽음을 목도하다니……. 순간 가리의 심통이 고스란히 전해졌다. 술췌기 아비라도 등 비비고 기댈 수 있는 단 하나 피붙이였으니 매일 안달하고 포악을 떨어도 곁에 있기를 바랐을 것이다. 그런데 그마저 잃었으니 여덟 살 어린 나이에 의지할 곳 없는 외로운 신세가 되어 하늘이 무너지고 땅이 무너지는 단장의 슬픔을 말해 무엇하랴? 살아 있어도 희망이 없고 따라 죽을 방도조차 모르니 제아무리 몰강스러운 이라도 견디기 힘든 상황이었으리라. 나로서는 어떤 위로의 말조차 떠올리지 못하는 것이 그저 미안할 따름이었다. 애꿎은 조약돌만 손아귀 안에서 조몰락조몰락 부대꼈다.

"고마워."

갑작스러운 가리의 태도가 생경했다. 고개를 드니 나를 보고 있었다. 연 의원 댁 앞에서의 그악스러운 눈빛도, 불씨를 잡으며 새치름 떨던 눈빛도, 장거리에서 내 통박에 놀라 황망해 하던 눈빛도 아니었다. 처연했지만 또렷하고 깊고 서글서글했다.

"그리고…… 미안해."

"뭐, 뭐가?"

"연 의원 어르신께 들었다. 네가 요즘 글공부도 무예 공부도 작파한 채 떠돈다고. 네 어머님께서 걱정이 많으신 모양이라고. 내 한 소리 탓에 네가……."

"무슨 소리를 하는 게냐?"

"장거리에서 말이다. 개마무사에 대한 얘기…… 그래서 네가 그런 것 같아서……."

"아, 아니다. 나도 들었다. 개마무사……. 네 말이 맞다. 나처럼 미천한 아이가 꿈꿀만한 게 아니라 하더라. 괘념치 마라."

"샘이 났다. 처지가 나을 것도 쳐질 것도 없다고 여겼었는데 큰 꿈을 꾸는 네가 부러웠고, 그 꿈에 가까이 갈 수 있는 사내라는 것이 또 부러웠다. 나는 계집이니까……. 사내 잘 만나 시집이나 잘 가면 그보다 더 좋은 팔자도 없는 그런 계집이니까."

사람의 심사라는 게 참으로 얄궂은 것이 그간 원수 대하듯 으르렁거렸는데도 알심으로 정성을 다하니 살갑게 다가오더란 말이다. 하기야 되짚어보니 가리의 행동에 처음부터 적의는 없었다. 아비를 구하고자 하는 조바심이었고, 간참이라기보다 그저 관심이었던 게다. 아둔하여 이를 깨닫지 못했던 것은 나였다. 또한, 함부로 가리의 행동을 재단하고 불뚝하여 욕언을 하고 말았으니 그저 내가 더 미안했다.

"나도 잘한 것 없지. 너에게 가짓부리 사기꾼이라고 한 말……. 네 입장 모르는 바 아닌데……."

"가짓부리 사기꾼 맞는 걸 뭐."

"아니다! 그땐 아픈 어머니 때문에 그만 정신이 없었다."

"괜찮다. 내가 널 속였잖아."

"아니라니까! 내가 실수한 거다! 정말이다!"

"그래. 네가 실수한 거다."

"뭐?"

어찌어찌하다 보니 도리어 구구한 변명을 늘어놓는 꼴이 되어 버렸다. 그래도 괜찮았다. 가리가 웃었다. 아이답지 않은 허허로운 미소였지만 자그마한 입술 끝에 걸린 미소가 날 다소나마 안도하게 했다.

졸졸 흐르는 냇물 위로 반사된 햇살이 가리의 젖살 발그레한 볼 위에서 흔들렸다.

"너, 온달 장군이라고 들어봤니?"

"온……달?"

온달을 알고 있었다. 불거로로부터 태왕 폐하의 부마이자, 주 나라군과 신라군 외에도 많은 적을 물리친 장수라 들었다. 전투마다 승리요, 노도와 같이 적군을 쓸어버리는 용맹함을 불거로는 입에 침이 마르도록 칭찬한 바 있었다.

"장군님을 모르는 사람도 있나? 태왕 폐하의 금지옥엽이신 평강 공주님의 부군이시자, 뛰어난 무예 실력과 지략으로 참전한 모든 전투를 승리로 이끈 고구려 최고의 용장 아니냐?"

"맞다. 용맹무쌍하기로 따를 자가 없는 분이지."

"그런데 왜 묻는 게냐?"

"그분의 출신이 무엇인지 아느냐?"

"출신? 그야…… 대대손손 무관을 배출한……."

"틀렸다. 사실 온달 장군님은 우리와 같이 가난하고 미천한 백성이었다."

"뭐? 무슨 그런…… 그게 말이 되냐? 어떻게 가난하고 미천한 백성이 공주님과 결혼하고 대고구려의 대장군이 된단 말이냐? 아직도 열이 있는 게냐?"

민틋하게 살이 오른 이마를 짚어보려 하자 가리가 내 손을 가볍게 밀쳤다. 그리고 빤히 내 눈을 보는데 거짓부렁 같지는 않았다. 눈빛은 흔들림이 없었고, 다부지게 앙다문 입술이 점점 그 말이 적실할지도 모른다는 생각이 들게 했다. 그렇다고 믿기에는 지나치게 허황했다. 어찌 나와같이 미천한 백성이 개마무사도 가당치 않은데, 하물며 천손이신 태왕 폐하의 부마가 되고, 게다가 대모달이라는 무관 최고의 관직에 오를 수 있다는 말인가.

내 생각을 읽기라도 한 양 가리가 발쇠하는 모양새로 넌지시 속살거렸다.

"우리 아버지가 온달 장군과 한 고향 사람이랬다. 어려서는 온달 장군 집이 그 동리에서 제일로 가난해서 하루에 풀뿌리 섞인 좁쌀죽 한 끼 먹기도 힘들었다고 하더라. 그런데도 성품만은 너볏하고 조용하다 못해 순박해서 '바보' 소리를 꽤 들었던 모양이다. 대신, 기골이 장대하고 힘이 장사라 씨름을 해서는 누구에게도 져본 적이 없는데, 황소 뿔을 잡아 넘어뜨리기도 했다더라."

어느새 가리의 말을 경청하고 있었다. 가리는 아비에게 들었다는 얘기를 술술 풀어놓기 시작했다.

"장맛비에 공주님이 타고 계셨던 수레가 진창에 빠진 적이 있었다지. 호위무사 다섯이 달려들어도 끄떡 않던 수레를, 지나던 한 사내가 혼자 번쩍 들어 올렸더란다. 게다가 산적들을 피해 공주님을 업고 황성까지 뛰었다는데 그분이 바로 한낱 촌무지렁이 백성이었던 온달 님이셨던 게다."

"……"

"그 인연으로 평강 공주님이 온달 장군을 마음에 품게 되었던 모양이다. 태왕 폐하와 제가 회의의 불허에도 불구하고 황궁을 뛰쳐나와 온달 장군과 인연을 맺었다니 말이다. 태왕 폐하께오서 공주님을 황실에서 내치시고 부녀의 연을 끊어 다시는 보지 않겠다고 했을 정도라 하니 그 반대가 얼마나 컸을지 짐작이 가는 상황이지."

나도 모르게 마른침을 꿀꺽 삼켰다.

"그리고 몇 해 후 매해 삼월이면 열리는 사냥 대회 때의 일이다. 전례 없이 많은 산짐승을 포획하여 으뜸이 된 이가 있었다. 폐하께서는 그이를 불러 이름을 물었는데 그이가 바로 온달 님이셨다지. 그런데 폐하께서는 당연히 상과 관직을 내려야 함에도 불구하고 관직은커녕 전투마다 종군시켜 사지로 내몰았다네. 아마도 눈에 넣어도 아프지 않을 만큼 애지중지하던 공주님을 빼앗아 간 괘씸한 자라 여기신 게지. 그러다가 폐하께서 직접 참전하신 전투에서 말이다. 폐하가 적군에게 포위되어 목숨이 위험한 순간, 온달 님이 단신 뛰어들어 수십여 명의 적들을 순식간에 쓸어버리고 폐하를 구해내셨다는 게야. 그제야 폐하께서 온달 장군을 인정하셨다지. 대형이라는 관직을 내리시고 사위로서 인정하게 되었다는 얘기다."

"허어, 금시초문인 소리를 어찌나 그럴싸하게 하는지 하마터면 믿을 뻔했다."

나는 다 듣자마자 손사래를 치며 가리의 말을 부정했다. 신분을 뛰어넘은 연심이라니, 그것도 태왕 폐하의 성려를 거스른 관계라니 도무지 말이 안 되는 소리였다.

그예 가리는 무에 답답했는지 벌떡 일어섰다. 푸새 잔뜩 먹여 푸석대는 소리와 함께 새물내가 물씬 풍겼다. 그러고 보니 가리는 덧댄 섶과 소매가 개먹긴 했으나 새뜻하게 빨아 입은 누런 베옷으로 상복을 대신한 모양새였다.

"가짓부리나 지껄이던 아이 말이니 믿기 힘들겠지. 하지만 모두가 쉬쉬하는 소문이라도 사실은 사실이다."

가리는 움집으로 향하던 발걸음을 잠시 멈춰 다시 한마디 했다.

"개마무사만이 길이 아니고, 다른 길도 있다 소리다."

가리는 곧 시야에서 사라졌다. 대신 가리가 들려준 이야기가 내 머릿속에서 우왕좌왕 들놀았다. 용맹하기로 소문난 온달 장군이 미천한 백성 출신이다, 그럼에도 대고구려 제국의 부마이자 장군이 되었다, 개마무사보다 고절한 무관 최고의 관직 대모달이 되었다.

　그제야 모두가 쉬쉬하면서도 바람결에 회자되던 소문을 언뜻 들은 기억이 났다. 국밥집 손님들이 주취 중에 주고받은 소리라 허문으로만 흘려들었던 탓에 전혀 마음을 쓰지 않았을 뿐이었다.

　'온달 장군님이……'

　돌아오는 길 내내 이 전에 품었던 웅심과 의심이 갈마들었다. 어느새 심장이 다시 뜨거워지기 시작했다. 사실을 확인할 길 없는 풍문이라도 좋았다. 관도에 오르는 것만이 길이 아닐 수도 있다는 생각 또한 들었다. 어찌 되었든 진력을 다하는 것이, 건들거리며 흰 생을 허랑하게 보내는 것보다는 낫지 싶었다. 낮은 신분 탓에 일심이 닿는 끝에 관도와의 단절이 예견되어 있다 해도, 온달과 같은 상전을 모실 수만 있다면 이보다 더한 지복이 없을 터였다.

　그제야 심상했던 폐부에 신풍이 든 듯 삽상해졌다. 붉게 노을을 품은 낙일이 한없이 아름다웠다.

**

　다음날, 다시 가리의 움집을 찾았다. 그 아이로 인해 생의를 얻은 것에 대해 감사한 마음을 표하고 싶었다. 그런데 가리는 없었다. 움집 안은 말끔히 치워져 있었다. 세간이라고 해봐야 구들 위에 얹힌 작은 무쇠솥과 질박한 자배기 몇 개, 이 빠진 바리, 숟가락 두 개가 전부였는데, 가지런히 정리된 그것들 외에 가리의 흔적은 어디에도 남아 있지 않았다. 마을 아이들에게 물어도 가리의 행방을 알지 못했다.

결국 연 의원에게 가서야 가리가 떠났다는 소식을 전해 듣게 되었다.

"동이 트기도 전에 찾아왔더구나. 마지막 인사라고 넙죽 절을 하는데, 어디로 가느냐 물으니 제 부친 고향으로 간다고 하더라. 내가 너무 등한했지. 그 어린 것이 얼마나 상심이 컸겠느냐. 그래도 워낙 강심이 있는 아이이니, 잘 이겨내리라 싶기도 하다만……. 여하튼 너에게 몹시 고마워했다. 언제고 꼭 은혜를 갚겠다고 하면서 이걸 너에게 전해주라 했다."

연 의원은 머리맡에 놓인 목함을 열어 가리에게 받아두었다는 것을 내주었다. 벽오동나무를 깎아 만든 칼자루에 가죽 칼집을 쓰고 있는 단도였다. 칼자루에 새겨진 비어(飛魚)의 형상이 생생하고 유려했다. 칼집을 벗겨내자 이제 막 벼린 듯 날이 예리하고 빛이 형형한 도신이 드러났다. 그 아비의 유품이라고 했다.

괜스레 울울했다.

약조

양성 재위 28년^{586년}, 안악궁이 있는 평양성에서 새로 지은 장안성으로 천도했다. 멀지 않으니 이어^{移御}라고 할 수도 있었겠지만, 황가를 비롯한 모든 기반을 새 성으로 옮겨가니 모두 천도라 말했다.

태왕의 천도 행렬을 보기 위해 엄청난 인파가 평양성에서 장안성으로 이어진 20여 리 길을 가득 메웠다. 농군들은 들일을 멈췄고, 아녀자들은 고운 빛깔의 옷으로 갈아입고 나들이하듯 한길로 나왔다. 들로 산으로 뛰놀던 아이들도 서로 앞자리를 차지하기 위해 어른들 바짓가랑이 사이로 비집고 들어갔다. 집집마다 색색의 결채가 걸렸고, 광대들은 노래하고 춤추며 흥을 돋웠다. 대목 잡은 엿장수와 떡장수가 그 틈을 누비며 장사했다.

구경꾼들이 길목을 점거하자 놀란 관군들이 행차길 좌우로

긴 줄을 쳤다. 태왕의 거가 앞에 백성들이 난입할 것을 우려한 탓이다. 물론 관군들의 경계도 삼엄했지만, 누구도 줄을 넘을 생각은 하지 않았다.

평생 보기 힘든 구경거리에 나라고 빠질 수는 없었다. 인파 속에 끼어 행렬이 지나가기만을 기다렸다.

삼족오의 깃발 아래 황궁의 기물들이 수백 대의 수레에 실려 옮겨지는 행렬은 장관이었다. 수레를 끄는 소들의 고삐를 잡고 앞뒤로 호위하는 것은 무장한 군사들이었다.

개마무사들이 뒤를 이었다. 여전히 굳건하고 위압적이었지만, 당당한 사내의 모습은 혼기 닥친 처녀들의 가슴을 설레게 하기에 충분했다. 처녀들은 너나 할 것 없이 들에, 집 마당에, 산에 핀 고운 꽃들을 한 묶음씩 꺾어 쥐고 마음에 드는 무사를 기다렸다. 무사들 머리 위로 수많은 꽃묶음이 떠올랐다가 떨어졌다. 처녀 하나가 던진 꽃을 무사 하나가 잡아채자 "와" 하니 탄성이 터져 나왔다. 꽃을 던진 처녀는 환하게 미소했고, 받은 무사는 눈길로 화답했다.

"태왕 폐하 만세!"

드디어 멀리서 여섯 마리의 말이 끄는 황금 마차가 태양빛을 눈부시게 난사하며 천천히 다가오는 것이 보였다. 이미 시작된 연호 소리가 점점 커지면서 귀가 멀 지경이었다. 생애 단 한 번도 보기 힘든 태왕의 용안을 보고자 하는 백성들의 열망은 흥분과 기대로 가득해 보였다.

언뜻 태왕을 연호하는 소리 속에 또 다른 소리가 섞여 있는 것을 깨달았다. 황금 마차에 앞서 말을 탄 한 장수의 모습을 알아볼 수 있을 정도가 되어서였다.

"온달 장군이시다!"

"대모달 온달 장군님이 직접 어가를 위호하고 오셨다!"

온달!

그 이름이 불리는 순간 갑자기 염통이 심하게 요동치기 시작했다. 개마무사들이 일으킨 뿌연 흙먼지 속을 뚫고 홀연히 말을 타고 모습을 드러내는 장수의 모습을 보는 순간, 환호하는 소리는 들리지 않고 내 염통 벌렁대는 소리만 귓속에서 왕왕 울렸다. 그는 흡사 전설 속에서 세상과 불법을 수호하는 사천왕의 형상 그대로였다. 철모 아래 빛나는 두 눈은 일신을 다해 태왕의 나라를 지키겠다는 결연한 의지로 천공에 꽂혀 요지부동이었다. 잘은 쇠판을 일일이 이어 붙여 적의 창끝을 무수히 받아냈을 견고한 찰갑 아래 굳센 육신은 어떠한 적 앞에서도 절대 물러서지 않겠다는 굳은 강기로 똘똘 뭉쳐 있었다. 그의 백마가 힘차게 앞발을 차고 서자 구경꾼들을 막고 섰던 관군들조차 몇 걸음씩 물러서야 했다. 어느새 그의 뒤를 따르는 황금 마차는 그저 빛을 난사하여 그를 부각시키는 후광에 불과했다.

그가 내 눈앞을 지나는 시간은 찰나였을지언정, 가슴에 남은 시간은 세상이 멈춘 듯 한없이 길었다가 파도처럼 밀려났다. 그때부터였다. 용안을 보겠노라 했던 기대는 잊은 채 무작정 그를 쫓아 뛰기 시작했다. 내가 뛰고 있다는 사실을 나는 미처 알지 못했다. 그를 놓쳐서는 안 된다는 생각뿐이었다.

빽빽한 인파를 뚫고 그에게 가까이 가기는 쉽지 않았다. 다람쥐처럼 사람들 곁을 빠져나가면서 몇 번이고 욕을 먹었지만 개의치 않았다. 그리고 드디어 그의 곁에 가까워질 수 있었다. 나는 다급하게 소리쳤다.

"장군님! 온달 장군님!"

이때 앞을 막아선 관원 하나가 나를 힘껏 밀쳤다. 그 바람에 몸이 허공에 떠올랐다가 바닥에 나뒹굴고 말았다. 그제야 정신이 돌아왔다. 내가 관원들이 쳐놓은 줄을 넘어 천도 행렬 한 가운데로 침입했다는 사실을 알았다.

"이 쥐새끼 같은 녀석이 어딜 감히……."

덩치 큰 관원의 몽치가 달려들었다.

"멈춰라!"

다행히 나직하면서도 천지를 우렁우렁하는 음성이 나를 향한 관원의 몽치를 막았다. 고개를 들어 올려다보는데 다름 아닌, 온달이 나를 굽어보고 있었다.

관원 둘이 버둥대는 나를 온달의 말발굽 아래 꿇려 앉혔다. 사방에서 웅성거리는 소리가 들렸다. 어느 불측한 종자가 감히 금여를 멈추게 했다, 새파란 녀석이 무부무군하기도 하구나, 대역죄가 아닌가, 했다. 그제야 두려움이 엄습했다. 갈도하듯 앞서가던 개마무사들의 행렬도, 그의 뒤를 따르던 황가의 마차들도 모두 발을 멈추고 서 있었다. 감히 대고구려 태왕 폐하의 금여를 막아선 꼴이 되었다.

당장 목이 떨어져도 부족한 대역죄였다. 말발굽 아래 박힌 강철 편자가 당장에라도 내 정수리를 찍어 누를 것 같은 위협으로 흙바닥을 툭툭 차고 있는 게 보였다. 두려움에 두 눈을 질끈 감고 말았다.

'주, 죽었다……'

온달의 목소리가 다시 들렸다. 물음은 깊고 무거웠다.

"무엇이냐?"

"소인……."

그의 물음에 갑자기 말문이 막혔다. 머릿속에는 하얗게 대꾸할 아무런 말이 떠오르지 않았다.

"무엇이냐 하문하신다!"

답을 내지 못하고 있으려니 여러 관원의 뭇매가 한꺼번에 몸 위로 떨어졌다. 매는 굼벵이처럼 웅크린 내 등짝을 사정 두지 않고 마구 두들겼다. 이러다 정녕 죽겠구나, 싶었다.

혼절하기 직전이 되어서야 매는 멎었다. 아니, 어느 순간 누군가 나의 몸을 감싸 매를 대신 맞고 있었다. 시큼한 땀내에 노상 아궁이를 지펴 구수한 목탄 내를 더한 것으로 어머니임을 바로 알았다.

"그만!"

온달의 일갈에 관원들이 다시 물러섰다. 어머니는 바로 자세를 고쳐 온달의 말굽 아래 고개를 조아렸다.

"죽을죄를 지었나이다."

"이 아이를 아느냐?"

온달의 물음에 어머니가 목청을 다해 읍소했다.

"쇤네는 이 아이의 어미로, 석다산 아래 장거리에서 국밥을 팔고 있사옵니다. 박복한 팔자 탓에 서방을 일찍 여의고 유복자로 아이를 낳아 이제껏 키워왔나이다. 아이가 체신이 커 장성한 듯 보이나 기껏해야 열 살 어린아이에 불과하옵지요. 또한 오늘의 잘못은 기운이 넘치고 호기심이 많은 탓이지 불측한 뜻은 결코 없사옵니다. 하오니 하해와 같은 너른 아량으로 용서하여 주시옵소서."

어머니의 읍소는 절절했다. 그러나 온달의 표정은 엄엄하고 단호해 당장에라도 칼을 내릴 기세였다.

"그렇다고 감히 금여를 멈추게 하다니!"

온달의 추상같은 호령이 쩌렁쩌렁 울려 퍼지자 구경꾼들마저 숨을 죽였다. 나는 그 앞에서 고개를 들지 못했고 어머니는 꿇어 엎드린 사지를 벌벌 떨었다. 그럼에도 어머니는 읍소를 그치지 않았다.

"장군님, 부디 어리석고 가여운 백성을 굽어살피시옵소서. 굳이 죄를 물으신다면 그 벌은 소인이 대신 받겠나이다. 아이가 무지해 잘못을 범한 것은 먹고 사는 것에만 급급해 예의범절을 가르치지 못한 어미의 탓이지 아이의 잘못이 아니옵니다. 이 어미를 벌하여 주십시오! 죽어 마땅한 죄, 소인이 달게 받겠나이다!"

어머니는 바닥에 몇 번이고 이마를 짓찧었고 그 울음소리는 모두가 숨죽인 허허한 공간에 사무치게 울려 퍼졌다. 나는 같이 읍소할 수도, 변할 수도 없어 입을 다물고만 있었다.

이때 온달의 곁으로 말을 탄 젊은 여인 하나가 다가왔다. 머리에 얹은머리를 올리고 금실로 삼족오를 수놓은 붉은 색 비단 옷차림의 여인이었다. 여인이 온달과 말 머리를 나란히 하고 서더니 나긋한 말씨로 말을 건넸다.

"서방님, 어린아이입니다."

온달을 일러 '서방님'이라 하니 이는 분명 이 나라 태왕의 금지옥엽 평강 공주임에 틀림없었다. 그제야 온달의 태도가 다소 누그러진 듯했다. 그래도 그의 황가에 대한 충심은 공주의 진정 정도로 쉬이 다스려질 성싶지는 않았다.

"허나 공주, 태왕 폐하의 금여를 멈추게 한 대역죄요. 어찌 가벼이 처리할 수 있겠소?"

그런 온달을 대하는 평강의 태도는 여전히 평안하고 자애로웠다.

"죄라는 것은 알고도 잘못하는 것을 말함입니다. 모르고 하는 짓은 실수지요. 생각해 보십시오. 저 어린아이가 무얼 알아 이 행렬을 멈추게 했겠습니까? 얼마나 불경한 죄이고, 그에 대한 벌이 얼마나 혹독한지 안다면 그리했겠습니까? 다시 한번 연유를 물어보십시오."

마지못해 온달이 다시 내게 물었다.

"너는 어찌 태왕 폐하의 금여를 막아선 것이냐?"

그제야 나도 대꾸할 용기가 났다. 이번에는 큰 소리로 변할 수 있었다. 대신해 죽겠다고 막아선 어머니 덕이었다.

"송구하옵니다, 장군님. 소인, 장군님의 위명을 익히 들어 알고 있었던지라 존경하옵는 장군님의 존안을 조금이나마 가까이서 뵙고자 했을 뿐, 감히 태왕 폐하의 금여를 막을 생각은 없었나이다."

"보십시오. 부러 금여 앞을 막아선 것이 아니라 하지 않습니까?"

"허나 공주······."

"자식을 위하는 저 어미의 마음을 가긍히 여겨 온정을 베푸셨으면 하는 것이 소첩의 바람입니다. 아바마마의 뜻도 그러하시지 않겠습니까? 백성에 대한 마음이 어버이 같은 분이십니다. 세상의 부모는 모두 같은 마음이지요."

미려한 낯에 서그러운 미소를 그린 평강의 타이름은 사천왕 같은 온달의 표정마저 누그러뜨리기에 충분했다. 또한 '세상의 부모는 모두 같은 마음'이라는 말로 홀어머니를 떠올리게 하니 제아무리 황가의 안위를 지킴에 한 치의 여지도 두지 않는 온달이라 할지라도 동하지 않을 수 없었으리라. 그러나 안일한 생각도 잠시,

"감히 누가 짐의 뜻을 함부로 입에 올리느냐?"

또 다른 이의 목청이 온달과 평강의 대화를 끊었다. 뒤에서 황금 갑주를 입은 노인이 황색 말을 타고 천천히 다가와 섰다. 지혜가 담긴 깊은 눈과 장수의 풍모를 두루 갖춘 노인을 대하는 온달과 평강 모두 말 아래 내려섰다. 이어 노인 앞에 고개를 조아렸다.

"폐하, 송구하옵나이다."

폐하. 이 나라에서 '폐하'라 칭해지는 사내라면 오직 단 한 사람, 태왕뿐이다. 그런데 태왕이 금여가 아닌 말을 타고 황금 마차 곁을 따르고 있었다는 사실은 아무도 예상치 못한 일이었다. 관원들뿐 아니라, 주변 모든 백성이 일제히 부복하여 그에게 예를 표했다.

온몸에 식은땀이 흐르고 머리털이 곤두서는 공포가 엄습했다. 온달에 이어 태왕까지 자리하였으니 나는 더 이상 산목숨이 아니었다. 더욱이 죽을 자리에 어머니를 끌어들였다는 사실이 두려웠다.

문득 어머니가 무슨 결심이라도 한 듯 땅 짚은 손을 주먹 쥐는 것이 보였다. 자신이 모든 벌을 받겠노라, 다시 나서리라는 것을 예측할 수 있었다. 그보다 먼저 소신을 다해야 한다는 뜬금없는 각오가 내 허리를 곧추세우게 했다.

나는 어머니보다 앞서 목청을 높였다.

"태왕 폐하 만세! 만세! 만세! 만만세!"

이어 얼른 허리를 세웠다가 두 팔을 크게 벌려 다시 절하며 목청을 높였다.

"폐하! 미천한 백성, 금여를 막아선 대역죄인으로 당장 이 자리에서 백 번 목이 날아간다 하여도 감히 원망치 않겠나이다. 다만! 밝은 성정을 가지신 폐하께 한 가지 청이 있나이다!"

여기저기에서 숨을 턱 아래에서 몰아 잡는 소리가 터져 나온 것은 이때였다. 당장 목이 달아날 것을 두려워해야 할 대역죄인이 '청'이라 하는 것을 누가 예상이나 했겠는가.

나로서는 모 아니면 도, 사死패가 나온 이상 그보다 더 나쁜 패는 없기에 가능한 일이었다. 기실인즉 어차피 죽을 목숨, 되든 안 되든 살기 위해 마지막 발악이라도 떨어볼 참이었다.

"청이라고? 청이라 하였느냐?"

"그러하옵니다, 폐하."

"짐을 비롯해 수십만의 행렬을 멈추게 한 불경한 자가 감히 청이라……. 예가 죽을 자리라는 것을 알면서도 감히 청?"

태왕도 기가 막히는지 입꼬리를 씰룩이며 헛웃음을 터뜨렸다. 태왕의 한 마디 한 마디를 듣고 있는 나의 등골은 이미 물을 뒤집어쓴 것처럼 식은땀으로 푹 젖어 있었다. 바로 목을 칠 것처럼 기세등등하게 벼르고 있는 군사들이 수만이니 그 칼에 한 번씩만 베어도 내 몸은 형체조차 알아볼 수 없을 만큼 갈기갈기 찢어져 버릴 것이었다. 두려움은 불지옥처럼 목구멍을 태웠다.

과연 내 말을 들으려 할 것인가?

이번에도 평강이 나섰다.

"아바마마, 백 번 목을 쳐도 원망치 않겠다 하지 않사옵니까? 자신의 죄를 잘 알고 있으니 언제 죽여도 달게 받겠다는 소리겠지요. 죽을죄라 했으니 죽이면 되옵니다. 다만 죽은 자의 소원도 들어준다는데 하물며 살아 마지막 청이 될 수도 있음이니 한번 들어나 보시는 것은 어떠실는지요?"

평강이 나를 '곧 죽을 자'로 규정짓고 '마지막 청'을 청하자 다행히 태왕이 고개를 끄덕였다. 처음부터 나를 두남두던 평강도, 황가의 안위를 위해 호령했던 온달도, 목을 대신해 내놓겠다던 어머니도, 그리고 태왕조차 내 다음 행동을 읽지 못해 궁금해하거나 망연해하고 있음을 느낄 수 있었다.

나는 까맣게 타는 목젖 아래 마른침을 한 번 넘기고는 찬찬하게 다시 입을 열었다.

"죽어 마땅한 죄, 당장에라도 목을 잘라 불경한 죄를 씻을 수만 있다면 얼마든지 그리하겠나이다. 비천한 소인의 피가 천심에 따라 황성을 천도하는 거사 길에 뿌려져 황가의 안녕과 이 나라 고구려의 발전에 도움이 될 수만 있다면 더 없는 홍복으로 알고 목을 내놓겠나이다. 하오나, 작금의 소인은 아무것도 아니옵니다. 죽어 흘리는 피 한 방울, 뼈 한 조각 이 나라를 위해 쓰이는 것이 아니옵니다. 대신 소인을 살려만 주신다면, 쇤네, 뼈를 깎고 살이 부서지는 노력으로 수련을 다 하여 장차 폐하의 군병으로 전투에 임할 것이며 십만의 적을 무찌를 때까지는 절대 죽지 않겠나이다."

잠시 정적이 주변을 싸고돌았다. 그 정적을 깬 것은 다름 아닌 태왕이었다.

"장차 나의 군병이 되어 전투에 임하겠다? 십만의 적을 무찌를 때까지 절대 죽지 않겠다? 그러니 살려 달라?"

태왕이 적이 놀라고 있음을 그의 음성으로 알 수 있었다. 누가 들어도 허황지설虛荒之說이오, 기군망상欺君罔上한 죄를 더해 사지를 찢어 죽이라 해도 변할 말이 없는 궤변이 분명했다. 정신이 옳지 않아 헛웃음 치게 하다가 몇 대 처맞을 것이 뻔한 봉놋방 잡설보다 못한 소리였다. 하지만 나는 반드시 살아야 했고 살려만 준다면 각고의 노력쯤 문제 될 것도 없었다.

역시나 태왕은 어이없어 웃었다.

"허허허. 대모달, 자네 생각은 어떠한가? 이 아이가 저를 살려만 놓으면 자네도 못 해낸 일을 해보겠다고 하는데, 맞는가? 그냥 이 자리에서 죽이면 태왕인 나와 국가의 손실이니 알아서 잘 판단하라, 이리 들리는구나. 이건 그야말로 청이 아니고 겁박이 아닌가?"

이에 온달의 대답이 이어졌다.

"그러하옵니다. 이 아이는 지금 자신을 죽여도 좋으나, 죽이면 고구려를 짊어질 더 없는 군사를 잃게 될 것이라, 거오한 겁박을 하고 있사옵니다."

"허허. 불측한 아이로다."

"하오나 폐하, 소신이 아직껏 단신으로 십만의 적을 무찌른 적은 없사오나, 이 아이가 장차 그리되지 말라는 법은 없지 않사옵니까?"

온달의 말에 태왕이 멈칫했다. 기다렸다는 듯 평강이 온달을 거들어 다시 나를 두둔했다.

"아바마마, 이 아이는 나라의 동량지재로 거듭날 기회를 주십사, 그렇게 해 보이겠다고 각오하고 있는 것이옵니다. 어차피 어리고 미천한 목숨 하나 죽인들 무에 쓸모가 있겠사옵니까? 괜스레 나라의 중차대한 거사 길에 피를 뿌려 부정 탈까 걱정될 뿐이옵니다. 또한 백성을 대하는 돈독한 자애를 베푸시어 진실로 고구려와 폐하께 충심을 다할 백성으로 거듭날 수 있는 기회를 주심이 득이면 득이지 결코 실은 되지 않을 것이라 확신하옵니다."

태왕은 잠시 말이 없었다. 나 또한 내가 던진 수가 더 끔찍한 죽음으로 돌아오는 한이 있어도 더 이상 물러날 곳이 없기에 눈을 감고 답을 기다렸다. 그의 결정을 기다리는 것이 나만은 아닌 듯 어머니 또한 조용히 숨을 죽였다. 태왕의 물음에 간하듯 대답을 끝낸 평강과 온달 또한 더는 태왕의 심기를 건드리지 않기 위해 조용히 말을 아꼈다.

"핫하하하하하! 이 아이의 기개가 범상치 않구나!"

잠시 후, 머리 위에서 호탕한 웃음소리가 터져 나왔다. 순간, 내 청이 들어졌음을 직감했다. 태왕이 나를 향해 명쾌하게 물었다.

"너의 이름이 무엇이냐?"

"을가 이름은 문덕이라 하옵니다."

"그래, 을문덕아, 짐이 하나 묻겠다. 너를 살려만 준다면 각고의 노력을 다해 십만의 적을 무찌를 때까지 싸워 보이겠다 했는데, 만약 이를 어기게 되면 어찌할 것이냐? 인명은 재천이라 했거늘, 하늘의 부름을 네가 거역하기라도 하겠다는 소리냐? 아니면 죽는 날까지 그 수를 세어 이루지 못하면 네 가솔로 대신할 것이냐?

"하늘의 부름을 거역하다니 천부당만부당한 말씀이옵니다. 다만, 폐하께오서는 하늘의 뜻을 받들어 이 나라 만백성을 아우르고자 오신 천자가 아니시옵니까? 금일 태왕 폐하께오서 소인의 목숨을 살려주신다면 그것이야말로 하늘의 뜻이오니, 소인의 목숨은 태왕 폐하만이 거두어 가실 수 있음을 말씀드린 것이옵니다. 만약 소인이 적의 수급을 세어 십만을 채우지 못한다면 그 곁에 스스로의 목을 걸어 그 수를 채우고 가솔 대신 제 육신으로 하여 똥개의 먹이가 되겠나이다. 하오니 부디 비천한 재주나마 진심갈력하여 대모달 온달 장군님을 모시고 태왕 폐하의 군병이 될 수 있는 기회를 주시옵소서. 그리하여 하늘이신 태왕 폐하와의 약조를 지킬 수 있도록 황은을 내려주시옵소서."

그제야 태왕의 입가에 습습한 미소가 떠올랐다.

"말인즉, 네가 오늘 목숨을 구한다면 이 또한 하늘의 뜻이란 소리로구나. 좋다. 하늘의 뜻에 따라 천도하는 것 또한 백성을 위하는 길인만큼 이 자리에 짐의 백성이 피를 흘리게 해서는 아니 되겠지. 더는 너의 죄를 묻지 않을 것이니 너는 금일 짐에게 한 약조를 지킬 수 있도록 진력을 다해야 할 것이다, 알겠느냐?"

"황은이 망극하옵니다!"

드디어 태왕의 하명이 떨어졌다. 바람대로 태왕은 내게 하해와 같은 황은을 베풀었다. 나는 목숨을 구할 수 있었고, 어머니는 더 이상 두려움에 떨지 않아도 되었다. 그제야 바짝 긴장했던 온몸에서 기운이 풀려나갔다. 자애로운 성심을 직접 목도한 백성들은 일제히 팔을 들어 태왕 폐하 만세를 연호했고, 태왕은 아버지 같은 미소로 화납했다.

일촉즉발의 상황에서 축제와 같은 분위기로 바뀐 것은 말할 나위도 없었다.

마지막으로 말 위에 오르려던 온달이 돌아보며 말했다.

"문덕이라 하였느냐? 네 눈빛이 또렷하고 힘이 넘치는 것이 좋은 기상이 느껴진다. 수련과 학문에 힘써 내게 오라. 좋은 재목으로 보이면 쓸 것이다. 폐하와의 약조를 지킬 수 있도록 기회를 주겠다."

곧 온달이 손짓을 했고, 관원들은 어머니와 나를 줄 밖으로 끌어냈다.

태왕을 태운 말이 걸음을 떼는 것과 동시에 모든 행렬이 일제히 다시 움직였다. 이를 위호하는 개마무사들의 행군도 재개되었다.

어머니는 태왕의 모습이 사라지고 천도 행렬이 멀리 사라질 때까지도 줄 밖에 엎드린 채 일어설 줄을 몰랐다. 멍해 있기는 나 또한 마찬가지였다. 감히 천족인 태왕 앞에서 목숨을 건 승부수를 던졌다니 다시 생각해도 염통이 벌렁거렸다. 살았으니 망정이지 내 몸을 갈기갈기 찢어 놓았을지도 모를 개마무사의 서슬 퍼런 칼날을 떠올리기만 해도 간담이 서늘할 지경이었다.

어머니와 함께 길게 늘어진 해그림자를 밟으며 집으로 돌아왔다. 오는 내내 아무 말도 나누지 않았다. 어머니는 마당에 발을 들이자마자 아궁이를 향해 걸음을 빨리했다. 묵직한 쇠솥 뚜껑을 밀어 여는 어머니는 몹시 힘에 부쳐 보였다. 어머니는 곁에 걸어두었던 국자로 뽀얗게 우러난 국물을 휘휘 젓더니 한 국자 떠서는 잠시 식기를 기다렸다가 홀홀 들이켰다. 그러고 나서야 기운이 나는 듯 모두숨을 쉬었다. 이어 내게도 한 국자 떠서 내밀었다. 나도 국자를 받아 들고 한숨 쉬었다가 천천히 들이켰다. 뜨거운 국물이 목통을 타고 가슴, 배로 이어지는 속길이 그대로 느껴졌다. 간이 되어 있지 않은 소뼈 국물은 밍밍했지만, 끝맛이 구수했다.

국자를 받아든 어머니는 바로 솥뚜껑을 닫았다. 이어 나를 응시하며 말했다.

"너는 태왕 폐하와의 약조를 반드시 지켜야 한다."

"알고 있소."

"너를 두둔해주신 공주마마의 은혜를 잊지 말아야 할 것이다."

"알고 있소."

"대모달님 또한 네게 기회를 주겠다 하셨으니 온몸이 부서져라 수련에 정진해야 옳을 것이다."

"여부가 있겠소? 더는 어머니의 기대 또한 저버리는 일 없도록 하겠소."

그제야 어머니의 낯이 펴졌다. 어머니는 내게서 듣고 싶은 말을 다 듣고 나서야 더는 바랄 것 없는 표정으로 허리를 한껏 폈다. 실상 죽을 뻔한 자식이 살아난 기쁨에 더해 세상을 얻은 듯 흡족해했다.

어머니는 이튿날부터 사흘 동안 주변 걸인들을 모두 불러 무상으로 국밥을 먹이고 집집마다 떡을 해 돌렸다. 누가 물으면, 태왕 폐하의 천도를 감축하는 의미라고 했다.

장안성은 그로부터 8년이 지나서야 완공되었다. 그 사이 성 안팎에 가난한 백성들을 위한 교육 기관인 여러 개의 경당이 세워졌고, 나에게도 입당할 수 있는 기회가 주어졌다. 나의 뜻한 바를 알게 된 어머니의 아낌없는 기부 덕이었다.

경당에서는 불경과 중국 선현들의 글을 가르치는 틈틈이 검술과 궁술 따위 무술을 고루 가르쳤다.

나는 어려서부터 은혜를 입으면 갚고, 약속을 하면 꼭 지켜야 한다고 어머니에게 배워왔다. 어머니를 살려준 연 의원과의 약속도 그랬거니와, 내 목숨을 보전해준 태왕 폐하와 공주 전하, 온달 장군 앞에서 폐하의 군사가 되어 십만의 적을 무찌르겠다는 약조도 지켜야 했다. 특히 온달이 마지막으로 남기고 간 '좋은 재목으로 보이면 쓰겠다'는 말은 나를 채찍질하고 독려하는 지표가 되었다. 그 결과 이태 만에 경당의 스승들에게서 배울 수 있는 모든 것들을 습득할 수 있었다. 더 큰 사람이 되기 위해 더 나은 스승을 찾아야 했다.

나의 결심을 들은 어머니는 조금의 주저 없이 승낙했다.

"가거라. 가서 너의 뜻한 바를 반드시 이루어라. 폐하와의 약조를 지킨 뒤 반드시 해야 할 일이 있으니……."

"반드시 해야 할 일이라면……?"

"돌아가신 아버지의 사인을 밝혀내야 한다. 왜 돌아가셨는지, 어떻게 돌아가셨는지…… 그리고 누구의 짓인지를 말이다."

"아버님의 사인……."

그제야 어머니가 왜 죽음보다 더 고된 세월을 아득바득 버텨왔는지를 깨달았다. 얼음장 같은 구들 위에서 기절한 어미의 마른 젖을 놓지 않고 이악스레 매달렸던 나에 대한 자식애뿐 아니라, 남편의 사인에 대한 지울 수 없는 의구심 때문이었다. 내가 '큰 사람'이 되어야 할 이유가 또 한 가지 생긴 셈이다.

나는 어머니의 뜻을 가슴에 새긴 채 봇짐을 꾸렸다. 경전과 고서 몇 권, 갈아입을 옷 한 벌과 여분의 미투리, 허기를 달랠 보릿가루 두 되와 새로 찐 떡 두 덩이, 수육 한 덩이, 그리고 가리가 준 단검을 챙겨 봇짐을 꾸려 나오는데 집 밖에서 인기척이 있었다.

주변을 둘러보았지만 새도 잠든 교교하고 컴컴한 새벽하늘에 작은 벌레 소리만 웅웅거렸다. 대신 장독 위에서 무언가를 발견했다. 붉은 물을 들인 베로 된 머리 끈, 여자아이들이 쓰는 물건이었고 대번에 가리의 것임을 알았다. 선친의 고향으로 갔다는 가리가 다시 돌아와 있다는 사실에 놀랍기도 하였지만, 그간 나를 잊지 않고 있었다는 사실에 묘한 마음이 동했다.

나는 얼른 머리 끈을 챙겨 소매 속에 넣었다. 그리고 어딘가에서 지켜보고 있을 가리를 찾아 시선을 두리번거렸다. 그러나 가리의 모습은 보이지 않았다.

밤잠을 설치고 나온 어머니는 동구 밖까지 배웅나왔다. 이제는 큰 사람이 되어 오너라, 하지 않고 그저 나를 믿는다고만 했다. 내 어머니의 진심이리라.

연이은 비보

　우경은 약관의 나이에 출가하여 불도에 정진하니, 그 깨달음이 고절하여 선사로 불렸다. 적의 난입으로 고향 마을이 쑥대밭이 되었다는 소식을 들은 그는, 장삼을 벗어 던진 채 의병을 모아 적을 궤멸시켰는데 그 공을 인정받아 선인의 관등을 얻었다. 불경과 사서삼경 해석 모두에 절등하고 인품이 고매하여, 많은 이들이 그의 제자가 되고자 각지에서 몰려들어 그 수만도 기백에 이르렀다. 일신을 다해 배움을 청할 수 있는 스승이라 여겨졌다.

　그런데 그와의 만남은 쉽지 않았다.

　집을 떠나 바로 그가 제자들을 가르친다는 산속의 '세연당世緣堂'을 찾았다. 그는 이미 제자들을 이끌고 나가 부재중이었다. 고구려 지배하에 있던 거란의 별부契丹別部 4,000여 가와 출복부出伏部

외에 여러 부족이 수나라에 투항하자 더 이상의 이탈을 막고자 자진 정행한 상태였다. 텅 빈 세연당에는 어린 동자 몇뿐이었다.

세연당에서 하룻밤을 묵으며 어비루라는 더벅머리 동자에게 그에 대한 얘기를 들을 수 있었다. 소문대로 우경은 인품이며 학식뿐 아니라 무예 실력까지 출중하여, 모두가 일심을 다해 그를 따르고 있다는 소리였다.

바로 아래 대형들을 비롯하여 막 배움을 시작한 어린 동자들에 이르기까지 양식을 똑같이 나눠 먹이고 의복을 해 입도록 하였다. 신분 고하를 막론하고 '해운루'라는 정각에 모두 모아놓고 부처님의 말씀 혹은 중국 경서, 고구려의 역사를 강의한다고 했다. 제자들이 의문을 제기하거나 반론하여도 성을 내거나 일축하는 일 없이 수긍하고 이해시킨다고 했다.

지근거리에서 모시는 아이의 말이니 더더욱 소문은 진실일 터, 그런 스승을 모신 어비루의 낯에는 흠모하는 빛이 역력했다. 부러웠다.

다음날, 세연당을 나왔다. 우경이 어린 동자들은 절대 전장에 동행시키지 않는다 하니 그를 찾아가 볼 수도, 마냥 기다릴 수만도 없는 노릇이었다.

그 길로 불곡산에 입산했다. 스승을 모시기 전까지 홀로 수련하면서 기다릴 참이었다.

산 중턱에 동굴이 하나 있었다. 속이 깊으면서도 입구에 해가 잘 들어 음습하지 않으니 염량을 피하기도 적당할 뿐 아니라 책을 읽거나 눕기에 적당했다. 주변에는 산나물이며 나무 열매를 비롯해 사냥할 만한 작은 동물들이 지천이라 섭식에도 무리가 없었다.

바닥이 평탄한 곳을 골라 검술과 궁술도 연마했다. 매일 수백 발의 화살을 쏘아댄 탓에 촉을 깎고 갈아 화살을 만드는 것도 일이었다. 그리 열심히 수련하다 보니 화살의 표적이 되는 나무는 점점 멀어졌고, 칼을 맞아 베어진 나무들은 소생할 틈도 없이 죽어 황폐한 땅이 점차 늘어났다.

밤이면 돌을 깎아 만든 등잔에 깨기름으로 불을 밝혀 서책을 읽었다. 몇 권 되지 않는 책을 읽고 또 읽으니 다 외울 참이었다. 그래도 지고한 말씀들은 읽으면 읽을수록 새로웠고 마음에 굳은 심지로 고착되었다. 열 번도 더 읽은 행간에서 또 다른 숨은 뜻을 발견할 때면 기쁨이 배가 되었다.

가끔 길 잃은 봇짐장수나 약초꾼들이 진자리를 피해 동굴로 찾아들 때가 있었다. 나는 그들에게 먹을 것을 나눠 주고 잠을 재웠다. 대신 그들을 통해 세상 돌아가는 소식을 들었다.

주나라 황제인 정제靜帝로부터 황좌를 선양 받아 수나라를 세운 양견이, 드디어 남쪽의 진陳 또는 南陳을 멸망시키고 중원을 통일했다. 그 소식에 걱정이 앞섰다. 자신들을 중화라 자처하는 한족들에게 통일 대국이란, 주변 이족들에게는 크나큰 위협이 되어 왔다. 안으로는 전 황조의 잔재를 뿌리 뽑고, 새 황조의 관제를 재편하는 과정에 으레 생기는 백성들의 반심과 불만을 밖으로 돌리기 위해, 어김없이 정복 사업을 꾀하였기 때문이다. 수많은 제후국이 난립했던 시대를 종식한 진나라 시황제가 그러했고, 진나라 이후 다시 통일 제국을 세운 한나라가 그러했다.

그 와중에 태왕이 붕어했다. 소식을 전한 이는 약초꾼이었다.

약초꾼은 동굴에 들어서자마자 대뜸 모닥불 앞으로 달려들었다. 노상 다니던 산길인데 귀신에게 홀렸는가 길을 찾을 수가 없더라며 불 앞에 옹송그리고 앉아 새파랗게 언 몸을 녹였다.

마침 사슴 고기를 말린 육포가 있어 그에게 건넸다. 약초꾼은 무척 고마워하며 답례로 자신이 캔 더덕을 나누어 주었다. 나는 그가 준 더덕을 껍질째 모닥불 위에 얹어 구워냈다. 동굴 안에 향긋한 더덕 내가 가득 퍼졌다. 어느덧 어머니가 기름을 발라 구워주던 더덕구이 생각이 났다.

약초꾼은 허기진 모양으로 육포를 뜯다 말고 문득 생각난 듯 한숨을 무겁게 떨어뜨렸다.

"참으로 성군이셨는데 말이야."

"무슨…… 말씀이시오?"

"아 참, 이런 깊은 산속에 이태나 들어앉아 있었다니 세상 돌아가는 소식을 듣지 못했겠구먼. 세상이 바뀌었는데도 말이야."

"세상이 바뀌다니요?"

"얼마 전 태왕 폐하께서 붕어하시고 장자이신 원 태자께서 새 태왕이 되셨다네."

"예?"

뜻밖의 소식에 놀라움은 실로 컸다. 재차 물어 확인하지 않을 수 없었다.

"폐하께서 붕어하시다니요? 황성 천도 행렬 중 뵌 적이 있소. 자애롭고 너볏한 용안은 젊은 사람 못지않게 혈색이 좋고 눈빛은 밝으셨소. 금여도 아닌, 말을 타고 거둥하실 정도였소. 게다가 전쟁이 나면 친히 말을 타고 전장에 나가 진두지휘하실 정도로 강건한 분이라 들었소. 그런데 갑자기 무슨 일이 있었던 게요?"

"말이 천족이지 죽고 사는 건 여느 백성들과 매한가지 아닌가? 때 되면 그리 가는 게지."

"하지만……."

"몇 해 전부터 소갈증을 보이셨다는구먼. 그 왜 있잖은가? 입이 마르고 물을 자주 찾게 되고 소피도 자주 보는데 그 색이 맑지 않고 탁해지는…… 내 선친께서도 그 병을 앓다 가셨는데, 무서운 건 그 병이 아니라 다른 병증이 더해지면 객증으로 살아남지 못한다는 거지. 내가 지금 이렇게 약초꾼이 된 것도 다 선친의 병 때문이었는데 말이야. 쥐똥나무니, 표고니, 구기자니 산으로 들로 아버지를 구병하기 위해 참 많이도 다녔지. 이제는 이게 내 밥벌이가 되었네만."

가뭄이 들면 관곡으로 죽을 쑤게 하여 백성들을 먹이고, 부역하는 이들을 몸소 친방하여 격려를 아끼지 않았던 태왕이었다. 공명정대한 판결을 어긴 관리들에게 엄정하게 매를 가하던 성군이었다. 붕어 소식을 전해 들은 백성들은 너나 할 것 없이 자발적으로 조의를 해 입고 사흘간 곡기를 끊었으며, 황성 앞에 추모하기 위해 모여든 백성의 수만도 십여 리에 이르렀다고 약초꾼은 유감스러운 표정으로 전했다.

물론 안타깝고 애통한 것은 내가 더하면 더했지, 덜하지 않았다. 작금에 내 목이 온전히 붙어 있는 것 또한 태왕이 베푼 황은에서 비롯된 것이었으니, 그날로 건을 검게 물들여 매고 닷새간 식음을 전폐하였다. 또한 황성을 향해 매일 108배 하면서 애통해했다. 재위 32년 되는 해였고, 휘는 양성, 시호는 평원태왕平原太王 혹은 平岡上好王이었다.

그런데 화불단행禍不單行이라 했던가. 그 애통함에서 벗어나기도 전에 청천벽력 같은 비보를 다시 접하게 되었다. 그 전조가 되는 꿈을 꾼 것은 태왕의 죽음을 안 지 얼마 지나지 않은 때의 일이었다.

**

동장군이 기승을 부리는 추운 날씨, 때아닌 천둥 번개가 요란하더니 눈 섞인 장대비까지 쏟아지기 시작했다. 검술 수련을 계속할 수 없었던 탓에 서둘러 동굴 안으로 돌아왔다. 무예 수련조차 할 수 없으니 낮부터 서책을 읽는 것은 당연했다. 동굴 입구를 까맣게 가릴 정도의 굵은 빗줄기 소리를 들으며 등불을 밝히고 낡은 경전을 펼쳤다. 그러다 깜빡 잠이 들었던 모양이다.

따사로운 봄볕이 간질간질하여 감은 눈꺼풀을 뜨지 않을 수 없었다. 하얀 나비들이 눈꽃처럼 사뿐히 날갯짓하여 사방으로 날아오르고 오색의 꽃이 향기로, 모양새로 제 아름다움을 뽐내고 있는 눈부신 들판이 눈앞에 펼쳐졌다. 고운 무지개 주위로 세상에 존재하지 않을 듯한 예쁜 새들이 날아다니고 토끼와 여우가 함께 노니는 생경한 풍광이 신기하면서도 이곳이 선경仙境이구나 싶었다.

그 한가운데 내가 있었다. 그리고 멀찍이 흰 눈처럼 하얀 도포를 입은 신선이 홀로 서 있었다. 나는 그를 향해 천천히 걸어갔다. 그 앞에 이르러서는 반가움과 놀라움에 설레었다. 서그러운 입가에 미소를 짓고 있는 이는 다름 아닌 온달이었다.

그가 나직한 음성으로 말했다.

"문덕아, 너는 대고구려를 지켜낼 귀재가 될 재목이다. 속신하고 수양함에 게으름을 피워서는 아니 되느니라."

"명심하겠나이다."

"폐하께 했던 약조를 반드시 지켜야 할 것이다."

"반드시 지키겠나이다."

"너에게 가르치고 보여줄 것이 많았건만……."

그는 더는 입을 다물고 돌아섰다. 묵묵히 등을 보이고 걸어가는 그의 걸음걸이는 그의 말투와는 달리 무척이나 가벼워 보였다. 얼른 그의 뒤를 쫓기 시작했다.

"장군님! 장군님, 잠시만……."

그러나 아무리 애를 써도 그의 발걸음을 따라잡을 수가 없었다. 오히려 달리면 달릴수록 그와의 거리만 더욱 멀어졌다.

어느새 그의 모습은 보이지 않게 되었다. 망연자실, 이어 주변을 돌아보는데 사방이 허하고 발밑이 아찔했다. 경쟁하듯 화려함을 뽐내던 꽃들도, 눈꽃 같이 살랑대던 나비도, 온몸을 나른하게 따사로웠던 햇살도 자취를 감추었다. 더 이상 발 디딜 여지도 없는 뾰족한 돌산 정상에 위험천만하게 서 있는 나만 있었다. 아득하게 꺼져버려 육안으로는 그 깊이를 도저히 가늠해볼 수조차 없는 발밑을 내려다본 순간, 발바닥을 찌르는 듯한 아찔한 선율과 함께 온몸에 소름이 돋았다.

다행히 그때 눈을 떴다. 한 발만 헛디뎌도 나락으로 떨어질 수 있는 낭떠러지는 꿈이었다. 아쉬운 것은 온달도 꿈이라는 사실이었다.

"헉!"

그런데 낭떠러지만큼이나 위험천만한 상황은 현실로 고스란히 이어졌다. 갈마드는 두려움과 아쉬움에 한숨을 내쉴 새도 없이 눈앞에 바짝 붙어 있는 형상에 기함하고 말았다. 구렁이 한 마리가 서책을 올려놓은 평평한 바위 위에 대가리를 곧추세운 채 나를 차갑게 굽어보고 있었다. 씨름판 장사의 넓적다리만큼 굵고 열다섯 자는 될 듯한 커다란 구렁이였다. 구렁이의 길고 차가운 두 갈래 혀끝이 내 코를 훑고 지나가는가 싶더니 이내 커다랗게 벌어진 시커먼 아가리가 달려들었다. 놀라고도 화가 난 나머지 재빨리 허리에 찬 단도를 빼 들어 구렁이의 목을 찍었다. 어찌나 세게 찍었는지 구렁이의 목이 단박에 박살 난 것은 말할 것도 없거니와, 서안을 대신하고 있던 단단한 바위마저 쩍 소리와 함께 갈라졌다.

그때부터 괜스레 심산했다. 구렁이야 동면을 위해 동굴 깊숙이 자리를 틀고 있다가 불빛 온기에 기어 나왔을지도 모른다. 뒹구는 구렁이의 사체 때문이 아니라 꿈에서 본 온달의 모습이 적이 걸렸다. 나를 기다림에 아쉬워하고 있는 듯한 온달의 말 또한 그랬다.

장대비는 이틀간 계속되었다. 장마도 아닌 한겨울에 내린 큰 눈비로 동굴 입구 한쪽이 무너져 내렸다. 언제 입구가 막힐지 모르는 동굴은 더 이상 머물 곳이 아니었다.

다시 봇짐을 꾸려 동굴을 나섰다. 바로 산에서 내려왔다. 근 2년 반 만이었다.

산에서 내려오는 동안 물이 넘쳐 유실되거나 낙뢰에 맞은 나무들이 막아선 길과 여러 차례 마주쳐야 했다. 물론 날 때부터 산에서 뛰놀고 자라고 수련까지 더한 내게 험한 산길이 문제 될 것은 없었다. 잰걸음으로 날듯이 뛰었더니 하루도 채 되지 않아 집에 다다를 수 있었다.

아직 해도 뜨지 않은 시각인데도 여전히 마당 한 구석 아궁이에는 불이 지펴지고 무쇠솥에서는 고깃국이 설설 끓고 있었다.

김을 내며 끓고 있는 뜨끈하고 구수한 고깃국 냄새가 어머니의 체취로 느껴져 그리움이 북받쳤다.

"어머니!"

얼른 집안으로 들어섰다. 어머니는 불이 지펴진 구들 곁에 앉아 바느질을 하고 있었다. 그런데 반가움도 잠시, 서름한 어머니의 눈빛에 멈칫했다. 벌써 수양을 마쳤다고 온 게냐, 나무라는 표정인 듯하여 서머서머한 기분에 앉지도 못한 채 어정쩡 서 있으려니 어머니가 먼저 입을 떼었다.

"소식을 듣고 온 게냐?"

그러고 보니 어머니는 검게 물들인 조의 차림이었다. 아들의 목숨을 보선해준 황은에 보답고자 사흘 동안 폐하의 굶주린 백성들을 불러 무상으로 국밥을 먹였던 어머니였다. 그 심사를 아는 나로서는, 선제의 붕어 소식으로 알아들었다.

"예, 어머니."

"그러면 이곳으로 올 것이 아니지."

어머니는 묵묵히 고개를 숙이더니 만들고 있던 옷을 서둘러 마무리했다. 그리고 내게 그 옷을 내주었다. 이 또한 검은 물을 들인 조의였다.

"서두른 보람이 있구나."

얼른 어머니의 뜻에 따라 오래되어 너덜너덜 해어진 옷을 벗고 새로 만든 조의를 입었다. 뻣뻣하게 풀을 먹인 마포 안에 살뜰히 짐승의 털을 대어 꿰맨 동절기용 조의라 따뜻했다. 어머니는 손수 내 허리에 띠를 매어주며 차분하게 말했다.

"초상은 치렀으나 아직 장례를 마친 건 아니다. 관습상 3년간 집안에 빈소를 차리고 시신을 모셨다가 장지로 옮기게 되어 있으니, 어서 가서 장군의 영전에 조문하도록 하여라."

"장군……이라니요?"

"소식을 듣고 왔다 하지 않았느냐?"

"태왕 폐하께오서 붕어하신 것이 아니오?"

"폐하께서 붕어하신 것은 사실이다. 나라의 백성들이 사흘 동안 곡기를 끊고 황성을 향해 엎드려 곡을 할 정도로 슬퍼했지. 이 어미 또한 너로 인해 황은을 입었기에 애통함이 말로 표현할 수 없을 정도였다. 하지만 새로운 태왕 폐하가 등극하셨으니 더 이상 슬퍼하고만 있을 수는 없는 일 아니냐. 지는 해를 걱정하기보다는 떠오르는 해를 고대하는 것이 세상 이치. 그보다는…… 걱정이구나. 누가 있어 이 나라를 지켜낼 수 있겠느냐? 한 사람의 맹장은 수천, 수만의 군졸보다 중한 법이거늘."

어머니의 한숨 소리와 함께 온달의 꿈이 떠오른 것은 불안한 예감의 적중을 의미했다. 나는 그게 무슨 뜻이냐, 누구를 말씀하시는 것이냐, 되묻지 못했다. 두려웠다.

"폐하께서 붕어하시고 이어 장남이신 원 태자께서 새로운 태왕 폐하 자리에 오르셨지. 그때 바로 온달 장군께서 선황 폐하의 유의에 따라 한수를 탈환하러 출정하셨던 게다. 하지만 불행히도 항우의 용맹과 제갈량의 지략을 자랑하던 장군도 하늘의

운이 닿지 않았던지 아단성阿旦城에서 적의 유시를 맞아 장렬히 전사하셨다는구나."

두려움은 사실로 굳어졌다. 바닥에 주저앉고 말았다. 내 품은 뜻이 그분을 모시고 폐하의 나라를 지키는 것에 있었건만, 뜻을 이룰 기회조차 없이 무산되었으니 하늘이 무너지고 땅이 꺼지는 낙망함에 기진한 듯 일어서지 못했다. 그런 나를 일으킨 것은 어머니의 엄한 질책이었다.

"일어서거라. 언제까지 이러고 있을 게냐? 누구보다 먼저 달려가 장군의 영전에 조문해야 하지 않느냐? 네가 뜻을 이루기도 전에 장군께서 돌아가셨다 하여 그분과 선황 폐하께 했던 약조를 지키지 않을 셈이냐? 어서 일어나 장군 댁으로 가라. 그분을 모시겠다 약조한 바 있으니 스승에 대한 예, 상전에 대한 예, 부모에 대한 예로서 상례를 다해야 할 것이다. 그것이 네 할 도리이자, 네 목숨을 보전해주신 선황 폐하, 평강 대공주 전하, 그리고 온달 장군님에 대한 예의가 될 것이야."

몇 해 만에 만난 아들을 대하는 어머니의 태도는 야멸차다 싶을 정도로 꿋꿋했다. 그런 어머니의 강의가 나를 일으켜 세웠고 봉행하게 했다. 도리니 예의니 따지지 않더라도 그리하는 것이 옳았다. 온달은 내가 뜻을 세울 수 있는 확실한 명분을 세워준 은인이었다.

조문

날이 새자 빗줄기가 멈췄다.

나는 어머니가 끓여주신 따뜻한 국밥을 먹는 둥 마는 둥, 온달 장군의 가택이 있는 장안성으로 향했다. 장안성의 서쪽 해자인 평양강의 길고 큰 다리 앞에 이른 것은 해가 중천에 떴다가 기울기 시작할 즈음이었다. 가리의 아비가 장안성 축조 도중 크게 다쳐 주검이 되어 나갔던 그 다리였다.

강 건너에서 바라보는 장안성은 실로 그 크기가 육안으로는 짐작조차 하기 힘들 정도로 장대하고 위엄찼다. 세상 그 어디에도 이토록 큰 성은 없다고 들었다. 끝이 보이지 않을 만큼 긴 성벽은 하늘을 이고 있는 듯 높아 강을 반쯤 덮을 만큼 깊은 그림자가 드리워져 있었다. 그 그림자를 가르며 평화롭게 출렁이는 물결을 타고 여러 척의 상선, 돛배들이 멀리에서 보내온 귀한 물자들과 손님들을 태우고 오갔다. 그러나 이러한 평화로운 풍경도 억장이 무너지는 슬픔을 잊게 할 수는 없었다.

다리를 건너 성문으로 다가서자 외성을 지키는 수문졸이 입성의 목적을 물었다. 노상 출입하는 낯이 아니니 묻는 듯했다. 수문졸은 온달 장군의 조문객이란 소리에 중성으로 가라 하면서도 중성의 성문 앞에서는 강도 높은 검문이 있을 거라는 언질을 주었다. 인봉囚封을 치르는 중에 나라의 동량지신이라 할 수 있는 대장군까지 전사하였으니 이 틈을 노려 침입할 외국의 간자들을 방비하기 위함이라고도 했다.

외성 안으로 들어서자 그 중심을 가르는 커다란 운하와 물살을 헤치며 운항 중인 커다란 상선들이 한 눈에 들어왔다. 평양강 갈라진 물줄기가 그대로 다경문을 통과하여 중성 정양문까지 이어지는데 그 앞에 정박한 배들만 수십 척에 이르렀다. 주변으로는 백성들의 가옥과 서풍에 얼어붙은 논밭이 구획에 맞춰 반듯하고 정연하게 길이 나 있었다. 묻지 않아도 중성으로 향하는 길을 알 수 있었다. 그 길을 뛰다시피 빠른 걸음으로 걸어 중성 성문 앞에 이르렀다.

외성의 수문졸 말대로 검문이 있었다. 몸 구석구석, 짐 하나하나를 일일이 수색하는 삼엄한 검문이었다. 봇짐에서 단도가 나오자 난색을 표하는 수문졸이 입성을 막았다. 단도를 수문졸에게 맡기고 나서야 입성이 허락되었다. 단도는 가리에게서 받은 것이었다.

대부분 초가에 기와집이 드문드문 섞여 있는 외성과는 반대로, 중성 안은 상당 부분이 기와집이었다. 중직을 맡은 관료들이나 황가의 직계 혹은 방계 귀족들의 가택, 그 외 황성을 지키는 경비병의 주둔소와 황성의 일을 도모하는 관청들로 주를 이뤘다. 그중에서도 가장 안쪽, 황성에서 가장 가까운 곳에 온달 장군의 가택이 자리하고 있었다. 황성 안으로는 들이지 않았으나, 선황의 평강 공주에 대한 애정과 온달에 대한 신망이 결코 헐후하지 않았다는 증거인 셈이다. 그럼에도 나라의 부마이며 대모달이라는 무관 최고의 관직에 어울리지 않게 그 규모가 과히 크지 않은 것이 의외였다.

차후에 안 일이지만 온달의 가난하게 자라 몸에 밴 검약과 천성적인 겸양이 허영과 과시로 집을 늘리는 일을 원치 않았다고 했다. 이렇듯 단신 적진에 뛰어들어 수많은 적을 베어버린 용맹에 더해 인품마저 고고하니 공경하지 않는 이가 없는 것은 당연했다. 조문객이 많을 것이라고 예상했다. 그러나 실상은 달랐다. 조문객은커녕 상중 표식도 달지 않았다. 게다가 아예 솟을 대문까지 걸어 잠근 채 객을 맞을 생각조차 없는 듯 보였다.

처음엔 집을 잘못 찾은 것으로 알고 주변을 돌았는데 그때마다 사람들이 가리키는 곳은 분명히 그 집이었다.

마침 집을 나서는 중씰한 하녀가 있어 이유를 물었다.

"말도 마오. 조문객들이야 많았지. 우리 장군님이 전사하셨다는 소리 나고 한 이레 동안은 이 길 앞이 조문객들로 장사진을 이루었다니까. 장군님을 흠모하던 백성들은 물론이거니와 이름만 대면 알만한 나라 안팎의 귀인들로 가득했지. 다들 수레니, 하인들 등짐에 조문품을 가득 싣고 말이야. 하지만 우리 공주마마님께서 다 물리셨다오. 절대 사사로이 조문객을 받지 말라 하시면서 달아놓았던 표식조차 떼라 하셨을 정도니 원."

"그게 무슨 소리요? 상갓집에서 조문객을 마다하다니……."

"마마님 말씀이, 국상을 치르는 중에 일개 장수의 장례를 드러내는 것은 예의가 아니다, 더욱이 지아비의 장례를 치르기 위해 부친의 장례를 거둘 수는 없다……. 그게 우리 마마님의 완강한 뜻이었으니 말이오. 사실 우리 장군님이 어디 일개 장수요? 선황 폐하의 금지옥엽이자 금상 폐하의 하나뿐인 누이이신 평강 대공주님의 부군이시고, 게다가 무관 최고의 자리인 대모달이 바로 우리 장군님 아니셨소. 그런데 문제는 조문 왔던 이 중에 조문엔 뜻이 없고 공주마마님께 줄을 대보려는 삿된 자들이 있었던 게요. 장군님 살아 계실 적에야 감히 엄두도 못 내던 작자들이 기회다 싶으니 공주마마님을 만만하게 보고 줄 서기 하려던 게지. 하지만 우리 공주마마님이 그리 호락호락한 분은 아니거든. 심지가 굳기로 치면 장군님보다 더하면 더했지, 덜 하지 않은 분이신데 말이야. 그런 못된 심사를 가진 자들 탓에 장군님의 장례도 제대로 치르지 못하고 있는 게 원통할 뿐이라오. 어쨌거나 전장에선 호랑이 같았어도 우리네 하찮은 노비들에게까지 인정을 베푸시던 자애로운 분이셨으니……."

하녀는 모시던 주인의 죽음에 대한 애석함에 더해 조문객들조차 제대로 받을 수 없는 상황이 원통했는지 낯선 젊은이 앞에서 두서없는 넋두리에 눈시울까지 붉혔다.

이때 대문 앞에 노인 하나가 나와 헛기침을 했다. 건 아래 늘어진 긴 머리카락과 수염이 은수저처럼 허옇고 반질반질한 노인이었다. 하녀는 부랴부랴 달아나듯 자리를 뜨고 말았다.

"쯧쯧. 마마님께서 그리 말을 삼가라 하셨거늘……. 에헴."

노인은 그리 하녀의 뒤통수에 대고 한마디 내뱉고는 나를 본 체만체 다시 대문 안으로 들어가려 했다. 나는 급하게 노인을 불러 세웠다.

"이보시오. 나는 석다산 아래 사는 을문덕이라 하오. 온달 장군님의 부음 소식을 듣고 불원천리 달려왔소. 다른 뜻이 있어서가 아니니 장군님 영전에 조문만이라도 할 수 있게 해주시오."

"조문객은 받지 않는다는 말을 못 들었는가? 왕후장상이 와도 들이지 말라는 마마님 엄명이 있었으니 돌아가시게."

노인은 두말할 여지도 두지 않은 채 대문 안으로 들어가 버렸다. 더는 장군의 영전에 조문할 방법이 없었다. 상주가 원치 않는 조문은 불가능했다. 그렇다고 되돌아갈 생각 또한 없었.

날이 저물면서 매서운 대륙의 겨울바람이 살스럽게 몰아쳤다. 나는 대문 섬돌 아래 무릎을 꿇었다. 그리고 흐느끼듯 조용히 곡을 하기 시작했다. 연이어 아버지와 지아비를 잃고, 깊은 상심에 빠져 있을 평강의 심기를 거스르고 싶지는 않았다. 다만, 어머니의 뜻이 아니더라도 전심을 다해 따르고자 했던 정신적 지주의 갑작스러운 죽음은 나로서도 비절한 일이 아닐 수 없었다.

이튿날 새벽에 마을 앞 우물로 물을 뜨러 나오던 또 다른 하녀가 나를 발견했다. 그러나 치맛자락을 간추리며 지나칠 뿐이었다. 대문 안은 여전히 조용했다. 일을 보러 드나드는 하인들 외에 대문을 여닫는 일도 없었다. 나는 꿇어앉은 다리를 풀지 않은 채 소리 죽여 곡을 계속했다.

다음날은 하늘조차 서러운지 침침한 구름장이 낮고 가득했다. 보다 못한 노인이 문을 열고 나와 한 소리 했다.

"쓸데없는 짓 하지 말고 가시게. 날씨가 꾸물꾸물한 것이 곧 눈이라도 쏟아부을 것 같은데 그러다 얼어 죽기라도 하면 상갓집에 송장 얹어줄 일 있는가?"

대꾸하지 않았다. 가라 한다고 갈 것 같았으면 오지도 않았을 것이다. 내 속내 품었던 온달에 대한 소회를 풀 때까지는 자리를 뜨지 않을 작심이었다. 조금 더 일찍 서둘렀더라면 하는 아쉬움은, 더욱 정진해 수련을 마치지 못한 후회로 돌아왔다. 노인은 말린들 듣지 않으리라 여겼는지 혀를 쯧쯧 차더니 다시 대문을 닫고 들어가 버렸다.

그의 말대로 해 질 녘부터 눈이 내리기 시작했다. 거친 바람이 얼어붙은 낯과 몸 위로 커다란 눈송이들을 메내부쳤다. 꼿꼿이 세운 어깨 위로 금세 하얀 눈이 소복이 쌓였다. 밤이 깊어질수록 살을 에는 듯한 추위는 더욱 심해졌다. 온몸이 얼어붙어 무릎을 떼려 해도 떼어질 성싶지 않았다. 그럼에도 나의 곡성은 밤새 그치지 않았다.

순라군들이 칠흑 같은 어둠과 촘촘한 눈발 속에 나를 발견하지 못하고 지나치려다가 기겁하니 달아났다. 커다란 눈덩이 밖으로 흘러나오는 가느다란 곡성을 귀성으로 알았던 탓이다. 스스로도 곡성인지 귀성인지 분간이 되지 않을 정도로 나의 심통함은 깊어만 갔다. 이대로 온달을 따라 황천길에 올라도 무관하리라 싶은 극단적인 생각마저 들었다. 의식은 점점 흐려져 갔다.

어느새 온달이 부르는 소리가 들렸다.

"문덕아, 이제 온 게냐?"

**

눈을 뜨는 순간, 온달을 만난 것이 꿈이라는 사실에 가슴이 옥죄었다. 그와 묻고 답하기를 꽤 오랫동안 한 것 같은데 내용이 전혀 기억나지 않아 이 또한 원통했다. 대신 몸은 따뜻한 훈기에 나른하게 젖어 들었다. 벗은 몸을 감싼 부드러운 털 이불에서 풍기는 향기가 산뜻했다. 돌베개를 베고 자갈이 살을 파고드는 맨바닥에 누울 때마다 얼마나 바랐던 편안함이었던가를 떠올리자 뭉클해졌다.

그러다 퍼뜩 정신이 들었다. 내가 있어야 할 곳은 따뜻한 방구들이나 침상이 아니어야 했다. 오히려 매서운 눈보라가 치고 꽁

꽁 얼어붙은 흙바닥이어야 했다. 화들짝 몸을 일으키려는데 심한 동통으로 욱신댔다. 몸 여기저기에 후끈거리는 약초를 댄 천이 매어져 있었다. 누군가 동상 치료라도 행하였던 모양이다. 어머니가 급조한 조복도 깨끗이 빨래 되어 머리맡에 개어 있는 것을 발견할 수 있었다.

무엇보다도 낯선 주변 상황에 당황스러웠다. 차가운 동굴 속 돌바닥도, 매서운 눈보라가 치는 흙바닥도, 군불을 땐 내 집 구들 위도 아니었다. 천장이 높고 귀한 종이를 벽에 바른 커다란 방 안에서 푹신한 짐승 털로 된 이불을 덮은 채 두세 명이 누워 뒹굴어도 남을 만한 침상 하나를 독차지하고 있었다. 게다가 단출하기는 하지만 옻칠이 반지르르한 세간들은 전혀 눈에 익지 않은 고급스러운 것들이었다.

천천히 침상에서 내려왔다. 발걸음이 저절로 장서들 가득한 오동나무 책장 앞으로 옮겨갔다. 경당의 서가에서도 본 적 없는 귀한 서책들을 발견할 수 있었다. 잠시 이곳이 뉘 댁인지, 왜 이곳에 와 있는지를 잊고 서책들을 열어보게 되었다. 손때 묻은 정도로 보아 책을 넘긴 횟수가 상당했으리라 보였음에도 구김이나 낡음이 적고 눅눅하지 않았다. 때마다 거풍과 건사에 정성을 쏟으며 조심스럽게 서책을 대했을 주인의 심사가 느껴졌다.

마침 방문이 열렸다. 온달의 가택 앞에서 만났던 노인이 들어왔다. 노인은 깨어 있는 나를 발견하고는 대뜸 한마디 했다. 몹시 심기가 불편한 어투였다.

"그러게, 물러가라 할 때 물러갈 것이지……. 안 그래도 상심이 크신 우리 마마님께 누가 된다 생각지 않는가?"

그제야 이 댁이 온달의 가택임을 깨달았다.

"이곳이 장군님 댁인 게요?"

"그럼 어느 댁인 줄 알았는가?"

"그런데 어찌하여 내가 이곳에 있는 게요?"

"눈 속에 파묻혀서 다 얼어 죽게 생겼는데 어쩌겠는가? 인후하신 우리 공주마마께오서 안으로 들이라 하신 것도 부족해 황송하옵게도 의원까지 불러 주셨단 말일세."

노인의 마뜩잖아 내뱉는 말에 놀라지 않을 수 없었다. 왕후장상도 들이지 말라는 지엄한 명이 내려진 상황에서 감히 가택 안에 든 것도 부족해 의원까지 부르게 하다니, 겹 초상을 당한 상주에게 이만저만한 누가 아니었다. 그러나 기왕 들어온 김에 염치 불고 장군님 영전에 조문할 수 있기를 다시금 청했다.

"잠시만이라도 장군님 영전에 조문할 수 있게 해주시오."

노인의 입에서 끙하니 앓는 소리가 났다.

"따라오게."

노인은 말이 끝나기가 무섭게 옷자락을 거칠게 펄럭이며 문 밖으로 앞서나갔다. 당황할 새도 없이 얼른 옷을 주워 입고 노인의 뒤를 따라나서야 했다.

살차게 내리던 눈발은 이미 멎어 있었다. 회랑을 따라 걷는 동안, 정원에 쌓인 눈을 쓸고 있던 하인 하나가 노인을 향해 넙죽 허리를 굽혔다.

"도차지 어른, 공주마마께오서 찾으시던데요."

"가고 있다."

어쩐지 노인에게서 세력가의 큰살림을 도맡은 도차지 특유의 거만함과 쌀쌀함이 있더라니. 모시는 주인의 명에만 복종하고 그 주인을 대신해 하인들을 부릴 수 있는 대리자로서의 자부심이 뼛속까지 배어 있는 자였으니, 나의 행동이 심통한 주인의 심기를 거스르는 분별없는 행동이라 여겼을 게 당연했으리라. 물론 그런 도차지의 불퉁한 태도가 썩 내키지는 않았지만, 그보다는 평강이 나를 그처럼 떠름하게 보지 않기만을 바랄 뿐이었다.

회랑에서 돌계단을 내려와 사잇문을 지나니 아담한 별채가 나왔다. 별채 앞마당에 쌓여 있던 눈은 이미 말끔히 치워져 있었다. 놀란 까치 한 마리가 나뭇가지를 차오르자 후두둑 소리를 내며 쌓인 눈이 한꺼번에 쏟아져 내렸다. 상중이라는 생각을 하지 않는다면 매우 평화롭기만 한 풍경이었다.

별채 방문 앞에 다다른 도차지는 이제껏 뻣뻣하기만 했던 태도와는 달리 공손히 두 손을 모아 쥔 채 목청을 조심스럽게 돋웠다.

"마마, 젊은이를 데려왔나이다."

안에서 여인의 차분한 음성이 들렸다.

"들라 하게."

도차지는 가만히 별채 방문을 열어주고는 뒤로 한 발 물러섰다. 또한 내가 들어서는 것을 기다렸다가 뒤에서 조용히 문을 닫았다.

방 안 가득 머리를 맑게 깨우는 쇄연한 향내가 복욱했다. 화려하고 반들반들한 파란으로 장식한 세간이 눈에 띄긴 했지만, 침상이며 탁자며 전체적으로 아담하고 차분한 느낌을 주는 방이었다. 방 한가운데에 놓인 탁자 앞에는 조복 차림의 평강이 다소곳하게 앉아 있었다. 그녀는 이 역시 조복 차림으로 마주 앉아 바둑을 두고 있는 두 사내를 관전하고 있었다.

바둑을 두는 이들 중 하나는 나이 서른 중반쯤으로 보이는 사내로 검은 관을 쓰고 있었다. 어깨는 넓지만, 체신이 가늘면서 티 하나 없이 맑은 낯에 귀태가 흘렀다. 또 한 사내는 내 또래 혹은 몇 살 위로 보였다. 흑절풍을 쓰고 있었으며 몸이 마른데다가 눈이 가늘고 양쪽 하관에 각이 져 전체적으로 뾰족한 느낌이었는데, 의자에 앉은 허벅지에서 발목까지 다리를 공손히 모은 것이 야젓하고 표정은 몹시 진지했다. 물론 상중인 여인이 사는 집 안채에서 사내 둘을 불러 두는 바둑이라니, 좀체 납득이 가지 않는 상황이었다. 아버지와 지아비를 차례로 잃고 시름에 겨워 있을 거라고 여겼던 여인의 모습은 전혀 아니었다.

평강은 다소 초췌해 보이는 것 외에 표정은 없었다. 게다가 그들 누구도 전혀 나라는 존재에 반응하지 않았다. 아니, 정확히 말하면 그들 모두 바둑에 쏙 빠져 나를 거들떠볼 여지가 없어 보였다.

나는 그들의 대국을 방해하지 않기 위해 문 앞에 우두커니 서서 기다리기로 했다.

서서히 처음의 차분한 분위기와는 사뭇 다른 팽팽한 긴장감이 느껴졌다. 손 속에서 상아로 된 바둑돌 부대끼는 소리, 바둑판 위에 돌을 내려놓는 소리만이 적막한 방 안 공기를 지배하고 있는 듯했다. 그만큼 대국에 온 힘을 쏟고 있음이 분명했다.

한참 만에 개 중 검은 관의 사내가 들었던 백돌을 내려놓지 못하고 탄식했다.

"이런, 이런, 다 이겼다 싶었는데……."

그 소리에 흑돌을 쥐었던 흑절풍 사내의 입가에 묘한 미소가 빈졌다.

"무예와 학문에만 조예가 깊은 줄 알았더니 이 또한 훌륭하다."

평강이 검은 관 사내의 칭찬을 거들었다.

"네 살 때부터 바둑을 배워 열 살 이후로 누구에게도 져본 적이 없다는 소문은 들었는데 직접 관전하니 결코 허언이 아니었사옵니다."

흑절풍은 고개를 숙여 보였다.

"과찬이시옵니다. 운이 좋았나이다."

"하하, 그렇지."

검은 관의 사내는 패배가 아쉬웠던지 흑절풍의 겸손을 그대로 받아들이려는 듯했다. 이에 평강이 고개를 가로저으며 조용히 말했다.

"진정 승정석패^{勝頂惜敗}라 생각하시옵니까? 소신이 보기에는 태조의 온전한 승이옵니다."

"알고 있네. 내가 왜 모르겠나? 태조가 몇 번이고 내게 기회를 주지 않았나? 그저 자존심을 세워보고 싶었을 뿐이야. 하하하하."

두 사람의 대화로 검은 관의 사내는 타인의 면박이나 반론도 너그럽게 받아들일 줄 아는 화통한 성품임을 알 수 있었다. 그런데 문득, 일국의 공주인 평강이 사내에게 '소신'이라 자신을 낮추고 있는 것이 의아했다. 과연 선황의 딸이 뉘 앞에서 자신을 신하라 낮출 수 있을 것인가.

보아하니 검은 관을 쓴 사내는 평강과 몹시 닮은 낯이었다. 미려한 평강만큼이나 준수한 낯의 사내는 '사내'의 골격을 가지고 있을 뿐, 그녀와 이목구비부터 쌍둥이 꼴이었다.

나는 얼른 허리를 낮춰 그들 앞에 부복했다. 그제야 그들 모두의 시선이 내게 와 닿았다.

"저 아이인가?"

검은 관의 사내가 물으니 평강이 대답했다.

"그렇사옵니다, 폐하."

폐하. 짐작대로 선황 사후 대고구려의 태왕으로 등극한 원이었다.

평강의 의지

　선황인 평원태왕의 장자로 태어난 원은, 슬기롭고 문무에 모두 능해 어려서 이미 태자로 책봉되었다. 한 배에서 태어나 생김새뿐 아니라 총명하고 박문한 점까지 자신을 꼭 닮은 평강을 지극히 아꼈다. 온달과 살림이 났을 당시 어려운 평강의 형편을 뒤에서 도와준 이 또한 원이라는 후문이었다.
　공주를 대면하는 것만으로도 황감할 노릇인데, 뜻하지 않은 자리에서 새로 등극한 태왕을 마주하게 된 사실이 믿어지지 않았다. 몸 둘 바를 몰라 그저 고개만 조아려야 했다.
　"이름이 무엇이냐?"
　강한 어조로 묻는 원의 하문이 있어서야 겨우 답할 기회가 주어졌다.
　"을가 문덕이라 하옵니다."

"을문덕. 그래, 짐도 그날 너를 본 기억이 있다. 선황 폐하를 위시한 황족들과 중신들이 모두 황성을 천도하는 중차대한 의식을 치르는 중이었지. 그런데 감히 선황 폐하의 거둥을 막아선 자가 있더란 말이다, 감히. 누군가 몹시 궁금했던 터라 가마에서 목을 길게 빼고 지켜봤었느니……."

반복하는 '감히'라는 말에 등골이 오싹했다. 원이 마음만 먹는다면 얼마든지 과거의 죄를 되물어 목을 칠 수도 있었다.

"이 아이가 선황 폐하께 무어라 했는지 아느냐?"

원이 태조를 돌아보며 대뜸 물었다. 태조가 되물었다.

"무어라 말씀 올렸는지요?"

"네가 말해보거라. 그날 선황 폐하의 금여를 막은 대역죄를 저질러놓고도 뻔뻔하게 지껄이던 너의 말 말이다."

이번에는 원이 내 죄를 적시하고 스스로 말하라 명했다. 역시 당시 무사히 넘어간 일을 문제 삼으려는가 싶어 두려움이 일었다.

내가 주저하자 원은 다시 한번 채근했다.

"말해보래도!"

"괜찮다. 말해보라. 폐하께서는 선황 폐하께 약조했던 너의 다짐을 다시 듣고자 하실 뿐이다."

평강의 설명을 듣고야 대답할 용기가 생겼다.

"쇤네, 그날 천도하시는 선황 폐하의 금여 앞을 막아서는 대역죄를 지었나이다. 당장 목이 달아나도 시원찮을 죄목이었으나, 십만의 적을 무찌르기 전까지는 절대 죽지 않겠다는 약조를 드리고 목숨을 보전하였나이다."

태조가 이번에는 놀라움으로 가는 눈을 바짝 키웠다. 바로 원의 호기로운 웃음소리가 방 안을 쩌렁쩌렁 울렸다.

"들었느냐? 이 아이가 십만의 적을 무찌르기 전까지는 절대 죽지 않겠으니 목숨을 살려주시라 청했다. 얼마나 오만방자한 소리인가 말이다. 태조야, 너는 어찌 생각하느냐?"

"오만방자한 소리가 맞사옵니다, 폐하."

원의 거침없는 말씨에 당당히 호응하는 태조의 입가에 다시금 묘한 미소가 그려졌다. 그 사이 평강이 끼어들었다.

"하오나, 폐하. 그 오만방자함을 현실로 이뤄낼 수만 있다면 그보다 더한 국익이 어디 있겠사옵니까?"

"그렇지. 나도 그리 생각한다. 그런데 말이다. 조자룡의 재주를 가졌다 한들 불가능한 일. 짐은 저 아이가 절대 약조를 지킬 수 없을 거라 장담한다."

이에 평강이 조용히 반박했다.

"소신은 그리 생각지 않사옵니다, 폐하."

"무어라?"

"불과 4, 5년 전의 일이옵니다. 그런데 보십시오. 저 아이는 당시도 또래에 비해 작은 아이는 아니었으나 체신이 배는 커졌나이다. 키뿐 아니라 어깨며 손마디가 많은 수련을 감당해 온 듯 댕돌같이 단단해졌나이다. 약조를 지키기 위함이었겠지요."

평강의 의지

평강의 말에 이어 원과 태조의 찌르는 듯한 시선이 내 온몸을 훑고 지나갔다.

내 나이 열하고 넷. 그제야 깨달은 것이지만 어느새 나의 체신이 커진 것이 맞았다. 가늘고 짧았던 허벅지가 굵은 통나무처럼 굵직하고 길어져 소뿔을 잡고 싸우는 장사에 못지않았다. 또한 길어지고 커진 손과 손가락 마디마다 굳은살이 박여 험한 일에 이골이 난 지게꾼만 같았으며, 어깨가 좌우로 쩍 벌어진 것이 멧돼지 한 마리쯤은 거뜬히 그 어깨에 둘러메고 달릴 수 있을 만큼 넓고 단단해졌다.

"아니 그러하냐?"

나는 본시 강기가 있고 고집이 세긴 했지만 교항하거나 가볍게 입을 놀리는 성품은 아니었다. 그런데 왠지 평강이 계속 두둔하니 저도 모르게 어깨가 들썩였다. 그보다 겸손을 떨었다가 수련이 부족하다 트집 잡혀 죽기를 두려워한 나머지 사실대로 고했다.

"황공하옵니다, 대공주 전하. 쇤네, 경당에서 여러 스승님을 만나 글공부와 무예를 배웠사오나 수련이 부족한 듯하여 많은 이들의 존경을 받는다는 우경 선인을 사사하기 위해 찾아갔나이다. 하지만 조우하지 못하였기에 이태를 불곡산에 들어 나무와 바위와 물과 바람을 상대로 수련을 해왔나이다."

원이 반색했다.

"어린 나이에 홀로 수련을 하기 위해 산에 들었다니 그 다짐이 예사롭지 않구나."

이에 평강이 원에게 느닷없는 제안을 했다.

"폐하, 이 아이가 자신의 수련 과정을 이토록 자랑하고 있사온데 한 번 확인해 보심이 어떠하실는지요."

"그거 좋은 생각이다. 태조야, 저 아이가 그동안 어찌 수련해 왔는지 네가 직접 확인해 보겠느냐?"

원이 평강의 제안을 받아들여 지시하니 태조가 다소 당황한 빛을 비쳤다. 하지만 이내 고개를 숙여 보였다.

"소신, 누굴 시험해볼 만한 깜냥은 아니오나 폐하의 명 받들어 검을 들어보겠나이다."

당황한 깃은 오히려 나였다. 조문을 왔다가 수련 결과를 확인받기 위해 검을 들게 되다니, 이보다 더 괴이한 일이 또 있을까. 그러나 다름 아닌 태왕의 명이니 거절할 수는 없었다. 물론 대인이 아닌 자연과 싸워온 수련 결과를 확인해 보고도 싶었다.

원은 자리를 털고 일어나기가 무섭게 문밖으로 나갔고, 평강과 태조가 그 뒤를 따랐다. 나 또한 부랴부랴 그들 뒤를 쫓았다.

깨끗하게 비질이 되어 있는 마당에 마주한 태조와 나에게 목검 한 자루씩이 주어졌다.

수련의 결과일까? 어느새 나의 눈이 태조의 머리끝에서 발끝까지를 읽어 내려갔다. 마주한 그는 나보다 머리 하나가 작았고 모지고 뾰족한 턱을 제외하고는 계집이라 하여도 믿을 만큼 고운 이목구비에 가는 힘줄이 파랗게 드러날 정도로 팔목이 여린,

그야말로 글방에 앉아 책이나 보았을 황구서생으로만 보였다. 무예를 안다 해도 혹 글로 익히지 않았을까 그리 보이는 모양새였다. 저런 이와 싸워 이긴들 자랑거리는 되지 않을 터, 적당히 내 재주를 드러내는 정도로만 검을 맞자 싶었다.

그런데, "시작하라"는 원의 명이 떨어지기가 무섭게 태조의 눈빛이 돌변하는 것을 보았다. 순간 파랗게 빛을 발하는데 그 빛이 가슴에 매섭게 꽂혔다.

몰랐다, 그런 검기가 있는 줄은. 과거에 수련이 아닌 대련의 경우에도 늘 목검이었다. 물론 나와 상대하는 누구도 여지를 두지 않았다. 눈빛이 파랗고 의지가 강건하긴 매한가지였다. 그럼에도 태조는 그 누구와도 달랐다. 보는 순간 섬뜩할 정도의 냉기가 돌았다. 죽을 수도 있다는 딱 그것이었다.

아니나 다를까 그의 검 끝은 단호했고, 발동작은 절도 있었다. 선공 또한 날카로웠다. 가슴을 향해 달려들던 검이 막아낸 내 검을 부드럽게 흘리는가 하더니, 바로 단전 아래 검을 세워 제 몸을 완강히 사수했다. 이어 곧 다른 공격이 이어졌다. 내 목과 옆구리, 머리까지 닥치는 대로 빈틈을 노려 달려들다가 다시금 중도로 돌아가기를 반복했다. 그때마다 흐트러짐 없는 검 끝에서 기가 산란했고 날랜 움직임을 따라 동작 하나하나가 그림자처럼 끌려다녔다.

나는 공격할 틈을 찾기보다 막아내기에 급급했다. 이대로라면 질 수도 있었다. 그동안 원과 평강은 조용히 대청 위에 서서 이를 지켜보았다. 원의 날카로운 눈빛이 부담스러웠고 평강의 기대가 버거웠다.

  번번이 공격이 무산되자 태조는 잠시 공격을 멈췄다. 기회를 찾고자 멈춘 그 순간이 내게 기회였다.

  불곡산 굵은 아름드리 나무를 공격할 때 나는, 단단한 몸통을 정면으로 찌르지 않았다. 이는 틈이 없는 몸통에 정면으로 이빨을 들이미는 우매한 짓이었다. 날을 눕혀 옆구리를 찌르고 사선으로 베었다. 태조의 방어는 굵은 나무와 같았다. 그 중심을 철통같이 사수하니 빈틈은 보이지 않았다. 유도하는 수밖에 없었다.

  내 검이 태조의 오른쪽을 노려 때렸다. 태조는 단전에 세웠던 검을 살짝 흘려 내 검을 쳐냈다. 그리고 다시 단전. 나는 계속해서 빠른 동작으로 태조의 오른쪽을 두들겼다. 연이은 같은 공격에 태조는 단전에 모았던 검에서 힘을 풀었다. 이어 오른쪽으로 검신을 기울이는가 싶다가 비어 있는 내 가슴을 향해 검을 찔렀다. 그게 틈이라 여겼겠지만 예상했던 바이고 유도한 수였다. 나는 바로 몸을 틀어 그의 손목을 때렸다. 물론 태조 또한 호락호락하게 자신을 내어주지 않았다. 손목을 내리쳤던 내 검이 허공을 베었고 몸을 뒤로 날린 그는 다시금 단전 앞에서 검을 세웠다.

  그때부터 서로 간 공격과 방어를 번갈아 가며 여러 차례 아슬아슬한 순간을 주고받았다. 슬슬 몸이 풀리니 가끔 태조의 허점이 보일 때도 있었다. 다만, 몸이 이를 따라가면 상대방의 검이 먼저 와 기다렸다. 허를 보인 것은 그 또한 의도한 바라 할 수 있었다.

그런데 승패는 생각보다 쉽게 갈리고 말았다. 태조의 검을 피해 뒷걸음질 치던 내가 어처구니없게도 제 발에 걸려 엉덩방아를 찧고 말았던 것이다. 기다렸다는 듯 태조의 검이 내 목줄기에 달라붙었다.

'졌다!'

지독한 패배감이 전신을 샅샅이 훑고 지나갔다. 태조의 외양만 보고 가졌던 처음의 교만함이 더욱 나를 비참하게 만들었다. 더욱이 선황 폐하를 대신해 약조를 이행해야 할 상대인 황상 앞에서 보인 참담한 결과라니, 실로 두려움이 일지 않을 수 없었다.

"그만!"

이때 원이 손바닥을 마주쳐 대련의 종료를 알렸다. 태조의 검과 그 검보다 차가운 그의 눈빛이 그제야 나를 떠났다. 이에 앞서 나의 시선에 들어온 것은 평강이었다. 그녀의 낯에는 여전히 표정이 없었다.

태조가 대청 아래 무릎을 꿇었고, 나 또한 비틀거리며 원의 발 아래 고개를 조아렸다.

원이 말했다.

"나름 수련을 해 온 모양이로구나. 태조를 상대로 이 정도로 선전하다니……."

"송구하옵니다, 폐하."

평강의 목소리가 서슬 퍼렇게 꽂힌 것은 바로 다음 순간이었다.

"승부가 확연하온데 선전이라니요. 소신은 참으로 실망스러울 따름이옵니다."

"실망스럽다? 공주가 주청한 자리였다. 그런데 어찌 그리 생각하는가?"

"이 아이의 성정이 강직하고 결기가 있는 듯하여 어떤 식으로든 선황 폐하와의 약조를 지킬 수 있으리라 여겼사온데, 결과를 보니 소신의 생각이 틀렸다고 밖에요. 이대로라면 적군 십만은커녕 우리 군의 구멍이나 되지 않을까 우려스럽사옵니다."

수년간 불기 없는 차가운 흙바닥에 누워 쪽잠을 자고, 매일 손바닥의 굳은살이 찢어지고 갈라지는 고통을 견디면서 수련한 결과가 고작 '우리 군의 구멍'으로 비유되다니 그야말로 충격이 아닐 수 없었다. 낡은 미투리가 벗겨지지 않도록 발등에 칭칭 감아놓았던 삼끈이 끊어지면서 생긴 사달이었지만 이는 변명거리가 되지 않았다. 송구하고 황망할 따름이었다. 다만 그렇게 평가한 이가 평강이라는 사실이 적이 아쉬웠다.

원은 바로 대꾸하지 않고 평강을 지그시 내려다보았다. 그녀의 의중을 살피는 듯했다. 이어 요연하고도 우렁우렁한 음성으로 말했다.

"구멍이라…… 군력에 누가 되어서는 아니 되지. 그러면 어찌

하면 좋은가? 선황 폐하 전에서 목숨을 구걸하고자 약조를 드렸던 자가 전혀 약조를 지킬 능력을 갖추지 않고 나타났다면 이는 곧 선황 폐하와 짐을 기망한 죄, 살려둘 필요가 없지 않은가?"

갈수록 태산이었다. 상갓집에서 때아닌 검술 대련이더니 실력을 갖추지 않고 나타났다는 이유로 죽어야 한단다. 청천벽력이 따로 없었다. 조문길이 황천길이 될 줄이야. 눈앞이 아득해지고 대련으로 등짝에 흐르던 땀이 싸늘하게 식으면서 사지가 벌벌 떨렸다.

"여봐라, 당장 이 아이를……!"

"하오나 폐하!"

이번에도 평강이었다. 그녀는 나긋하지만 분명한 말투로 말을 이었다.

"처음 선황 폐하께 저 아이의 목숨을 구하고자 했던 이가 바로 소신이었나이다. 저 아이가 약조를 헐후히 여겨 수련을 게을리했다면 그 책임은 저 아이의 목숨값을 제대로 평가하지 못한 소신에게도 있사옵니다. 하오니 저 아이를 소신에게 맡겨주십시오. 저 아이가 약조를 지킬 수 있도록 만들어 보겠나이다."

잠시 팽팽한 긴장감이 감돌았다. 누구도 예상치 못한 반전에 다들 어리둥절했다. 다만, 원이 호탕한 웃음을 터뜨리며 분위기를 일소했다.

"잊을 뻔했구나. 공주는 선황 폐하의 반대를 무릅쓰고 한미한 집안의 온달을 바라지하여 대고구려의 대모달 자리에 앉힌 장

본인이 아닌가."

"폐하, 그건……."

"태조야, 평강이 저리 나온다면 너도 바짝 긴장해야 할 것이야. 혹시 모르지. 또 한 사람의 온달을 저 섬섬옥수 속에서 키워낼지……."

원은 그리 평강의 의지를 별다른 타박도 없이 받아들이더니 서둘러 환궁했다. 그 뒤를 태조가 조용히 따랐다.

나는 그때까지도 내 목줄을 쥐고 생과 사를 오락가락하게 한 평강의 저의를 인지할 만한 마음의 여유가 없었다. 왜, 라는 의문보다는 아쉬움과 분함 때문에 묵직한 한숨부터 흘러나왔던 덧이다. 내신 그녀가 나를 받아들일 생각이 있음은 알았다. 방증으로, 평강은 온달의 시신이 안치된 빈소로 직접 안내했다.

후원을 병풍처럼 두른 나지막한 산에 문이 달린 동굴이 하나 있었다. 문을 열자 긴 통로가 나왔고 안으로 들어갈수록 향냄새가 짙어졌다. 그 막다른 곳에 빈소가 마련되어 있었다.

온달의 시신은 죽은 지 열흘이 넘었다는 사실이 믿기 어려울 정도로 온전했다. 가지런한 수염 자락이며, 손등의 터럭 한 올까지 고스란한 그가 천장을 향해 반듯이 뉘어져 있었다. 수의가 아닌 갑옷 차림이었다. 명치 위에 가지런히 모인 두 손 아래에는 용 문양이 새겨진 장검이 쥐어져 있었다. 당장에라도 벌떡 일어나 말을 타고 검을 휘두르며 만군을 호령할 것 같은 풍채 그대로였다. 그러나 아무리 솜씨 좋은 염장이라도 완전한 보존은 불가능했던지 투구 아래 퍼렇게 드러난 낯색만은 산 사람의 것이 아니었다.

'아아, 장군님……'

나는 더 이상 버티지 못했다. 어느새 단 아래 무너졌고 이마로 바닥을 짓찧으며 오열했다. 목 놓아 통곡하는 소리가 석실 안을 우렁우렁 울려 되돌아오니 설움이 더했다.

한참 만에야 잠시 잊고 있던 음성이 뒤에서 들렸다.

"장군께서 말이다……"

자연 통곡은 멎었다.

"시신을 옮기려는데 꿈쩍도 안 하더란다. 장례를 치르기 위해 옮겨야 하는데 움직이지를 않으니 애가 탄 병사들이 나를 부르러 왔지. 단걸음에 달려갔더니 죽은 이가 나를 기다렸다가 내 소리를 듣더구나. 관을 쓰다듬으면서 말했지. '살고 죽는 것은 이미 정해진 일이니 돌아갑시다. 억울하다고 이리 자리를 붙들고 있으면 군사들만 곤란해지지요. 장군을 대신해 뒷일을 도모할 사람을 찾아보겠으니 이제 무거운 짐은 내려놓으시구료.' 그제야 한파에 얼어붙은 바위처럼 꿈쩍도 않던 시신이 움직이더구나."

평강의 음성에서 애애한 떨림이 전해졌다.

"나는 안다. 장군의 마지막 말씀을 나는 기억하고 있어. 아단성으로 떠나기 직전 내게 이리 말씀하셨지. '조령과 죽령 이북의 땅을 되찾지 않으면 절대 돌아오지 않을 것'이라고……. 억울하셨던 게다. 신라에 빼앗긴 고구려 영토를 되찾자고 직접 폐하께 주청하여 떠난 정행이건만, 뜻하지 않게 유시에 맞아 이리 안타까운 최후를 맞게 되었으니 누가 있어 장군의 뜻을 받들겠는가 말이다."

그새 내 호흡은 진정되었고 잠시 말을 끊었던 그녀가 다시 입을 열었다.

"넌 이미 두 번 죽은 목숨이고 그 두 번의 목숨값을 내게 빚졌다. 첫 번째는 선황 폐하의 금여를 막고 섰던 그 순간이고, 두 번째는 금일 황상 앞에서다."

"알고 있나이다."

"나는 그 두 번의 목숨값을 네게 받을 생각이다."

나는 그녀의 발아래 몸을 바짝 엎드렸다. 그제야 평강의 뜻을 알 수 있었다.

"소인의 목숨은 이미 대공주 전하와 대모달님의 것이었나이다. 소인이 그 목숨값을 치르려면 어찌하면 되옵니까?"

평강의 의지가 나를 살렸으니 그 목숨값을 되갚는 것은 당연했다.

우경 선인

세연당이 있는 용악산은 장안성에서 그리 멀지 않았다. 작은 금강산이라 불릴 만큼 경치가 아름답지만 그만큼 산세가 험하고 골짜기가 많은 곳으로도 잘 알려져 있었다.

정상에서 흘러내린 계곡물이 머무는 산자락에 세연당이 있었다. 주춧돌 위에 나무 기둥을 세우고, 흙을 발라 벽을 만들고, 기와를 얹어 당을 꾸민 이들은 모두 우경의 제자들이었다. 1년 동안 움집을 짓고 생활하면서 자발적으로 꾸민 곳인 만큼 제자들의 우경에 대한 실심이 큰 것은 말할 나위도 없었다.

세연당 대문으로 들어서자 반가운 낯이 달려 나왔다. 처음 이곳을 찾았을 때 말벗이 되어주었던 더벅머리 어비루였다

"무슨 일로 오셨소?"

어비루는 나를 바로 알아보지 못했다. 체신도 커지고 어깨도

넓어졌으니 그럴 만했다. 어비루 또한 2년여의 세월 동안 쌓은 수련의 성과가 온몸에 고스란히 묻어났다. 몸길이는 나보다 짧았지만, 팔뚝을 타고 오르는 뚜렷한 힘줄이며 굵은 장딴지가 만만해 보이지 않았다.

"너구나. 지난번……. 어찌 또 왔니?"

"평강 대공주 전하의 심부름을 왔다."

"대공주…… 전하라고?"

어비루는 잠시 어리둥절한 표정을 지었다. 하지만 곧 낯을 밝히더니 세연당 안으로 안내했다.

"운이 좋았다. 스승님께서 바로 이틀 전에 타지에서 돌아오셨거든."

어비루의 말이었다.

그를 따라 본당으로 향하는 동안 널찍한 연무장에서 검법을 수련 중인 수십 명의 사내를 볼 수 있었다. 나이는 대략 열 살 초반부터 마흔 중후반까지 다양했는데 그들이 구사하는 검법이 참으로 특이했다. 어디에서도 본 적 없는 기술의 연결이라는 점 외에도 정연할 뿐 아니라 강함과 부드러움이 손바닥의 앞뒤처럼 공존했다.

신기한 시선으로 자리를 뜰 줄 모르는 나를 향해, 앞서가던 어비루가 돌아섰다.

"뭔지 아니?"

"전혀."

"우경 선인께서 만드신 검법이다. 대대로 내려오던 고구려 옛 검법과 신라의 본국검^{本國劍} 등 세상의 우수한 검법들을 총망라하여 새로 창안한 초식을 연결해 만든 '백두검'이라는 검법이지. 강^{强}과 유^{柔}, 선^{先}과 면^{面}, 동^{動}과 정^{停}, 장^{長}과 단^{短}이 어우러진, 실전에 유용한 동작으로만 치밀하게 계산된 검법이지. 다른 무장들도 이를 배우겠다고 스스로 제자를 자처해 찾아오기도 한다."

어비루의 설명처럼 지금껏 보아온 다른 검법의 화려함이나 형식에 치우친 점보다는 실전에서 빛을 발할 만한 동작으로 이어져 있음이 분명했다. 검법에 관한 경지에 이른 달인이 아니고서야 이와 같은 검법을 창안해낼 수는 결단코 없을 터. 막상 그런 우경을 만나게 된다는 생각만으로도 신부를 처음 보는 새서방처럼 속이 울렁거렸다.

수련생들이 수련하고 숙식하는 몇 채의 건물을 지나 어비루가 멈춘 곳은 세연당 가장 안쪽에 자리한 작은 기와집이었다. 용악산의 절벽을 업고 있어 풍광 또한 절경이었다. 처마 아래 유려한 글씨체로 '세연당'이라는 현판이 보였다. 경당의 명칭과 우경의 거처가 동명이라는 점 역시 특이했다. 우경이 즉 세연당이라는 소리였다.

어비루가 문밖에서 방안을 향해 굽석대며 말했다.

"스승님, 평강 대공주 전하께오서 사람을 보내셨습니다."

"들이라."

나는 잠시 머뭇거리다가 조심스럽게 방문을 열고 들어섰다.

드디어 우경을 만나게 된 것이다.

그의 방은 구석에 놓인 조촐한 침상 하나에 서책이 가득한 서가 하나와 방 크기에 비해 지나치게 큰 탁자가 고작인 단출하지만 글공부하기에는 맞춤인 모양새였다. 게다가 탁자 앞에 앉아 서책을 읽고 있는 우경은 얼핏 방의 일부가 되어 그림 속에 재현된 듯 고아했다.

"우경 선인께 인사 올립니다. 을문덕이라 하옵니다. 여기 평강 대공주 전하께오서 보내신 서찰이 있습니다."

나는 얼른 품에 넣고 온 평강의 서찰을 꺼내 공손히 내밀었다. 그제야 우경은 책에서 눈을 떼고 나를 보았다. 순간 나는 눈을 동그랗게 뜬 채 한동안 말을 잇지 못했다.

"아! 어르신께서는……."

그는 다름 아닌, 가리의 아비가 사고를 당했을 당시 도움을 주었던 옥골선풍의 선인이었다. 우경도 잠시 눈을 마주하다가 곧 알아보았는지 입가에 어글어글한 미소를 지어 보였다.

"그때 그 아이로구나."

나는 얼김에 넙죽 절부터 올렸다.

"몇 해 전 일인데 기억하고 계셨는지요. 동무의 아비에게 도움을 주셨던 일, 진심으로 감사했습니다. 당시 경황이 없어 존함을 여쭙지 못한 것이 못내 아쉬웠는데, 이렇듯 뵙다니 하늘이 소인의 바람을 들어주신 듯합니다."

"그때 그 아이가 동무였느냐?"

문득 가리를 '동무'라 칭해 놓고 멈칫했지만, 굳이 부정할 만큼 중한 말이라 여기지 않았기에 개의치 않고 대꾸했다.

"한 마을에 살던 가리라는 아이였습니다."

"그 아이의 아비는 어찌 되었느냐?"

"…… 의원 댁에 이르기 직전에 돌아가셨습니다."

"…… 안타까운 일이로구나."

우경의 말씨는 그때와 다름없이 묵직하고 힘이 있으면서도 상냥하여 진심으로 가리 아비의 죽음을 애도하는 듯 들렸다.

그는 더 이상 묻기를 그만두고 평강의 서찰을 읽기 시작했다. 이어 잠시 나를 말없이 물끄러미 바라보다가 다시 물었다.

"내 평강 대공주 전하와는 자별한 사이다. 황상께서 어린 태자 시절, 말벗이자 놀이 상대로 궁에 드나들기 시작한 이래 두 분의 충량한 신하로 진심을 다하고 있지. 그런데 특별히 사람을 보내 가르치라 청을 넣으시다니 대모달 이후 처음 있는 일이다. 대공주 전하와는 어떤 관계인 게냐?"

딱히 평강과 '관계'를 규정할 만한 사이가 아니니 대답이 애매했다. 할 수 없이 이렇게 설명했다.

"소인이 전하께 목숨을 담보 잡힌 놈입니다."

"담보 잡혔다?"

우경은 되물었고 나는 선황의 천도 날 생긴 일을 비롯해 그간의 일을 하나 빠짐없이 설명했다. 우경이 어찌나 열심히 귀담아 듣는지 설명이 길어지고 있다는 사실을 알면서도 말을 끊을 수 없을 정도였다.

얘기를 다 듣고 난 우경의 입가에 미소가 번졌다.

"참으로 담대한 아이로구나. 그런 담대함이 전하의 심중을 움직인 모양이지."

"소인을 받아 주시는 것입니까?"

"세연당에 거하는 것은 너의 선택이다."

"소인, 오래전부터 선인의 위명을 들어 제자가 되고자 하였나이다. 받아만 주신다면 충심을 다하겠습니다."

"네가 충심을 다해야 할 분은 따로 있지 않느냐?"

우경은 나의 본분을 잊지 않게끔 다시 한번 상기시켜주었다. 내가 충심을 다해야 할 존재는 바로 황상, 평강 공주, 무엇보다 이 나라 고구려인 것이다.

**

그날부터 세연당에서 우경을 사사하여 무예와 학문을 익혔다. 평강의 추천을 받았다 하여 특별 대우는 없었다. 세연당에 기숙하는 우경의 제자들만 300명이 넘었고, 그간 이곳을 거쳐 간 제자들은 700여 명, 배출된 학자며 장수만도 수십 명에 달했다. 하지만 그들 누구에게도 좋은 대우, 우선한 자리 따위는 없었다. 다만, 그들끼리 정한 바가 있어 지위 고하, 나이 불문하고 먼저 들어온 이가 선배요, 입당이 늦은 후연들은 선배들의 뒤치

다꺼리를 해야 하는 것이 규칙이었다.

 나는 누구보다 먼저 일어나 마당을 쓸고 비슷한 시기에 들어온 후배들과 함께 밥을 짓는 일로 하루를 시작했다. 하물며 같은 방에서 자고 연배가 같아 더욱 가까워진 어비루에게조차 선배 대우를 깍듯이 했다. 간혹 체신이 크고 눈빛이 범상치 않음을 들어 트집 잡는 선배들이 있었다. 물론 이 또한 예로서 대하고 점잖게 행동하니 더는 잡음이 없었다.

 그렇게 세연당에서 한 해를 보내는 동안 나의 기량은 눈에 띄게 발전했다. 두 달에 한 번씩 있는 무예 경연에서도 검술, 궁술, 창술, 기마술에 이르기까지 모든 분야에서 두각을 나타냈다. 그뿐 아니라 하루 한 번 해운루에서 치러지는 우경의 강론을 듣기 위한 자리에서도 그의 질문에 대답하는 몇몇 제자 중 손가락 안에 들 정도로 이해가 빨랐다. 드러내진 않았지만, 우경의 흡족해하는 듯한 표정을 몇 번이고 보았다.

 우경의 학문적 가르침은 폭넓었지만, 부처의 자비보다는 유가의 오상五常과 병법, 역사에 더 큰 비중을 두고 있었다. 특히 제자들에게 강조한 것은 스스로를 갈고 닦는 수기修己와 주군을 향한 충忠이었다. 평시엔 황상의 벗이자, 전시엔 군사軍師, 혹은 장수로서 활약하는 그에게 고구려는 곧 태왕이었고, 태왕은 곧 고구려였다.

 그는 태왕의 명이 있는 한, 변방이고 적진이고 단걸음에 쫓아 나갔음에도 공적을 나누는 자리에는 절대 동석하지 않았다. 또한 과한 사송은 국가적 낭비라 하여 돌려보내기 일쑤였다. 게다가 여타 선인들이 부유한 가문의 제자 아래 노비 부리는 것을 인정하고 교육비를 사칭해 거금을 집적하는 것에 골몰하는데 반해, 손수 밭을 갈아 조석거리를 충당하고 곡간을 열어 어려운 제자들의 집안 사정까지 돌보게 했다. 물론 이 때문에 경당의 살림은 나아질 틈이 없고 시복時服은커녕 낡은 옷깃을 새로 달기도 바빴다. 그러나 그리 청빈함이 지나쳐 빈곤함에도 구차함을 개탄하는 제자 하나 없이 흠모하니, 이는 곧 그의 곧은 성품이 덕으로 제자들을 감화한 때문이오, 나에게 있어 이보다 더 좋은 스승은 없었다.

  지금까지도 나는 우경을 스승으로 모신 것을 단 한 번도 후회한 적이 없다. 아니다. 단 한 차례, 나의 본분을 잊고 스승을 미워한 적이 있었다.

찔레꽃 향

매해 봄이면 사냥과 무예 시합을 더한 제천 행사가 열렸다.

이때 한 해 동안의 풍작과 대내외적인 화평, 황가의 평안을, 하늘이신 동명성왕과 시조모후^{유화부인}께 비는 제를 올렸다. 동시에 전국 각지의 실력 있는 무인들을 불러 모아 그간 갈고닦은 실력을 뽐내는 선전장이자 신분의 귀천, 빈부 차이를 떠나 오로지 실력만으로 입신양명할 수 있는 유일한 길로 통했다. 온달이 출전해 '으뜸'이 되었던 것도 이 행사의 정점인 사냥 시합 때였다.

그런 이유로 이미 관직을 보장받은 태학 출신 대귀족의 자제들을 제외하고는, 여느 귀족들을 포함하여 벽항궁촌의 경당에서 수련하는 백성들에 이르기까지 모두 이 행사에 참여하기를 바랐다.

특히 경당의 스승들은 본당의 이름을 드높일 수 있는 이 기회를 위해 뒷거래도 서슴지 않는다는 소문이었다. 저잣거리나 놀이패에서 빼어난 재주를 보이는 재동들을 데려다가 키우는 따위가 그랬다. 무예인이 아닌 재주꾼까지 영입한다는 소리였다. 더욱이 대회에 나갈 참가자 자리를 사고판다는 소문까지 들렸다. 소문의 진위야 확인할 길 없지만, 시합장에서의 승부전이 얼마나 치열하고 출세에 영향력을 미치는지 알 수 있는 대목이기도 했다.

그럼에도 우경은 수년 동안 이 국가적인 행사에 제자들을 내보내지 않았다. 시조와 시조모께 한 해의 풍년을 빌고 인재를 뽑는 행사가 순수하지 않은 목적으로 이용되는 것을 용납할 수 없다는 것이 그 이유였다.

그러나 완강했던 그도 원의 명이 떨어지자 주저 없이 채비했다.

우경은 들으라. 매해 3월에 짐이 개최하는 제천 행사는 풍년을 비는 한 해 첫 행사의 시작이자, 하늘에 제사하고 나라에 일조할 동량을 선발하는 중차대한 국가 행사이다. 그럼에도 불구하고 그대의 경당은 어찌하여 수년째 참가자를 내지 않는가? 명하노니 그대의 경당에서도 실력 있는 이들을 출전시켜 자리를 빛내도록 하라.

태왕이 친서를 내려 우경에게 출전을 명한 것만 보아도 우경에 대한 원의 신뢰와 돈독함이 예사롭지 않다는 사실을 알 수 있었다. 나를 그에게 보낸 평강의 생각과도 같을 것이다.

곧 세연당 마당에서 무예 시합이 열렸다. 나는 가무 연주를 제외한 검술, 봉술, 수박희 경기에서 모두 으뜸이 되었고, 사냥 시합을 대신한 기사 시합에서도 세연당이 세워진 이래 최고의 점수를 내면서 제전에 출전할 자격을 얻었다.

행사를 이틀 앞둔 새벽, 우경은 나에게 붉은색 말 한 마리를 내주었다. 우경의 황색 말과 말 머리를 나란히 하고 시합장으로 향하는 동안, 그는 나에게 그 어떤 언질도 주지 않았다.

나는 조심스레 물었다.

"스승님, 시합에서 최종 으뜸을 하면 어찌 되는 것입니까?"

"나와 같은 선인의 관등을 받게 된다. 그때부터 나라에서 내리는 녹봉을 받으며 상비군으로 임하게 되지. 전시에는 조의를 입고 참전하며, 평시에는 본인의 고향으로 내려가 경당을 차릴 수도 있다. 원한다면 중앙에서 관직을 받을 수도 있다."

이번에는 우경이 되물었다.

"으뜸 할 자신은 있는 게냐?"

수련의 결과에 대해서는 스스로도 흡족한 부분이 있었지만, 문득 떠오른 이가 있었으니 평강의 가택에서 만난 태조였다.

그도 이번 시합에 출전할까? 내가 수련을 쌓은 만큼 그 또한 실력이 늘었을 텐데 우열을 가린다면 결과는 어떠할까? 과연 그를 이길 수 있을까? 궁금했다.

대답이 흐릴 수밖에 없었다.

"그저 소인의 수련 성과를 확인할 수 있는 기회가 주어져 기쁠 따름입니다."

"만약 으뜸이 된다면 너는 어찌할 것이냐?"

우경은 질문을 달리했다. 이에 대한 대답은 지체 없었다.

"마땅히 태왕 폐하의 군에 들어갈 생각입니다. 약조를 지켜야지요."

우경은 잔잔한 수면 위에 살짝 지치는 바람 같은 미소를 머금은 채 찬찬힌 음성으로 말했다.

"너는 충분한 재주를 갖고 있다. 그 정도 열의와 재주라면 전투에 나가 큰 공을 세울 수도 있겠지. 꼭 으뜸이 아니더라도 너의 쓰임이 절대 직시 않을 것이다. 다만……."

"다만? 다만 무엇입니까, 스승님?"

"제아무리 무예가 빼어나고 지략이 뛰어난 자라 할지라도 혼자서는 아무것도 할 수 없는 법이다. 특히, 군부를 이끄는 장수로 성공하기 위해서는 첫째, 나를 믿어주는 주군이 있어야 하고, 둘째, 나를 옳게 인도해줄 친우가 있어야 하며, 셋째, 목숨을 다해 나를 보좌해줄 충실한 군사, 부하가 있어야 한다."

나는 여느 때처럼 우경의 말에 귀를 기울였다.

"이 중 주군을 제대로 만나지 못한다면 상商나라 주왕紂王에게 간하다가 심장이 뽑혀 죽임을 당한 비간比干과 같은 꼴이 될 것이고, 친우를 잘못 만난다면 진나라 정왕政王 또는 始皇帝조차 탐복시킨 사상가임에도 친구인 이사李斯의 모략으로 결국 죽임을 당한

찔레꽃 향 137

한비韓非 꼴이 될 것이다. 또한 부하를 잘못 만난다면 부하 장수인 여포呂布에게 죽임을 당한 동탁董卓 꼴이 될 것이다."

"스승님, 비간과 주왕은 숙질간이었고, 한비와 이사는 동문수학한 사이였지요. 또한 동탁은 여포와 주종 관계 이전에 양아들 삼았었습니다. 그러한데 어찌 그리 돈독한 관계가 깨진 것이라 보십니까?"

"그것은 신의가 부족했기 때문이다."

"신의……라 하심은……."

"그 어떤 모략이나 이간질, 도청도설에도 흔들리지 않는 굳건한 믿음, 그리고 상대방을 질시하지 않는 순수한 관계가 아니었기에 그들은 쉽게 배신하거나 배신을 당하게 된 것이다."

"그럼 진정한 신의는 무엇입니까?"

"신의는 나의 노력 여하에 따라 얻을 수도, 그렇지 않을 수도 있느니라. 내가 먼저 전심을 다하여 신의를 보여야 시작되는 법. 계산이나 의심이 털끝만큼이라도 보인다면 상대방은 세상에서 가장 가까운 곳에 도사리고 있는, 나를 가장 잘 아는 적으로 돌변할 수 있는 게지."

"하지만 신의가 있었기에 비간은 조카인 주왕에게 간한 것이고, 한비는 이사를 믿어 그가 시키는 대로 정왕을 기다렸던 것이온데, 결말은 목숨을 잃게 되는 배신 아니옵니까? 그런데도 무작정 신의를 지켜야 한다는 말씀입니까? 일방적인 신의가 아무리 온당하다 한들, 신의는 돌아오지 않았습니다."

나의 뼈 있는 물음에 우경은 잠시 말고삐를 당겼다. 그가 돌아보는데 그 눈빛이 몹시 깊었다. 많은 의중을 담은 듯한 표정에 가슴이 철렁했다.

"그 말도 틀리지 않다. 내 아무리 진심을 다해도 상대방이 이미 다른 맘을 품고 있다면 통할 리가 없지. 그리 당하지 않으려면 상대방의 마음에 도사린 시기심을 읽어야 하는데 말이다."

"……."

"그런데 그것을 어찌 아누? 내가 그 속에 들어가 보지 않는 한 그것을 어찌 안다는 말이냐? 저 이가 나를 배신할 사람인지 아닌지, 의심부터 해야 한다는 말이냐?"

"그선……."

"신의를 지키지 않은 자가 나쁜 것이지 신의를 지키다가 배신당한 이가 나쁜 것이 아니라 소리니라. 이는 내가 아닌, 배신한 이의 마음속에 신의가 없었기 때문이니 이후 그들의 비참한 말로를 보면 알 수 있지 않느냐?"

"아아!"

우경의 대답에 저도 모를 감탄사가 터져 나왔다. 사람을 곁에 둠에 있어서 먼저 신의를 다하라는 소리였고, 그 신의가 배신으로 돌아온다 하여도 결과를 보고 내 신의의 옳고 그름을 따질 필요가 없으며, 내가 아닐지라도 신의를 배신한 이는 하늘의 벌을 받게 될 것이니 그저 도리를 다하라는 소리였다. 그 정도 신의를 갖지 않으면 세상을 얻지 못한다는 숨은 뜻도 있었다. 수

년간 슬하에서 키우던 자식을 세상에 처음 내보내는 아비의 심정인 듯, 우려가 섞인 진심을 충분히 읽을 수 있었다

"네게는 우매한 소리로 들릴지는 모르지만, 나의 신의는 그러하다."

"아닙니다, 스승님. 소인의 생각이 짧았습니다. 스승님의 신의야말로 참이라 생각됩니다. 대가를 바라는 신의는 처음부터 그 의도가 순수하지 아니하니, 옳은 신의라 볼 수 없겠지요. 스승님의 가르침 깊이 새기겠습니다."

그제야 우경의 표정에 다시금 미소가 번졌다.

어느새 두 사람은 제전이 치러질 장안성 다리 앞에 닿았다.

각 지역 경당을 대표하는 참가자들뿐 아니라, 구경하려는 자들, 응원하려는 자들, 해서 기백의 무리가 섞여 다리를 건너고 있었다. 말을 탄 이, 수레를 끄는 이, 걷는 이, 뛰는 이, 제각각이지만 한껏 성장하고 나온 이들 모두 진달래꽃처럼 발그레한 낯 가득 환한 기대가 충만했다.

우경이 줄을 기다렸다가 수문졸 앞으로 다가갔다. 그가 수문졸에게 내민 것은 말머리 문양이 찍힌 죽편이었다. 제전에 출전하는 참가자라는 표식이었다. 우경을 알아본 수문졸들은 얼른 길을 비켜주었다. 나 또한 그를 따라 검색 없이 통과할 수 있었다.

외성 안은 이미 축제 분위기였다. 나무와 나무, 지붕과 지붕 사이에 이어진 줄에 오색의 등롱과 결채가 걸려 있고, 십여 명의 놀이패들이 연주하는 음악 소리로 천지가 들썩였다. 길가에

삿자리를 펼쳐놓고 곡주에 맥적을 안주 삼아 팔고 있는 아낙들도 있었다. 그러하니 당연 낮짝 벌건 술췌기들이 대낮부터 흔들걸음 하는 것이 곧잘 목도되었다.

마침 술췌기 하나가 지나던 젊은 여인에게 수작을 걸고 있었다. 쪽빛 유(襦, 저고리)와 붉은 색 상(裳, 치마), 세 가닥의 머리카락을 곱게 빗어 늘어뜨린 것이 유곽의 유녀는 아닌 듯했는데도 술췌기는 막무가내였다.

"술 한잔하자는데 어찌 이리 거만하게 구는 게야?"

"놓으시오."

"온 고구려 땅이 들썩이는 제천 행사 기간이란 말이야. 이 재미난 자리에 술이 빠져서야 쓰나? 자아, 그리 뻣뻣하게 굴지 말고 이쪽에 앉아서 나랑 한잔하면서 놀지."

도무지 수작이 걸리지 않으니 술췌기가 억지로 여인의 어깨를 얼싸안으려 했다. 다음 순간, 여인이 긴 머리채를 휘날리며 잽싸게 몸을 돌렸다. 이어 비틀거리던 술췌기가 뒤로 벌렁 넘어져 버렸다.

"이 인간 왜 이래? 술 잘 자셔놓고······"

"어라, 아주 팔자 늘어졌네. 제전은 시작도 안 했는데 벌써 취해서 대자로 뻗었네, 그려."

주변에 모인 사람 두엇이 술췌기를 이리저리 흔들어 깨워보려 했다. 그러나 도무지 일어날 줄을 모르니 포기한 채 자리를 뜨고 말았다. 술에 취해 정신을 놓고 뻗은 것으로 안 모양이었다. 그런데 사실이 아니었다. 나는 보았다. 여인의 손끝을. 달려드는 술췌기를 향해 돌아서는 순간, 소매 속에 숨어 있던 여인의 손이 날렵하게 날아가 술췌기의 면상과 목젖을 때렸다. 그리고 다시금 시치미를 떼며 가지런한 소매 속으로 빨려 들어가는 것을 본 사람은 아마 나뿐인 것 같았다. 무엇보다도 나를 놀라게 한 것은 그녀의 정체였다.

하얗게 분칠하고, 검은 숯으로 봉황의 날개처럼 날을 세운 눈썹 하며, 복숭앗빛 발그레한 연지가 찍힌 갸름한 볼, 소보록한 입술이 작약 꽃잎 같은 젊은 여인은 그야말로 달에서 내려온 항아처럼 몽환적인 표정을 짓고 있었다. 그런 그녀의 시선이 일순 나에게 와 멈췄다. 흐트러짐 없는 시선이었다.

순간 숨이 멎었는가. 나는 온몸이 바짝 굳어 아무런 동작도, 생각도 취할 수가 없었다. 그녀가 묘한 미소와 함께 내 곁을 바람처럼 지나치는데 야릇한 찔레꽃 향이 훅 끼쳤다. 정신이 아찔했다.

"어찌 그러는 게냐?"

어느새 앞서가던 우경이 나를 향해 돌아서 있었다. 그제야 홀렸던 정신이 돌아왔다. 그러다 멈칫,

'설마 가리……?'

긴가민가했다. 닮았지만, 아닐 수도 있었다. 다시 확인하려 돌아보는데 그녀는 이미 인파 속에 묻혀 더 이상 보이지 않았다. 그녀가 흘린 잔향만이 여전히 곁을 맴돌 뿐이었다.

재회

숙소로 외성 내 객점에 방을 하나 잡았다. 우경, 그리고 시합하는 동안 내 뒷일을 봐줄 어비루와 함께 하루를 묵기로 했다. 시합이 시작되기 전날부터는 중성의 근위 군병 숙소에서 참가자들과 함께 합숙해야 했다.

평강이 사람을 보내 가택을 숙소로 이용하라고 배려했지만, 우경은 정중히 거절했다. 보는 이에 따라 황가에 얹혀서 시합에 임하는 것처럼 보여 시빗거리가 될 수 있다는 이유였다. 평강은 다시 보낸 사람 편에 수육과 술 한 동이를 달려 보냈다.

"한잔 들겠느냐?"

우경은 탁자 앞에 마주 앉은 두 사람에게 평강이 보낸 지주(旨酒)를 권했다. 나와 어비루에게 술 한 잔씩을 따라준 우경에게는 내가 첫 잔을 올렸다.

내가 첫술에 진저리를 치자 우경이 서그럽게 웃으며 물었다.

"처음인 게냐?"

"유복자로 태어나 아버님이 계시지 않았기에 술을 배우지 못했습니다."

"배우고 말고 할 일이 있나? 과음하지 말고, 과만하지 말고, 예에 벗어나지만 않으면 되는 것을."

우경은 간단하게 말했지만, 주도에 관한 명료한 답변이었다.

어비루는 술이 처음이었던 나와는 다른 반응이었다. 첫 잔부터 입맛을 쩍쩍 다시며 혀로 입술까지 감빨더니 다음 잔을 기다리는 눈치였다. 야심한 밤이면 부경에 숨어들어 누구네 집 가양주를 나눠 마시던 선배 무리들이 있었는데, 어비루는 이미 그 자리에 여러 차례 참석해왔다. 물론 우경도 이를 아는 눈치였지만 힐문하지 않았다.

술은 솔향이 은은한 것이 끝맛이 달달했다. 마실수록 입에 기분 좋게 감겼다. 두 잔, 석 잔 갈수록 열이 오르고 온몸에 기운이 찼다. 그에 비해 우경은 적당히 마신 술에 피로가 몰려오는 듯했다. 먼저 일어나 침상 위에 눕더니 곧 잠이 들었다.

기회다 싶은 어비루가 술잔을 연신 기울였다. 본시도 말이 많은 아이였는데 오늘은 유난했다.

"역시 황가에서 마시는 술은 뭐가 달라도 다르다니까. 선배들이 가져오는 술은, 술인지 물인지, 지게미가 많은 날은 술인지 죽인지 알 수가 없었거든. 이리 맑고 향이 높으니 목구멍이 절로 열린다. 내 한 번 마셔볼까? 장비가 생닭을 잡아 술독을 단숨에 비우던 것처럼 말이다."

어비루는 큼직한 수육을 한입에 냉큼 밀어 넣더니 동이째 술을 들이켰다. 나 또한 술 몇 잔에 취기가 돌았다. 장비인지, 걸신들린 비렁뱅이인지 분간이 안 되는 어비루의 흉내질에 절로 웃음이 났다. 우습지도 않은 횡설수설에도 맞다, 맞다, 했다. 이래서 술을 마시는구나, 알 것 같았다.

어느새 동이를 기울여 남은 한 방울까지 꾹꾹 짜 마시던 어비루가 아쉬운 듯 입맛만 다시다가 눈알을 희번덕거렸다. 목청을 낮춰 말하는 것이 우경이 깰 것을 신경 쓰는 모양새였다.

"한산 더하지 않으련?"

"일없다."

"넌 궁금하지도 않냐?"

"뭐가?"

"에헤이, 덕이 너는 사내도 아니다."

"무슨 소리냐?"

"힘만 세면 다 사내냐? 사내 구실을 해야 사내지."

어비루는 키득키득 웃더니 내 팔을 끌어당겼다. 얼김에 끌려 나오긴 했는데 처음 대하는 낯선 거리에 눈을 동그랗게 뜨고 말았다. 한밤중인지 대낮인지 분간이 안 될 정도로 휘영청한 거리에는 수많은 붉은 색 비단 등롱 아래 색색의 화려한 옷을 입은 젊은 여인들이 나와 호객하고 있었다. 묻지 않아도 알 수 있었다. 장거리 국밥집을 드나들던 수많은 과객이 하는 소리 중에 답이 있었다.

'얼굴 예쁜 계집은 한 냥, 속살 고운 계집은 닷 냥' '알고 보니 아무개네 부자지간이 구멍 동서라더라' '술 따르고 몸 파는 년이 첩질하면 출세지' 당시에는 알 듯도 모를 듯도 하던 말의 의미를 안 지 이미 꽤 되었다.

누가 가르쳐준 것은 결코 아니었다. 새벽녘 풀섶에서 누런 오줌이 아닌 허연 씨물을 방사하며 진저리를 친 첫 경험 이후, 자연 알게 된 사실이었다. 물론 장거리 북쪽 좁은 골목, 사내들이 밤이면 몰려들던, 어머니가 절대 근처에도 가지 말라고 금지했던 곳이 어떤 곳인지 알게 된 것도 그즈음이었다. 젊은 유녀들이 몸을 파는 유곽 거리였던 것이다.

"스승님께서 아시면 어쩌려고……."

"스승님은 사내 아니냐? 크면 다 알게 될 일을 왜 쉬쉬하는지 모르겠다. 나도 머지않아 약관인데 말이다. 우리 집에서는 벌써 장가가 늦었다고 난리다."

"하지만……."

"해웃값이라면 걱정 마라. 집에서 돈을 좀 보내셨다. 이번에 네가 선인이 돼서 나가면 세연당에서 단연 내가 최고 아니냐. 아들 하나 잘되라고 등 긁어줄 이 없는 과부살이 살아내시는 우리 어머니 봐서라도 이번에 네가 꼭 으뜸이 되어서 세연당을 나가는 거다. 그래야 다음엔 내게 기회가 오지 않겠니?"

아들 하나 보고 사는 홀어미 밑에서 자랐다는 점에서 어비루와 나는 닮은 점이 있었다. 다만 그는 선친에게 물려받은 전답이 있고 일을 부리는 하인도 있다는 소리를 가끔 했다. 나처럼 궁박하게 살지는 않았다 소리다. 반면 거무죽죽한 피부며, 간혹 선배들과 대거리할 때 치켜 올라가는 살기등등한 눈매를 보면 장통에서 주먹다짐으로 잔뼈가 굵었을 것 같은 모양새였으니 진정 어떻게 살아왔는지 종잡을 수가 없었다.

그래도 해웃값이라니……. 그의 어머니 생각하면 말려야했다.

"아는 놈이 이러는 게냐? 어머님 생각하면 이러면 안 되지."

그러나 어비루는 도통 뭐에 홀린 듯 들어먹지를 않았다.

"하여튼 무예는 귀신처럼 하는 놈이 이쪽 방면으로는 젬병이지. 논어, 맹자, 병법 아무리 떠들어 봐라. 칼싸움, 활쏘기 백날 잘해 봐라. 사내가 되지 못하면 그저 얄팍한 천식이고, 평생 고자 취급이지. 장군, 대작도 매한가지다. 사내 구실을 못하면 마누라에게 조반도 못 얻어먹는다. 출세도 중요하지만 사내가 되는 것도 그만큼 중하다 소리다."

"그건……."

"그러니 똥 싼 놈처럼 뭉개지 말고 따라오기나 해."

어비루는 특유의 달변으로 내 속내 저어함을 일소시키는가 싶더니 거리 한복판까지 끌고 들어가는 데 성공했다. 사실 술도 마셨겠다, 금지된 곳에 대한 호기심이 동해 발이 절로 끌려가고 있는지도 몰랐다.

어비루가 한 여인과 흥정을 하는데도 더 이상 말리지 않았다. 눈앞에서 아른대는 등롱 불빛이 현란했고, 유두분면한 여인들의 녹일 듯한 미소도 명치를 짜릿하게 찔렀다. 무엇이 되었든, 이런 기분에는 큰 사고를 쳐도 무방할 것 같은 용기마저 불끈댔다.

이때, 익숙한 향내가 코끝을 스치고 지나갔다. 자연, 시선이 따라갔다.

"더⋯⋯덕아! 야, 문덕아!"

어비루가 부르는 소리를 들은 것도 같았지만, 나 또한 술에 취하고 혼이 홀린 듯 달리기 시작했다. 그 전엔 어려웠지만, 이제는 그 잰걸음을 따라잡을 수 있었다. 그만큼 키가 컸고 다리도 빨라졌으니까.

가는 손목이 내 손에 잡혀서야 멈춰 섰다. 긴 머리카락이 짙은 찔레향을 흩뿌리며 내 안면을 스치고 지나갔다.

"너⋯⋯."

그제야 그 시선이 천천히 가슴을 타고 올라와 내 시선에 닿았다.

가시 돋친 찔레꽃 속에 도사리고 사는 걸까? 온몸을 감싼 향이 참으로 야릇도 하지.

부르는데도 대꾸는 없었다. 내 앞에 선 이는 삼끈으로 긴 머리채를 묶고 뻘때추니처럼 이리저리 쏘다니던 아이가 아니었다. 복숭아 솜털이 쏙 빠져 홀쭉해진 하얀 분 낯, 붉은 입가엔 사내 혼을 쏙 빼놓을 것 같은 묘한 미소를 그리고 있는 젊은 여인네였다. 외성에서 술췌기와 실랑이하던 바로 그 여인이기도 했다.

"여긴 무슨 일이냐?"

"너야말로 이곳엔 무슨 일로 왔을까?"

되물으니 답할 말이 없었다. 조금 전까지 유곽 거리를 걷고 있던 내가, 그 거리를 걷고 있던 여인에게 되물어 얻고자 하는 대답이라니……. 설마 하면서도 두려웠다. 비단옷에 분칠까지 한 것이 무엇을 의미하는 것일까?

가리가 슬그머니 손을 빼려고 했다. 그 손을 놓치면 또 바람처럼 날아가 버릴까 봐 손을 놓을 수가 없었다.

"아프다."

그제야 손을 놓아주니 가리가 내 앞에 바로 섰다. 주저 없이 눈을 마주치는데 숨이 턱 하니 막혔다. 역시 술기운인가 했다.

"용케도 나를 알아보는구나."

분칠을 하고 눈가에 숯검댕을 그린다 한들, 내 너를 몰라볼까?

"궁금했다."

"뭐가?"

"연 의원 어르신께 들었다. 네가 고향으로 갔다고."

"고향에…… 갔었지. 아버지의 고향에…….'

"……."

"고향에 가도 달리 먹고 살 방도는 없더라."

"이참에 아주 돌아온 게냐?"

그녀가 피식 웃었다. 가리는 잠시 눈길을 흘렸다가 돌아섰다. 어쩌다 보니 나란히 걷고 있었다. 금세 번쩍이는 거리를 벗어나 성곽을 따라 걷기 시작했다.

"이곳저곳을 전전하다가 다행히 좋은 분을 만나 거처를 얻게 되었다."

"좋은……분? 혼인을 한 게냐?"

"혼인이라니. 당치 않다. 내게 글을 가르쳐 주고 먹고 살길 또한 열어주신 은인이시다. 봐라. 이렇게 좋은 옷도 주셨다."

글도 가르쳐주고 먹고 살길도 열어주고 비단옷도 입혀주는 은인이라니, 아무런 대가 없이 그런 좋은 조건으로 보살펴 줄 이가 세상에 있을까? 하물며 평강조차 내게 바라는 바가 있거늘.

내 생각을 읽기라도 한 듯 가리가 피식 웃었다.

"이상한 생각은 마라. 유곽에 간 것은 심부름을 갔던 것뿐이다."

"이상한 생각이라니……."

"내 모를 줄 아니? 보아하니 너도 사내라고 계집을 찾아온 모양인데……."

"아니다. 그런 게……."

"아니긴. 사내들이란 다 똑같지."

"아니래도!"

다시 나를 돌아보는데 그녀가 아직 혼인하지 않았다는 것과 거리의 여인이 아니라는 것에 안도의 한숨을 내쉬면서도 숨이

자꾸 차올라 버거웠다. 이래서 어머니가 술 마시면 망종이 될 수 있으니 삼가라 하셨던가. 다리에 힘이 풀리고 있지 않은가.
"여전하구나."
"뭐, 뭐가?"
"그때도 그랬지. 아버지를 잃고 기진해 있던 나를 위로해준 유일한 사람이 너였잖아. 고맙고 미더운 마음에 거짓말을 했던 예전의 일에 대해 사과하고 있으려니 도리어 펄펄 뛰지 않았니? 네가 잘못한 거라고 하면서. 뭐든 일단 제 생각과 다르면 발끈하지."
"그, 그랬었나?"
그녀의 움집 앞에서의 일을 기억하고 있었지만 모른 척했다.
"그때나 지금이나 너는 참……. 다른 이들과 결이 다르다. 사실 네가 무슨 가짓부리를 늘어놓아도 다 믿어진단 말이지."
"가짓부리 아니라니까!"
"깔깔깔깔. 넌 놀리는 소리를 들어도 참인지 가짓부리인지 분간을 못 하고 발끈하지. 자꾸 놀리고 싶게 만든단 말이야!"
그녀가 처음으로 소리 내어 웃었다. 놀리는 것이 분명한데도 기분 나쁘지 않았다. 그리 웃고 있는데도 예전처럼 허허롭지 않아 다행이라 생각될 뿐이었다. 울며 포달을 떨던 어린아이가 아닌, 성숙한 여인이어서 다행이었다. 여인인데 고운 모습이라 더욱 다행이었다.
불쑥 하고 싶은 말이 생겼다. 운을 뗀다는 것이 장황해졌다.

"이번에 우리 경당 대표로 시합에 나가게 되었다. 수박희와 기사, 그리고 마지막 날 사냥 시합에 출전한다. 으뜸을 하면 선인이 된다. 녹봉을 받고 나라에 임할 수 있는 자리다. 네가 그랬지? 개마무사가 아니더라도 다른 길이 있다고."

"……."

"그래서 말인데……."

"잘 됐구나."

"만약 제전을 구경할 시간이 된다면……."

주저주저하자 그녀가 걸음을 멈추고 돌아보았다. 나도 모르게 주먹을 쥐고 다짐하는 자세가 되었다.

"덕아! 문덕아!"

멀리서 어비루의 목소리가 들렸다. 급박하게 찾는 소리에 당황한 것은 말할 것도 없었다. 무슨 말을 하려고 했는지 깜빡 잊어버리고 말았다.

"네 동무가 널 찾으러 온 모양이네."

"아, 저 녀석은 어비루라고……."

"시합 응원 와 달라 소리지?"

"응?"

"갈게. 꼭."

그녀가 입가를 둥글게 말아 올리며 말갛게 웃어 보였다. 내가 할 소리를 대신해 버리니 머쓱해져 버렸다.

"덕아! 이 자식이 정말……!"

어느새 헐레벌떡 어비루가 달려왔다. 화가 잔뜩 나 있는 모양새였다.

"야! 내가 얼마나 찾았는지 알아? 시합에 나갈 거라 하고 열 냥에 여자 둘, 술까지 한 상 떡 벌어지게 받기로 합의를 봤는데 그렇게 가 버리면 어떡해?"

"이놈이 술이 취했나? 무슨 헛소리를……."

당황해 어비루의 입을 틀어막으려다가 망연하고 말았다.

역시 손을 놓지 말았어야 했는가. 가리는 사라지고 없었다. 이번에도 찔레꽃 잔향만이 꿈이 아니라는 증거로 떠다녔다. 그래도 다행인 것은 그녀를 만났다는 사실이었고, 다시 만날 수 있다는 기대였다. 꼭 이겨 보이겠노라는 의기가 곱절로 커지는 순간이었다.

검은 복면

뿌우우우우. 새벽 일출과 동시에 제천 행사의 시작을 알리는 거대한 뿔 나팔소리가 천지를 갈랐다. 이어 둔중한 북소리가 성벽에 맞아 사방으로 튀면서 산울림처럼 우렁우렁 울려 퍼졌다. 잠들었던 세상을 들깨우는 웅장한 소리는 한동안 계속되었다.

소리가 멎자 이번에는 연주단의 흥겨운 연주가 시작되었다. 하늘거리는 옷차림의 신녀들이 가뿐한 발걸음으로 제단 앞에 달려 나왔다. 그녀들이 넓은 소맷단과 치맛자락을 펄럭이며 군무를 추자 많은 사내의 탄성이 터져 나왔다. 사내들은 꽃향기에 취한 벌떼처럼 여인들에게서 눈을 떼지 못했다.

황궁이 있는 내성 문 앞 광장이 모든 백성에게 개방되는 것은 일 년에 단 두 차례뿐이었다. 3월의 제천 행사와 10월의 동맹이 그때였다. 구경거리에 몰려든 구경꾼들만도 수천 명. 생애 최고의 성황이라고, 매해 잔치며 축제마다 불려 다니는 놀이패 재주꾼 하나가 말했다. 그도 그럴 것이 대고구려의 태왕 원이 하해 황후에게서 첫 황자 환치를 본 지 꼭 백일이 되는 날이기도 했다. 백일잔치 겸하여 잔치 음식까지 나누려 한다는 소문에 이미 그 어느 때보다 많은 구경꾼이 모여들어 있었다.

갑자기 음악이 멈췄다.

"태왕 폐하 납시오!"

근위 군장의 우렁찬 목소리에 이어 태왕을 상징하는 천송가로 음악이 바뀌었다. 곧 황궁의 무거운 철문이 하늘이 쪼개지는 듯한 소리를 내며 열렸다.

삼족오가 수놓아진 황금빛 비단옷에 백라관을 쓴 원이, 큰 얹은 머리에 화려한 황금관을 쓴 황후 하해와 나란히 등장했다. 인정 태후가 뒤를 따랐고 화관을 쓴 어여쁜 소녀가 꽃을 뿌리며 따라 나왔는데 원의 금지옥엽 이화 공주였다. 황금빛 비단 강보에 싸인 황자 환치도 유모의 품에 안겨 나타났다. 시위하듯 평강과 원의 이복아우인 고건무高建武 영류왕, 고대양高大陽 두 태제 또한 뒤를 따랐다. 그렇게 모두의 환영 속에 모습을 드러낸 황가 일족은 높다란 제단과 나란한 관람석에 자리했다.

"태왕 폐하 만세!"

"황후 폐하 만세!"

"황자 전하 만세!"

"공주 전하 만세!"

백성들이 황족들을 연호하는 사이, 누런 황소 한 마리가 제단으로 끌려 나왔다. 수많은 인파 앞에 끌려 나온 황소는 곧 닥칠 자신의 죽음을 아는 듯 고삐를 쥔 근위군과 실랑이를 벌였다. 그 울음소리가 어찌나 크던지 숨죽인 광장 안이 찌렁찌렁 울렸다. 그러나 곧 투구와 갑옷까지 단단히 중무장한 근위 군장이 내리친 단칼에 단말마의 비명 한 번 지르지 못한 채 고꾸라졌다. 동시에 황소의 선혈이 사방으로 뿜어져 나왔다.

황소의 목에서 흘러나온 신성한 피를 받아내는 일은 신녀들의 몫이었다. 피를 금 식기에 받아든 신녀들이 신녀장에게 이를 전달했고, 신녀장은 두 무릎을 꿇고 원에게 이를 바쳤다. 원이야말로 신을 대리한 하늘이자 이 세상을 다스릴 왕 중의 왕, 태왕임을 확인하는 절차였다.

원은 제단에 놓인 동명성왕과 시조모후인 유화 부인, 이하 위대한 고구려 태왕들의 위패 앞에 신성한 피를 올린 뒤 두 팔을 벌렸다. 목통이 큰 근위군들 다섯이 합창하듯 원의 입을 대신해 제전의 개막을 알렸다.

"하늘의 주인이자 대고구려를 일으키신 동명성왕이시여! 시조모후시여! 이 나라를 강건히 지켜내신 이하 선황들이시여! 백두산의 정기를 받아 이 땅에서 태어나고 자란 신성한 풀과 물로 그 육신을 정한 제물의 피를 바치오니, 부디 태양과 비와 바람의 기적으로 이 나라를 지켜주사이다! 천추만세 이 나라 고구려와 고구려 백성들을 굽어살피소서! 온 나리에 평화가 가득하고

만백성이 배부른 풍요로운 나라가 될 수 있도록 축복하소서!"

다시금 백성들의 환호성이 터져 나왔다. 드디어 뿔나팔소리, 북소리와 함께 고대하던 놀이와 시합이 시작되었다. 한참 동안 놀이패와 연주단들이 춤과 노래로 모두의 흥을 돋웠다. 원이 내린 떡과 술, 고기가 백성들에게 골고루 나누어졌다. 백성들은 원이 내린 은혜로운 음식을 먹으면서 황가의 번영을 빌었다.

그 사이 광장에는 여러 개의 시합장이 들어섰다. 각 시합장 제일 앞자리에 귀빈들을 위한 천포가 쳐졌다. 그 외 구경꾼들은 자기가 원하는 시합을 쫓아다니며 자리를 잡느라 바빴다.

나는 첫날 수박희 시합에 출전했다. 상대방을 차거나 찌르고 걸어서 쓰러뜨리는 맨손 무예의 기본으로, 단판 시합이었다.

첫 시합은 나보다 머리 하나는 더 크고 육중한 황주 출신 사내와의 시합이었다. 팔뚝이 황소 뒷다리만 하여 한 대만 허용해도 정신을 놓을 것 같은 위력 있는 장사였다. 다행히 그보다 몸이 날렵한 덕에 정강이를 걸어 넘어뜨리는 것으로 어렵지 않게 이길 수 있었다. 운이 좋아서였을까. 연이어 다섯 명의 선수들 또한 가볍게 제압했다. 그리고 마지막 시합. 시합을 보기 위해 많은 구경꾼이 한꺼번에 시합장 주위로 몰려들어 북새통을 이루었다.

서청하의 좌물촌 출신 오동이란 자가 시합 상대였다. 앞차넣기, 빗차기 등 발차기 기술이 현란하여 시합 간간이 눈을 떼지 못하고 관전한 바 있었다. 체구가 큰 편은 아니었으나 마주하니 눈빛이 매의 그것처럼 매서웠다.

시합 시작 소리와 동시에 오동이 오른쪽 발로 바닥을 묵직하게 밀었다. 흙바람이 일어 그의 전신을 감싸고 도는 것이 보통 내공이 아니었다. 한 발 한 발 무게가 잔뜩 실린 발동작, 그때마다 바뀌는 현란한 손동작, 단단한 자세 어디서고 빈틈을 찾을 수가 없었다. 지금까지의 다른 상대와는 기운부터가 달랐다. 시끌벅적했던 주변이 그의 기운에 압도된 듯 조용해졌다.

누구의 선공이 먼저 먹히느냐가 승부를 가름하는 승부처가 되겠기에 나 또한 신중을 다하여 동작을 준비했다. 한참을 그리 서로를 탐색하던 중, 역시나 그의 앞차넣기 기술이 앞서 내 머리 위로 솟구쳤다. 간발의 차이로 몸을 뺐기 망정이지 하마터면 턱이 날아가거나 머리가 박살 날 뻔했다. 다시 그의 후려차기를 팔로 막아내는데 그 충격은 날아오는 바위처럼 상당했다. 자칫 정직한 수비로는 감당하기 힘들다는 판단이 섰다.

그때부터 오동의 쉴 새 없는 발기술을 상대하는 나의 몸은 물처럼 흘렀다. 허리와 어깨와 몸통을 가볍게 틀어 그의 발차기를 흘려버렸다. 차면 흘리고, 찔러오면 또 흘리고, 그의 혼신이 실린 모든 공격을 오는 방향 따라 가볍게 흘려보냈다. 헛발질이 계속되자 오동의 동작은 점점 더 크고 급박하게 치고 들어왔다. 점점 가빠지는 그의 호흡이 느껴지기 시작했다.

이제 내 차례인가.

돌려차는 발차기를 피해 어깨를 틀면서 오금에 손날치기를 넣었다. 곧바로 짚고 선 반대편 오금에 후려차기를 하니, 중심이 흐트러진 그의 단단한 무릎이 꺾였다. 이어 비어 있는 몀에 손끝 찌르기, 마지막으로 비틀거리는 그의 머리 위로 날아올라 휘돌려차기 일격이 승부에 쐐기를 박았다. 떵 소리와 함께 오동의 몸이 저만치 나가떨어졌다. 제 발로 흙바람을 일으키던 바닥에 코를 박은 오동은 눈을 까뒤집은 채 실신하고 말았다.

"세연당의 을문덕, 승!"

그제야 구경꾼들 속에서 우레와 같은 환호성이 터졌다.

나는 기뻤고 환호하는 이들 앞에서 자랑스럽게 팔을 들어 올렸다. 관람석 위에서 원과 평강이 지켜보고 있음을 확인할 수 있었다. 그림자처럼 따라다니며 치다꺼리를 해 준 어비루가 와락 얼싸안으며 기뻐했다.

"역시 문덕이다! 누가 뭐래도 이번 대회의 최종 으뜸은 너야!"

우경도 어깨를 두드리며 축하했다.

"훌륭한 시합이었다."

"스승님 덕분입니다."

그러나 기쁨도 잠시, 가리가 보이지 않아 아쉬웠다. 시합 틈틈이 주변을 살폈지만, 어디에서도 그녀의 모습은 찾을 수가 없었다.

**

근위 군병 숙사 앞마당에서 수박희 으뜸을 축하하는 술자리가 마련되었다. 시합 참가자들과 관련자들 모두 태왕이 내린 술과 고기를 나누며 축하의 인사를 건넸다. 함께 땀을 흘리며 겨룬 경쟁자들이었기에 직접 술을 한 잔씩 돌렸다.

먹고 마시는 와중에 우경이 근심 어린 표정으로 물었다.

"어찌 표정이 그러하냐? 내일 시합이 걱정되느냐?"

"아닙니다. 스승님께서 언젠가 말씀하셨지요. 좋은 일이 있다고 크게 기뻐하지 말고, 또한 나쁜 일이 있다고 너무 낙담도 하지 말라 하지 않으셨습니까?"

"허허허허. 지나치게 신중한 것도 병이 되느니. 너는 그만한 노력을 기울였고, 합당한 결과를 얻은 것이다. 너를 축하하기 위해 폐하께서 술까지 내리신 마당에 큰 기쁨을 드러내지 않는 것도 불충이라 생각지 않느냐?"

"명심하겠습니다, 스승님. 그런데……"

문득 생각나는 바가 있어 이번엔 내가 우경에게 물었다.

"대공주 전하의 가택에서 한 인물을 만난 적이 있습니다."

"누구?"

"소인과 갑장 혹은 연장인 듯 보였는데, 날카로운 턱에 힘이 있고 가는 이목구비였으며 마른 체신에 비해 어깨는 제법 넓었지요. 이름은 태조라 들었고, 검술이 출중했습니다."

"대공주 전하의 가택에 드나들 정도의 인물이라 하면, 연태조淵太祚 님이겠구나."

성이 '연'인 태조라는 이름은 들은 바가 있었다.

"연태조…… 혹, 연자유淵子遊 님의……!"

"그렇다. 연자유 님은 막리지를 두 차례나 역임한 분으로, 가문으로 말할 것 같으면 고구려 최고 관등인 대대로에 해당하는 권문세족이지. 게다가 그 댁의 장남이신 연태조 님은 약관의 나이에 근위 군장이 되신 뛰어난 무인이기도 하다. 그런데 어찌 그분에 대해 묻는 게냐?"

"그렇군요. 그래서……"

그제야 깨달았다. 굳이 제전의 시합에 출전하여 실력을 입증하지 않아도 되는 위치, 태왕의 등장을 외치고 제물이 된 신성한 황소를 단칼에 넘어뜨린 근위 군장이 바로 그였다. 지난번 패배를 설욕하기 위해 칼을 갈았던 것을 떠올리니 다소 허무한 결과가 아닐 수 없었다.

'어차피 넘지 못할 산이었나?'

술자리는 해시 전후하여 파했다. 다음날 일찌감치 시합에 임해야 하는 참가자들이 먼저 잠을 청했고, 시합이 없는 참가자들은 아쉬움을 달래고자 계속해서 잔을 채웠다.

나는 숙사에 들었지만 오지 않는 잠을 청해야 했다.

'약조를 어기는 아이는 아닌데…… 오늘이 아니라면 내일이나 오려나.'

부질없는 바람이 아니기를 바랐다.

**

둘째 날은 기사 시합이 진행되었다. 달리는 말 위에서 활을 쏘아 과녁을 맞히는 시합이었다.

폭포 안에 있는 과녁을 맞히고, 달리는 사슴을 구보로 따라잡아 맞히는 연습을 해 왔던 나로서는 한 치의 어긋남 없이 정곡을 맞힐 수 있었다.

수박희에 이어 기사에도 월등한 기량을 보이니 어느새 내 시합을 따라다니는 구경꾼들이 생겼다. 참가자 하나를 꺾을 때마다 함성과 탄성이 점차 커졌다. 특히 젊은 여인들의 목청이 유난했다.

그중 품이 넉넉한 붉은 색 유와 상 하단에 금실로 수가 놓인 비단옷 차림의 어여쁜 소녀 하나가 시합마다 쫓고 있음을 발견했다. 다름 아닌, 이화 공주였다.

이화는 불고체면하고 큰 소리로 응원하곤 했다.

"백두건, 이겨라!"

내 이마에 두른 흰색 건을 두고 하는 소리였다. 그러다 나와 눈이 마주치기라도 하면 낯이 귀까지 벌게져서 베시시 웃었다. 무심하지만, 모르는 척했다.

가리는 이날도 보이지 않았다.

**

기사의 마지막 시합은 다음날 정오에 치러졌다.

자리를 비웠던 원과 황실 일가가 자리로 돌아오자 곧바로 북이 울렸고 시합이 재개되었다.

"세연당 출신 을문덕이오!"

심판이 큰 소리로 나를 불러냈다. 나는 우경이 준 붉은 말을 끌고 광장 한가운데로 나아갔다. 이어 경쟁자가 호명되었다.

"만포에서 온 비가요!"

반대편 문을 통해 키가 작고 호리호리한 체구의 참가자 하나가 검은색 말을 끌고 들어왔다. 이상한 것은 눈을 제외한 온 얼굴에 검은 복면을 쓰고 검은 옷을 착용하고 있다는 점이었다.

구경꾼들이 웅성거리는 중에 원이 물어 근위 군장 연태조가 큰 목청으로 전달했다.

"무례하나! 어찌 얼굴을 가리고 있는 것이냐?"

비가가 대답하기를,

"얼굴에 보기 흉한 화상 자국이 있나이다. 어려서 집안에 큰 불이 나면서 입은 화상입지요. 감히 태왕 폐하의 심기를 불편하게 할까 두려운 마음에 청하오니 흉측한 낯을 가리고 시합에 임할 수 있도록 윤허하여 주시옵소서."

그제야 시합 중에 흘려들은 소리가 떠올랐다. 기사 시합에서 빼어난 실력을 자랑하는 자가 있더라, 검은 복면을 썼더라, 그 실력이 백중하니 이번 대회의 으뜸 후보로 을문덕과 우열을 가릴만한 자라면 그자뿐일 게다, 하는 소리였다.

잠시 후, 심판이 나서서 그의 상처를 살피러 다가갔다. 비가는 복면의 목 쪽을 살짝 들춰 심판에게 보여주었다. 이를 확인한 심판이 몸을 돌려 원에게 아뢰었다.

"화상 자국이 맞나이다."

원은 그제야 그의 탈의를 무리하게 요구하지 않고 시합을 진행시키라 명했다.

"사고로 만인 앞에 드러내놓기 꺼릴 정도로 흉한 화상을 입었다니 참으로 안타까운 일이로구나."

"황공하옵니다, 폐하."

"너는 어느 곳에서 수학을 하였느냐?"

"경당에 적을 둔 바는 없사옵고, 날치꾼이었던 아비 어깨 너머로 자연스레 익히게 되었나이다."

원은 더 이상 묻지 않고 고개를 끄덕였다.

"을문덕, 비가. 두 사람 모두 진력을 다하여 그간 쌓아온 기량을 맘껏 뽐내주기를 바란다."

이어 징이 울렸다. 기사 시합의 마지막 겨룸이 시작되었다. 그동안은 각자에게 주어진 과녁을 맞혀 합산한 점수로 승부를 가렸는데 이번에는 달랐다. 달리는 말 위에서 화살을 교대로 한 발씩 쏘되, 같은 과녁을 맞혀 점수를 매기게끔 진행되었다. 다음 사람이 쏘아 이전 화살을 떨어뜨린다면 전의 것은 무효가 되는 셈이었다. 또한 60보가 아닌, 100보 밖에 과녁을 세웠으니 눈이 어두운 이라면 과녁판을 맞히기조차 힘들 판이었다.

동자 둘이 나란히 달려와 나에게는 붉은 깃이 달린 화살을, 비가에게는 파란 깃이 날린 화실을 세 개씩 전달했다. 제비뽑기하여 내가 선궁이 되었다.

"을문덕! 이겨라!"

"세연당 을문덕! 최고다!"

여기저기서 응원의 소리가 터져 나왔다가 내가 말을 달리는 순간, 안개처럼 쏙 꺼져버렸다. 나는 달리는 말 위에서 매끄럽게 시위를 당겼다가 놓았다. 나의 초시는 커다란 포물선을 그리며 날아가서는 정확히 과녁 한가운데에 힘차게 박혔다. 심판이 확인하여 백색 깃발을 치켜올렸다.

"관중이오!"

그제야 숨죽이고 있던 구경꾼들 속에서 탄성이 터져 나왔다.

"와아아아!"

"역시 우경 선인의 세연당 출신답다!"

뒤이어 반대편에서 비가가 말을 달려오면서 화살을 내었다. 함께 날아오르기라도 할 듯 가볍게 차고 오르는데 말 다루는 솜씨가 예사롭지 않았다. 게다가 겨눔과 동시에 주저 없이 시위를 당기니 그 동작의 수려함과 단호함이 놀랄 만한 수준이었다. 결과는 한 치 차이 없이 내가 꽂은 화살을 깎듯이 정곡에 화살을 명중시켰다.

"오호! 과연!"

역시 탄성이 이어졌다. 예상을 뛰어넘는 훌륭한 솜씨였다.

두 번째 화살도 정곡을 쪼개듯 두 화살이 나란히 붙어 자리싸움을 했다. 마지막 삼시로 판가름을 내야 했다. 화살이 한 점에 꽂혀 있는 탓에 힘이 부족하면 꽂혀 있는 화살에 맞아 튕겨 나갈 것이고, 힘이 과하면 과녁을 벗어날 수도 있었다.

　나는 말의 덜미를 쓸어내렸다. 흥분한 말을 안정시키고 독려함과 동시에 스스로의 호흡을 가다듬기 위함이었다. 이런 기분은 실로 처음이었다. 이기고 지는 승부를 떠나 나를 뛰어넘고 싶은 욕망, 상대방의 실력에 고무되어 내 염통이 북처럼 쿵쿵 울리는 설렘. 심호흡에 이어 천천히 말을 달리기 시작했다. 그때부터 나의 동작이 시간과 무관하게 천천히 움직이는 듯 느껴졌다. 또각또각 말의 발굽 소리와 나의 염통 소리가 교대로 박자를 나누다가 일치하는 순간, 말의 높이가 정점에 이르고 나의 시위가 바짝 당겨진 바로 그 순간 호흡을 멈췄다. 드디어 그 어느 때보다 신중하게 화살을 내었다. 삼시는 효시여서 소리통 소리가 신랄하게 허공을 찢었다. 과연 화살은 바람대로 네 개의 화살 사이를 뚫고 정확히 꽂혔다. 숨죽였던 관중 속에서 터질 듯한 환호가 일시에 터져 나왔다.

　"와아아아아!"

　나는 최선을 다했고 더 없는 결과에 만족했다. 이제 비가의 마지막 화살만이 남았다. 이 마지막 화살로 승부가 가려질 것이다.

　나는 숨을 조용히 내뱉으며 그의 마지막 시위 메기기를 지켜보았다. 그리고 그의 화살 끝에 모든 시선을 집중했다. 그런데 다음 순간, 가슴이 철렁 내려앉고 말았다. 그가 갑자기 허리를 틀었다. 그의 화살이 가리키는 방향에 다름 아닌, 대왕이 있었다.

자객

앗자, 하는 사이 그의 화살이 시위를 떠났다. 멀리 포물선을 그리며 날아가는 화살은 과녁이 아닌, 정확히 황실 관람석 위 태왕을 향했다.

"폐하!"

화살이 떨어진 곳은 아수라장이 되었다. 화살을 맞은 원이 비틀거리는가 싶더니 그를 보호하기 위해 달려든 근위 군병들에 에워싸여 보이지 않았다. 주변에 자리하고 있던 황족들과 대신들은 어디서 또 날아올지 예상할 수 없는 날벼락을 피해 납작 엎드렸다. 광장 주변에 모여 있던 수많은 구경꾼 또한 아우성을 치며 우왕좌왕했다.

"자객이다!"

나의 눈은 즉시 비가를 찾았다. 그가 동문 쪽을 향해 말을 달리는 것이 보였다. 그를 쫓으려는 순간, 귓결에 날카로운 바람이 스쳤다. 화살이었다. 내 귓가를 스치듯 날아간 화살은 정확히 비가의 오른쪽 어깨를 맞혔다. 그가 화살을 맞고 멈칫하는 것이 보였다. 그러나 이도 잠시, 그는 화살을 매단 채 서둘러 구경꾼들 사이를 뚫고 빠져나갔다.

눈 깜짝할 사이의 일이었다. 황망했다. 눈앞에서 태왕에게 화살을 날린 자객을 놓쳤다는 사실에 분심이 났다. 나는 결단코 그자를 잡아야 했다.

**

비가에게 화살을 날린 것은 다름 아닌, 근위 군장 연태조였다. 그는 이미 신라의 자객이 이번 행사에 잠입할 거라는 첩보를 알고 있었고, 기다리고 있었던 것이다. 화살을 맞은 원도, 원이 아니었다. 혹시 모를 위험에 대비한 연태조가, 시합 도중 원 대신 근위 군병 하나에게 황의를 입혀 황좌에 앉혀놓았다. 태왕이 시해당하지 않은 것은 천만다행한 일이었다. 그러나 자객을 놓친 것에 대한 책임을 면할 수는 없었다.

부복한 연태조를 향해 원의 곁에 서 있던 고건무가 무섭게 대갈했다.

"근위 군장은 어찌 자객의 잠입을 예상했으면서도 이를 막지 못하였는가? 어찌 그깟 자객 하나 잡지 못해 감히 폐하를 향해 화살을 쏘게 했단 말인가?"

"황공하옵니다, 태제 전하. 자객이 이번 행사를 틈타 내성 안으로 잠입해 일을 도모하리라 예상했음에도 수많은 이들 앞에서 화살을 날리리라고는 전혀 예상치 못하였사옵니다. 하오나 이유 여하를 불문하고, 황실의 안위를 지켜야 할 근위 군장으로서 이는 분명한 소신의 불찰이옵니다. 죽어 마땅한 죄, 그 벌을 달게 받겠나이다."

대신들 상석에 있던 연자유마저 자신의 장자 곁에 부복해 고개를 조아렸다.

"신 막리지 연자유, 태왕 폐하 전에 아뢰겠나이다. 이번 일의 모든 책임이 간자 포획을 총지휘하였던 근위 군장 연태조에게 있음은 불문가지이옵니다. 폐하의 옥체에 아무런 상함이 없다 하나, 감히 대고구려 태왕 폐하를 향해 자객의 화살이 당겨졌다는 사실만으로도 그 책임을 면할 수는 없사옵니다. 이는 이 나라 고구려의 대신이자, 연씨 가문의 장로이고 또한 근위 군장 연태조의 아비인 소신의 잘못이기도 하오니 소신과 소신의 아들 모두에게 죄를 물어 벌을 내리심이 마땅하옵니다. 하오나, 폐하. 태조가 신라에 보낸 간자를 통해 자객의 첩보를 알아 대비하였고, 그자를 잡기 위해 독화살을 당겼사옵니다. 또한 진력을 다해 자객 포획을 지휘하고 있사오니, 죄에 대한 추궁은 자객을 잡은 이후로 미루어주시기를 간구하나이다. 연씨 가문의 명예를 걸고 기필코 자객을 잡아내겠나이다."

자객 169

묵묵히 듣고 있던 원이 입을 열었다. 그의 음성은 강철처럼 단단하고 얼음장처럼 차가웠다.

"날이 새기 전에 자객을 색출하라! 태후전이든, 공주의 처소든 상관없다! 신분 고하를 막론하고 그 어떤 자도 감히 수색을 거부해서는 아니 될 것이다! 짐의 명이다!"

감히 태왕이 주관하는 행사에서 자객이 활보하고, 태왕인 자신에게 활시위를 당겼다는 것에 원의 노기는 대단했다. 평강의 지시로 말석에서 우경과 나란히 입시하였던 나에게까지 자객 포획 작전의 임무가 주어졌다.

결국 제천 행사를 빛내기 위한 시합은 모두 중지되었다. 한 해의 안녕과 풍년을 비는 축제가 무산된 것에 대해 모두들 불길하게 여겼다. 태학과 경당에서 출전한 참가자 중 일부는 비상군이 되어 관군과 함께 내성을 방비하였고, 나머지는 중성과 외성을 샅샅이 뒤졌다. 의심되는 이들은 모두 잡아다가 심문했다.

원의 명대로 황궁의 전각 구석구석 빠짐없이 빠르고 철저한 수색이 진행되었다. 고건무와 대양의 어미이자 원의 계모인 인정 태후는 몸소 태후전 앞으로 나와 근위 군병들의 수색에 응했다. 감히 태상에게 역심을 품은 자는 잡아다가 도륙을 내야 한다며 펄펄 뛰기도 했다.

나는 우경을 따라 중성 내 인가들을 뒤졌다. 집안의 안채와 부경 안에 쌓여 있는 쌀섬의 구석까지 이 잡듯 뒤졌다. 근위군, 황성 수비군들에 더해 비상군들까지 일사불란하게 움직이니 쥐새

끼 한 마리 도망치지 못할 터, 게다가 태조의 독화살까지 맞은 이상 자객이 잡히는 것은 시간문제였다.

그렇게 하루가 지났다. 그러나 비가의 흔적은 어디서고 찾을 수가 없었다. 분명 내부에 내통자가 있을 거라고들 입을 모았다. 아니면 온몸에 독이 퍼져 어딘가에 죽어 넘어져 있을지도 모른다는 소리들을 하는데, 그 생각만 하면 속내 조급증이 일었다. 내 눈앞에서 벌어진 일, 반드시 내 손에 잡히기를 바랐다.

해가 중천에 오를 무렵, 우경과 함께 성곽 위로 올라가 주변을 살폈다. 성곽 아래 도도히 흐르는 패수 위로 여러 척의 군선들이 상선을 세워놓고 일일이 내부 수색하는 것이 보였다.

"하늘로 솟았는가, 물을 가르는 재주가 있는 겐가?"

답답했는지 우경이 혼자 하는 소리였다. 뒤를 따르는 나 또한 같은 생각이었다.

우경과 함께 중성 성곽을 따라 내성 쪽으로 향했다. 안산, 창광산, 남산 등을 싸고도는 구릉을 지나 내성으로 향하는 성곽은 그 높이만도 상당해서, 우경의 말대로 날개를 달고 하늘을 날아오르든가, 물을 헤치는 재주가 없고서는 감히 뛰어내릴 엄두도 낼 수 없는 형국이었다. 그렇다면 산으로 들어갔다는 말인데, 중성의 여러 산뿐 아니라 내성과 북성만 해도 금수산이 버티고 있었다. 군사들을 다 동원한다 한들, 산에 굴을 파고 숨었다면 어찌 다 뒤질 것이며 쥐새끼처럼 빠져나갈 재바른 인영을 어찌 따라잡을 것인가. 백성 모두가 눈이 되고 귀가 되어 찾는 수밖에 없었다.

어느새 저녁 해가 평양강 너머를 향해 기우뚱하는 것을 보면서 북성을 돌아 다시 반대편 내성 성곽을 탔다.

멀리서 민둥머리 승려 한 명이 걸어오고 있었다. 싸리나무 가지처럼 바짝 마른 체구에 품이 낙낙한 붉은색 장삼을 걸친 늙은 중이었다. 우경이 반색하며 그를 기다렸다가 합장했다.

"명진 스님, 어디 다녀오시는 길입니까?"

명진은 주름이 깊이 팬 마른 볼에 인자한 미소를 지어 보이며 합장했다.

"요즘은 시주하는 분들이 많지 않아서요. 탁발을 하러 다니는 것이 일과가 되어 버렸지요."

"소원했습니다. 곧 식솔에게 일러 공양미를 보내고 조만간 찾아뵙도록 하겠습니다."

"당치 않은 말씀을. 불철주야 나라의 동량들을 가르치시느라 다망한 선인께서 절에 자주 들르시는 것도 나라에 큰 누가 되는 일이겠지요. 살다가 심상하여 미욱한 소승이나마 말 상대로 필요하실 때, 대자대비하신 부처님 말씀이 생각나실 때 그때 한 번씩 들러주십시오."

"고맙습니다, 스님."

우경은 잠시 그리 대화를 마치고 다시 합장하더니 공손히 명진에게 길을 비켜주었다. 명진 또한 합장을 하고는 곁을 스쳐 지나갔다. 그런데 이때, 그의 마른 몸에서 훅 끼치는 냄새가 있었다. 언뜻 군불을 때는 냄새 같으면서도 머리가 아찔할 정도로 독한 약초 내였다. 그 언젠가 연 의원의 약방에 자주 드나들면서 맡았던 갖가지 약초 중에 유사한 냄새를 맡았던 기억이 어렴풋이 떠올랐다.

'뭐지, 이 냄새는?'

나는 우경에게 물었다.

"저 스님은 뉘십니까?"

"영명사永明寺의 주지이신 명진 스님이시다. 저분의 말씀은 세상의 욕심을 거둬내는 힘이 있어 말씀을 듣고자 자주 찾아뵙곤 했었는데 근자에는 일이 번다하여 그러지 못했다. 조만간 함께 들러 말씀을 듣는 것도 좋을 듯싶구나."

"스승님께서 그리 말씀하시니 소인 또한 말씀을 청하고 싶습니다. 그런데 시주승도 아닌 주지 스님이 어찌 직접 탁발을……"

"물이 지나치게 맑아 고기가 모이지 않는다고 해야 할까. 워낙 현량한 성품 탓에 불법의 이론적 설파와 현란한 말주변으로 사세를 넓히고 공양주를 모으는 일보다는 자기 수행과 기도에 전념하시니 그런 게지. 곡기 마른 절에 생쥐도 떠나는 법, 제자승도 떠나고 공양주들도 떠나고 말았으니 말이다."

돌아보니 명진은 성곽을 따라 북성 쪽으로 향하고 있었다. 금수산 동쪽으로 맑고 푸른 패수가 넘실대는 청류벽淸流壁이라는 절벽이 위치한 곳이었다. 아름다운 풍광을 자랑하는 청류벽 위에는 신선이 노닐 듯한 영명루水明樓라는 누각이 있었는데 그 서편에 고즈넉이 들어앉은 불사가 바로 장안성보다 역사가 오래되었다는 바로 그 영명사였다.

우경은 영명사의 역사에 대해서도 간단히 설명해주었다. 광개토태왕 시절 창건한 절은, 아도화상阿道和尙이 이곳에 적을 두고 포교 활동할 때만 해도 고구려에서 가장 많은 불자가 모이던 대사찰이었다. 태왕이 패수에 용선을 띄워 노닐 때면 휴식을 취하기 위해 머물거나 고구려 시조인 동명성왕의 사당에 헌향을 하기 위해 자주 들르곤 했다. 그러나 장안성이 들어서면서 그 옛날의 영광은 이어지지 못했다. 30여 년에 걸친 오랜 공사 기간 출입이 용이하지 않았고, 완공 후에는 중성에 황실과 백성들을 위한 절이 들어섰기 때문이었다.

그렇게 쇠락한 절의 주지로 남은 명진의 사연이 안타까운 듯 우경의 시선은 그의 뒷모습에 오래도록 머물러 있었다.

잠시 후 우경이 나에게 말했다.

"그만 돌아가자. 마침 대공주 전하께서 석찬 자리에 청하셨는데 함께 가자꾸나. 너를 내게 보내신 분이기도 하니……."

나는 얼른 손사래를 쳤다.

"아닙니다, 스승님. 소인 어찌……. 두 분께선 오랜 친우지간이라 하지 않으셨습니까? 이번 일로 전하께서 심히 놀라셨을 텐데 위로가 되어드리십시오. 소인은 좀더 돌아보고 숙처로 먼저 가 있겠습니다."

우경은 내 말의 진정성을 의심치 않았다. 그가 성곽을 따라 걸어가는 뒷모습을 한참이나 지켜보던 나는, 이끌리듯 영명사 쪽으로 발걸음을 옮겼다.

인가에 숨어들지 않았다면, 목숨 걸고 강으로 뛰어내리지 않았다면, 깊은 산속으로 숨어든 것이 아니라면, 대체 이보다 더 은신하기 좋은 곳이 또 있을까. 게다가 그 약초 향은 짐작되는 바가 있었다.

**

영명사 대웅전 앞에 당도했을 때는 이미 날이 어두워져 있었다. 청류벽을 치는 잔잔한 강물 소리만 철썩일 뿐, 야행하는 짐승들과 벌레들마저 소곤대는 고적한 산사는 평화롭기만 했다.

나는 조심조심 대웅전 안으로 들었다. 공양주의 발길이 끊어진 이후에도 매일 밤 부처님을 지키고 있었을 작은 호롱 몇 개가 밝혀져 있었다. 과거 황족들이 자주 드나들던 절이라 하더니 규모나 주변 경관은 여전히 흠탄할 만했다.

나는 헌향하거나 합장하지 않았다. 목적이 달리 있었기 때문이다. 주지는 보이지 않았고, 요사채 방 하나에만 불빛이 새어 나오고 있었다. 마당으로 나와서는 까치발로 움직였다. 혹여 어디선가 다친 이의 거친 숨소리를 찾기 위해 방마다 귀를 기울였다.

이때 갑자기 불빛이 새어 나오던 방문이 벌컥 열렸다. 깜짝 놀라 피한다는 것이 담 뒤로 숨었다. 소피가 급한 젊은 행자가 종종걸음으로 뛰쳐나왔다.

"에에에…… 너무 많이 마신 모양일세."

행자는 버선발로 나와 담벼락 앞에서 오줌을 싸질렀다. 어찌나 오래 참았던지 거센 오줌발이 끊어질 듯 끊어지지 않고 한참이나 이어졌다.

"일도야!"

이번에는 멀지 않은 곳에서 부르는 노인의 음성이 들렸다. 명진이 분명했다. 이에 행자는 끊어지지 않는 오줌발을 질질 끌면서 급하게 움직이려다가 바짓자락을 적시고 말았다.

"에, 예. 주지 스님! 잠깐……. 에잇, 하필 이런 때……."

나는 행자가 축축한 바지춤을 추스르며 달려가는 것을 조용히 뒤따랐다. 그가 멈춘 곳은 참선하기 위한 선방 앞이었다. 창호문 위로 명진의 마르고 고된 고행의 그림자가 드리워져 있었다.

"스님, 부르셨습니까?"

명진은 방문을 열지 않고 말했다.

"또 술을 마신 게냐?"

"수, 술이라뇨? 아닙니다요, 스님. 그저 오래되어 쉰밥을 먹었을 뿐이온데……."

"밥이 쉬어 술이 되었느냐? 목소리에서 술 냄새가 진동하는구나."

"저, 그게 아니고 잠도 안 오고 밤은 깊은데 수행의 끝은 보이지 않고 배는 고프고…….”

행자가 책망을 두려워한 나머지 쩔쩔매는데, 명진의 음성에는 노기가 없었다. 자주 있는 일인 양 담담했다.

"그 술을 가져오너라."

"예? 술을 왜……? 아이고 스님, 다시는 마시지 않겠습니다. 그러니 스님, 쫓아내지만 말아 주십시오. 오갈 데 없는 놈입니다요. 스님, 예?"

"널 쫓아내려는 것이 아니다. 너도 안침을 위해 먹는 것이라 하지 않았느냐? 나 또한 오늘은 힘겨운 밤이 될 것 같아 청하는 게다. 가져오너라."

"예? 스님께서 술을 드시겠다고요?"

"너는 되고 나는 안 된단 말이냐?"

"그건 아니고입쇼."

행자는 고개를 갸우뚱하며 방으로 돌아가서는 숨겨두었던 호리병 하나를 냉큼 들고나왔다. 궁박한 절의 행자가 마시는 술이라 해봐야 뻔했다. 말 그대로 탁발해온 밥이 쉬면 버리기 아까워 이를 누룩과 섞어 만들어 마셨을 테지만 그래도 술은 술이 아닌가.

"스님, 여기…… 혹시 육포라도 필요하시면 드릴깝쇼?"

"이놈이!"

행자는 명진의 호된 소리에 화들짝 놀라 달아나 버렸다. 방문이 열리고 쑥 내민 마른 손에 호리병이 들려 들어갔다. 잠시 후,

자객 177

행자가 떠난 자리에 내가 섰다.
문득 독은 독으로 치유해야 한다는 연 의원의 말이 떠올랐다. 분명 명진의 몸에서 풍겼던 지독한 냄새는 독초였다. 그리고 술이라…….
나는 어느새 선방문 앞에 바짝 달라붙어 안을 엿보기 시작했다.

억울하였느냐?

낡고 오래되어 뒤틀린 방문 틈으로 희미한 불빛이 새어 나왔다. 엿보는 취미는 없었으나 도리가 없었다.
방안에는 앙상한 등을 보이고 앉은 명진이 보였다. 호롱 두 개가 양쪽으로 하나씩 켜져 있었고 누군가 그의 앞에 엎어져 있었다. 멈칫, 독한 약초 내가 코를 찔렀다. 정신이 아득해질 정도로 냄새는 지독했다.
스스로 독을 취하는 자는 두 가지 이유가 있다 들었다. 독살의 위협에 항시 노출된 자는 내성을 기르기 위함이오, 달리는 제독이 목적이라. 공덕력이 높다는 노승이 이유 없이 독초를 취할 리 만무하니 누군가를 위한 것이라 추측할 수 있었다. 그게 작금의 상황에서 누구인지 의심되는 바였다.
'혹, 자객?'

다시금 소맷부리로 코와 입을 틀어막은 채 문틈에 눈을 가져갔다.

명진은 술이 담긴 호리병을 들더니 바로 엎어져 있는 이의 어깨 위에 조심스레 흘렸다. 엎어져 있는 자의 벌거벗은 상체가 꿈틀했다. 명진이 이번에는 작은 화로를 끌어당겼다. 화로 위에는 작은 토기가 희끄무레한 연기를 내며 끓고 있었다. 이 방에 가득 냄새를 풍기는 독초를 끓이고 있음이었다.

그는 독초를 젓가락으로 일부 집어 곡주를 뿌렸던 어깨 위에 올려놓은 뒤, 독송을 시작했다. 뜨거운 독초가 살갗에 닿아 연기를 내면서 지글지글 끓었고 독초 내에 살 익는 듯한 냄새까지 더해 몹시 지독했다. 곧 엎어져 있는 자의 온몸이 빳빳하게 경련을 일으키는 것이 보였다. 고통스러운 신음이 흘러나오다가 호흡과 함께 끊기기를 반복했다.

"허억!"

명진은 잠시 독송을 끊고 다독였다.

"독으로 독을 다스리기 위함이니 고통스럽더라도 참으시오."

역시 나의 짐작이 적중했다. 누운 자에게 이독제독 하는 중이라는 소리였다. 치료라기보다 술법에 가까운 행위는 한참이나 계속되었다. 예상이 맞았으니 그 상대가 누구인지 확인이 필요했다. 명진이 공범이라면 좀 더 신중해야 했다. 스승님이 존중하는 분이었다. 더욱 확실한 증좌를 가지고 덮쳐야 했다.

새벽닭이 울고 얼마 지나지 않아 명진의 치료 행위가 멈췄다.

어느새 깊은 심연처럼 컴컴했던 하늘도 퍼렇게 밝아오고 있었다. 더 이상 환자의 거친 숨소리는 들리지 않았다. 명진은 천천히 화로를 들고 일어섰다. 하지만 곧 비틀거렸다. 독을 풀기 위한 독 치료 내내 그 또한 독을 마셨을 테니 온전하지는 않았을 것이다. 그럼에도 그는 의연하게 방을 걸어 나왔다.

나는 허둥지둥 마루 밑으로 숨어들었고 그가 자리를 떠나고 나서도 금세 밖으로 기어 나오지 않았다. 잠시 후, 싸리비를 든 행자가 선방 앞을 지나 본전 쪽으로 향하는 것을 확인한 후에야 밖으로 나왔다. 이어 발소리를 죽여 그림자처럼 방안으로 스며들었다.

호롱 하나만이 켜져 있는 방 안에 뿌연 새벽빛이 들어 파르스름하게 드러났다. 나는 죽은 듯 엎어져 있는 자의 곁으로 다가갔다. 시합 날 비가가 입었던 흑의가 분명했다.

아무리 생사를 오가는 부상자라 할지라도 황성에까지 잠입해 태왕에게 화살을 날린 자객이 아닌가. 목숨을 걸고 왔을 터, 거친 저항으로 덤벼들거나 방심을 틈타 도망칠 수도 있었다. 그럴 양이면 이 자리에서 멱을 따서라도 끌고 갈 심사로 품속에서 단검을 꺼내 들었다. 가리가 주고 간 것이었다.

'대체 어떤 담대한 놈이기에 감히……'

자세히 들여다볼 요량으로 호롱불을 바짝 당겨 비췄다. 드러난 한쪽 어깨에 새까맣게 부풀어 있는 상처에서 정신이 아찔할 정도의 독한 냄새가 코를 찔렀다. 연태조의 화살에 맞은 자리였다. 시합장에서 화상이라 확인되었던 턱 밑을 보니 얇게 포 뜬 고기가 말라붙어 있었다. 더 두고 볼 것도 없었다.

'내 이놈을 당장……!'

그러나 그뿐이었다. 당장에라도 요절낼 것 같던 기세는 온데간데없이 사라지고 온몸에서 힘이 빠져 달아나고 말았다. 나는 목두기에게라도 쫓기듯 선방을 뛰쳐나왔다. 상대가 곧 죽을 상황이라거나 도저히 거동할 재간조차 없는 부상자라서가 아니었다. 자객이 아닐 수도 있다는 또 다른 의구심 따위도 아니었다. 분칠도 않고, 숯검뎅이 눈썹도, 붉은 연지도 바르지 않았지만 분명 가리였던 것이다.

어떻게 숙소까지 돌아올 수 있었는지 전혀 기억이 나지 않았다. 새벽잠이 없는 우경의 침상은 이미 비어 있었고, 어비루 또한 그 뒤를 따라나섰는지 보이지 않았다.

나는 빈 침상에 누워서도 지친 잠을 청할 수가 없었다.

'착각이다. 가리가 그럴 리가 없다. 어찌 가리가……. 가리가 왜? 대체 왜?'

생각이 깊어질수록 의혹이 흐려졌다가 다시 돌아오기를 반복했다. 가리가 자객일 이유가 없다는 일말의 바람이 지의를 흐렸고, 가리의 어깨에 깊은 상처가 이성을 돌려놓았다.

불문곡직, 나는 평강의 사람이고 평강은 원의 사람이다. 그들에게 목숨을 바치기로 맹세한 이상, 간자고 자객이고 은닉하는 것 또한 반역이었다. 반대로 가리를 발고한다면 나에 대한 그들의 신망은 두터워질 것이고, 무관으로서의 출세 가도를 보장받을 수 있을 것이다.

하지만 과연 그럴 수 있을까? 내가 과연 가리를……?

**

다음날도 황성 내 수색은 계속되었다. 범인은 물론이거니와, 혹여 함께 일을 도모했거나 도주를 도운 부역자들에게까지 은자 100냥씩의 현상금이 붙었다. 수색대와 경당의 참가자들 외에도 농군과 상인, 노비에 이르기까지 현상금을 차지하기 위해 산으로, 강으로 뒤지고 다녔다. 가리가 발각되는 것은 시간문제였다. 내가 내 일에 집중하지 못하는 이유였다.

더는 참지 못하고 밤이슬을 맞으며 다시 영명사로 달려가야 했다. 달빛마저 구름 속에 갇혀 보이지 않았고, 대기를 흠뻑 적신 축축한 이슬이 비를 예고하고 있었다.

명진은 같은 시각, 선방에 들어가 같은 치료를 했다. 가리가 아직 발각되지 않았다는 소리였다. 그러나 이곳도 안심할 수 있는 곳은 결코 아니었다. 원래 주지의 허락 없이 불사를 수색하는 것은 불가하였지만, 이미 태왕이 태후전 수색까지 윤허한 마당에 그런 관행은 의미가 없었다.

치료를 끝낸 명진이 몸을 털고 일어서려는 찰나였다. 갑자기 뒤에서 부스럭거리는 소리도 없이 민첩하게 그림자가 움직였다. 창졸간에 벌어진 일로, 어느새 가리가 명진의 목에 칼을 들이대고 있었다. 칼은 무사들의 검이 아닌, 부엌에서나 쓰는 몽당 식칼이었다. 불사의 찬방에서 훔쳐 왔으리라.

급작스러운 상황에 문밖에 숨어 있던 내가 더 놀라고 당황했다. 가리가 영명사의 주지를 죽이고 달아난다면 일이 더 커질 판국이었다.

가리가 목구멍에서 갈라지는 듯한 음성으로 조용히 떠드는 소리가 들렸다.

"스님이 날 살리셨소?"

"한낱 염불이나 외우는 땡추가 무슨 수로 사람의 목숨을 살린단 말이오? 죽고 사는 것은 모두 부처님의 뜻이지요."

의외로 명진은 차분했다.

가리가 되물었다.

"내가 누군지 알고 살리셨소?"

"알고 모르고는 문제가 되지 않소. 부처님을 모시는 불당에 다친 새가 날아들었으니 가르침대로 행했을 뿐이오."

가리가 무어라 한 마디를 더하는 듯했지만, 귀에 닿지는 않았다. 이어지는 명진의 목소리만 나직하고 명료했다.

"몸이 무너지고 수壽가 다하면, 더운 기운이 떠나고 목숨이 멸하여 음을 버리는 때에 이르는데, 이를 죽음이라 하였소. 잡아함경雜阿含經에 나오는 말이지요. 하지만 처자의 상태는 독이 퍼지면서 몸이 무너지고 더운 기운은 떠났으나 생기가 남아 고동하니 수가 다하지 않았다 여겨졌소."

혹여 명진이 자객에게 조력했거나 반대로 자객을 안심시킨 후, 발고하여 현상금을 취하려는 것이 아닌가 의심했었다. 그러나 그의 언행을 지켜보고 있자니 사심은 없는 게 분명해 보였다. 부처의 뜻에 따라 불사에 숨어든 환자를 보살피고 있을 뿐이라는 말이 진심으로 들렸다. 과연 우경의 평가대로 사세 확장이나 공양보다는 자기 성찰과 수양에 매진하는 고승의 마음이 보였다.

그래서 더욱 황망했다. 가리는 예전의 그 아이가 아니었다. 몇 날 며칠 지옥에서 싸우다 돌아온 야차인 양 눈빛이 형형한 것이, 통통했던 볼살이 빠지면서 유난히 불거진 광대뼈 위에서 번들거렸다. 무엇이 그녀를 그렇게 변하게 했을까? 두 사람을 지켜보는 중에도 숨을 삼킨 목통만 바짝바짝 말랐다.

"나는 지금 당장 스님의 멱을 딸 수도 있소."

"그 또한 부처님의 뜻이라면 그리하는 것이 마땅할 것이오."

명진은 전혀 두려워하는 기색이 없었다. 잠시 머뭇거리던 가리가 그의 목에서 칼을 물렸다. 명진의 진심을 믿어서인지, 이곳에 숨어 있으려면 그의 도움이 절실히 필요해서라 판단해서인지, 이도 저도 아니라면 결과가 어떻든 받아들이겠다는 포기인지, 그 속사정은 알 길 없었다. 다만, 그가 방을 나서는 데도 막거나 협박하지 않았다.

뒤이어 방에 들어서는 나를 보고도 가리는 별반 반응하지 않았다. 대신 눈알을 번득이며 나직하게 비꼬았다.

"흥. 부처의 뜻? 땡중이 사람을 잘도 속였구나. 그냥 죽게 내버려 둘 것이지 살려놓고 이제 와 발고를 해?"

명진이 자신을 속이고 발고하여 사람을 부른 것이라 여기는 듯했다. 가리는 자포자기하여 자신의 목에 칼을 들이댔다. 당황한 것은 오히려 나였다.

"멍청하긴!"

그보다 더 기민하게 그녀의 손에서 칼을 빼앗아 들었더니 그제야 나를 알아보고 놀라는 눈치였다.

"덕이!"

"나의 시합을 보러 온다는 것이 그런 뜻이었나?"

"……."

"넌 고구려인이다. 태왕 폐하의 백성이고, 이 나라 고구려의 딸이다. 그런 네가 어찌 폐하를 시해하려 하였느냐? 네가 어찌 감히?"

"넌 여전하구나."

"뭐?"

"여전히 순진하고 어리석어."

"무슨 소리를 하는 게야?"

"태왕의 백성? 고구려의 딸? 그게 다 무슨 소용이냐? 제 성을 쌓기 위해 내 아비의 피를 뿌리고 죽음에 이르게 한 것이 이 나라 태왕이란 말이다!"

그녀의 쉬어터지고 갈라진 음성이 기습적으로 내 명치에 와 박혔다. 아비에 대한 그녀의 절절한 심정을 알기에 잠시 대꾸할 말을 잃었다. 그녀의 형형하던 눈가에 비통한 감정이 서리고 분노한 치가 벌벌 떨리는데 그제야 이유를 알 것 같았다.

"황은? 황덕? 제 나라 백성이 끼니를 못 챙겨 굶어 죽어도 태왕은 관심 없다. 백성들의 피로 쌓은 높은 성 위에 올라앉아 하늘의 아들입네, 백성들이 조석을 거르며 일군 재물로 호의호식하는 것밖에 할 줄 모르는 게 무슨 태상이고, 국부란 말이냐?"

"……."

"내 아비는 그날 태왕이 자자손손 누릴 부를 쌓다가 죽은 것이다. 내 아비를 죽인 것은 태왕이란 말이다. 원통하고 억울하여 하루하루 고통뿐이었다. 자식이 부모의 복수를 하는 것은 당연한 일. 나는 그 일족에게 복수하기 위해 적국에 들어가 간자가 되기를 자청했다. 그들이 나에게 부귀영화를 약속했지만, 그것을 바란 것이 아니다. 어차피 적국으로 돌아갈 생각 따위는 없었다. 일이 성사되면 자결할 생각이었다. 목적한 바를 이루었으니 이제 세상에 더 볼 일은 없다."

가리는 격한 말을 토해내기가 무섭게 제 혀를 빼물었다. 급한 김에 주먹으로 그녀의 입을 틀어막았다. 엎치락뒤치락 몸싸움하는 와중에도 말을 들어 먹지 않자 분노에 치받친 나머지 미친 듯이 뇌까렸다.

"그리 억울하였느냐? 네가 태어나고 네 아비의 뼈와 살을 묻은 이 고구려를 배신할 만큼 억울하였느냐? 그래, 이제는 시원하냐? 복수를 했으니 네 삶은 이제 끝이라 이거냐? 그럼 말해주마. 폐하는 시해되지 않았다. 이미 알고 적국의 자객을 잡기 위해 기다리고 계셨다. 네 화살을 맞아 죽은 이는 폐하가 아니란 소리다. 그 정보를 어떻게 알았는지 아느냐? 너를 보낸 이들이 흘린 정보 때문이다. 그자들이 어찌 너를 보낸 거라 생각하느냐? 적국의 백성인 너에게, 그것도 아녀자인 너에게 어찌 그런 중차대한 일을 맡겼을 것 같은가? 절대 불가능한 일이라 여겼겠지. 하지만 거사가 성사되면 좋은 것이고, 그렇지 않고 생포된다 하여도 너는 고구려인이니 '고구려 백성들은 태왕을 죽이고 싶도록 미워한다' '태왕은 고구려 백성들의 원증을 산 패악무도한 왕이다' 선전하기 위함이다. 너는 고구려 백성들을 분열시키고, 호시탐탐 고구려 땅을 노리고 있는 주변국에게 고구려를 치게 할 명분을 주기 위한 미끼였을 뿐이란 말이다! 그것도 모르고 너는 네 아비의 억울함만 생각하는구나. 부역 나가 죽은 이가 네 아비뿐이더냐? 전쟁터에 나가 죽으면 그 가솔들이 모두 폐하를 원수로 알고 칼을 품고 달려들어야 한단 말이냐?"

어느새 팔 아래에 눌려 버둥거리고 있던 그녀의 몸에서 기운이 빠져나갔다. 부젓가락처럼 가는 몸이 파르르 떨리는 것이 온전히 전해졌다.

그녀는 울고 있었다. 분통해서인지 체념인지는 알 수 없었다. 다만, 그녀가 소리 없이 흐느끼는 내내 이를 지켜볼 수밖에 없는 자신이 화가 날 따름이었다. 태왕에 대한 충심이고 대의고 약조고 아무 생각이 들지 않았다. 절절한 그 속내 뻔히 알기에 시시비비는 소용없었다.

　선방을 나선 새벽길은 어느새 내린 소나기로 질척했다. 가리가 천지를 가르는 억한 슬픔에 흘린 눈물만큼이나 흥건했다.

무력한 존재

　수색을 마치고 돌아가는 길은 무거웠다. 자객의 은신처를 알면서도 애먼 민가를 뒤지고 돌아오는 무의미한 길이었던 탓은 아니다. 나의 결의와 가리에 대한 연민이 뒤엉켜 패잔병처럼 쳐졌다.
　말머리를 나란히 한 우경이 물었다.
　"어찌 그리 힘이 없는 게냐? 시합이 중지된 것 때문에 그러느냐?"
　"아, 아닙니다, 스승님. 그게 아니옵고……."
　그에게 댈 수 있는 대답은 없었다. 여느 때처럼 그에게 물어 명쾌한 해답을 얻을 수만 있다면 좋으련만, 이는 간역 짓을 하고도 역적이 되지 않는 방도를 묻는 것과 같은 어리석은 일이었으니 불가했다. 눈을 질끈 감고 보지 못한 것으로 치부하면 된다는 생각조차 충에 반하니 송구했다.

 멀리서 땅을 박차는 다급한 말발굽 소리와 함께 희뿌연 먼지가 몰려오는 것이 보였다. 한 떼의 군마와 외길에서 만나고 나니, 근위 군장 연태조와 그의 근위군들이었다.

 흑마를 타고 앞장섰던 연태조는 우경을 보고 급히 고삐를 당겼다. 연태조는 비키지 않고 길을 막아선 우경의 태도가 불손하다 여겼는지 큰 소리로 질책했다.

 "길을 비키시오, 우경 선인! 어명을 받드는 길이오!"

 "송구합니다."

 그제야 우경은 공손히 허리를 굽히면서도 여전히 비켜서지 않고 물었다.

 "근위 군장께서 어딜 그리 급하게 가시는지 여쭈어도 되겠습니까?"

 "수색대에 합류하러 가는 길이오?"

 "그렇습니다."

 "그럴 필요가 없을 것 같소."

 "그럴 필요가 없다니 무슨 말씀이신지……."

 "발고가 있었소."

 "발고……! 자객에 관한 것입니까?"

 "아침에 영명사의 행자가 찾아와 이상한 자가 선방 안에 숨어 있다는 제보를 해왔소. 아무래도 주지승이 연루된 것 같소만."

 올 것이 왔나 싶으면서도 염통이 멎어버릴 것 같은 통증으로 잠시 숨을 쉴 수가 없었다. 영명사의 행자라면, 명진에게 술을 갖다주던 바로 그 일도라는 자가 분명하리라. 주지승이 연루되었다는 말까지 나왔다 하니 작정하고 발고한 것임에 틀림없었다. 혹여 심문하는 중에 몰래 숨어들었던 내 행적까지 알아 거론된다면 나의 목숨 또한 무사할 수 없었다. 그럼에도 물고가 날 수도 있다는 두려움에 앞서 가리를 안전한 곳으로 도피시키지 못한 것에 대한 후회가 먼저였다.

우경은 다른 것보다 명진이 이 일에 연루되었다는 사실을 믿기 힘든 듯했다.

"명진 스님 말씀이십니까?"

"그렇소. 이만 비키시오."

연태조는 대답을 주자마자 서둘러 말을 달려 나갔다.

"명진 스님이……? 그럴 리가……."

"스승님, 어찌할까요?"

고삐를 잡고 있던 어비루가 어찌할 바를 몰라 우경에게 물었다.

"소인이 확인하고 오겠습니다."

나는 얼른 나서 자청했고 우경의 허락이 떨어지기가 무섭게 말을 달려 군마를 뒤쫓았다. 가리가 형장에 끌려 나가 사지가 찢겨 죽는 상상과 그 아비가 피 흘리며 죽어가던 모습이 중첩되니 견딜 수가 없었다. 먼저 당도하여 가리를 도주시키는 방법 외에는 떠오르지 않았다. 며칠 오가는 동안 북성으로 진입하는 샛길까지 잘 알고 있었기에 가능할 수도 있었다.

이는 스스로 간자가 되는 길을 택한 것과 다를 바가 없었다. 그것이 나의 약조와 오랜 시간 고된 수행에 몸담았던 다짐에 역행하는 길이라 할지라도 지금 당장 그 가엾은 아이를 내버려 둘 수 없기에 말 옆구리에 박차를 가했다. 그러나 내 경솔한 행동은 효경彙經이 아니었기에 가당치 않았다.

맞은편에서 꾸물꾸물 다가오는 손수레가 보였다. 허리를 깊숙이 숙인 채 힘겹게 수레를 끄는 노파의 뒤로 체신의 두 배는 됨직한 큰 짐이 그득했다.

좁은 외길에서 만난 수레꾼은 짐짓 당황한 듯 보였다. 내가 멈춰서 비켜줬어야 하나, 마음이 급한 나머지 두둑을 타고 그냥 지나치고 말았다. 놀란 노파의 수레가 기우뚱하였고 이어 엎어지는 소리가 들렸지만, 이 또한 무시하고 달렸다. 그러나 멀리 가지 못하고 고삐를 당겨야 했다.

"덕아! 아이고, 덕아!"

나를 부르는 비명 소리가 귀청을 찔렀다. 그제야 얼른 말을 돌려 수레 곁으로 달려갔다. 한쪽 바퀴가 반대편 두둑 아래 빠져 수레가 넘어졌고, 쌓아 올렸던 물건들이 쏟아져 뒹굴고 있었다. 그 앞에 넘어져 있는 이는 다름 아닌 어머니였다.

"어머니!"

어머니는 잠시 망연해 있다가 내 부축을 받고서야 일어설 수 있었다. 다행히 크게 다친 곳은 없어 보였다.

"어머니, 다치지 않으셨소? 괜찮소?"

"에고, 이걸 다 어쩐대?"

어머니는 그 와중에도 수레에서 쏟아진 야채니 고기, 밭 위에 흩뿌려진 곡물들을 줍느라 정신이 없었다. 국밥을 만드는 데 쓰이는 재료와 부식 거리가 분명했다.

"이건 다 뭐요? 어찌 이걸 다 손수 준비해 가는 거요?"

"행사 구경 왔던 이들이 떠나면서 내 집 국밥은 꼭 한번 먹고 가야 한다지 않니? 장도 서지 않는 날인데 국밥 팔아 얼마나 남는다고 사람 쓰기도 무엇하고, 성 내에 상시 열리는 장에서 싸게 판다기에……."

나는 어머니를 두둑 위에 앉혔다. 때 묻은 소맷부리로 이마의 땀을 연신 닦는 어머니의 낯은 벌겋게 상기되어 있었다. 부축하기 위해 잡은 한 줌도 안 되는 어머니의 손목과 꼬챙이처럼 마른 팔뚝에 가슴이 억했다. 내 말을 끌어다가 수레에 매면서 시선을 피해 보지만 소용없었다.

말을 부려 수레를 끌어 올리는 동안, 어머니가 몇 번이고 손을 빌려주려고 했기에 괜한 뻣성을 내어 쫓았다.

"비키시오! 그러다 다치면 누구를 원망하시려고……."

"내 언제 네 탓을 하더냐? 네가 바빠 가야 할 길인 듯하여 비켜선다는 것이 이리되었을 뿐인데 말이다."

어머니는 나를 먼저 알아보았던 게다. 나를 위해 비켜주려다가 중심을 잃은 것이 수레와 함께 넘어진 경위였다. 미리 호명하면 되었건만, 그리하지 않은 것은 내 가는 길에 방해가 되지 않으려는 뜻이었다.

"그래도 내 손맛이 좋다고 함주니, 내미홀에까지 소문이 자자하더란다. 뭐 대단하다고. 국밥이 다 거기서 거기일 텐데도 말이다."

어머니는 대수롭지 않게 말하면서도 여전히 다 주워 담지 못한 물건에서 눈길을 떼지 못했다. 이를 보는 자식 마음이 편할 리 없었다.

수레를 길 위로 끌어 올리고 쏟아진 물건들을 싣고 나니 어머니가 허리춤에서 무언가를 뒤져 내밀었다. 연잎으로 싼 주먹밥이었다.

"밥은 먹었느냐?"

"먹었소."

"네 나이 때는 돌아서면 시장할 것이야."

"어머니는 드셨소?"

고삐 잡은 손을 놓지 않는 것이 내가 먹는 것을 확인하고서야 놓아줄 심사였다.

"어미는 많이 먹었다. 얼른 들어라."

가짓부리였다. 어머니는 석다산에서 종일 밭일을 할 때도 주먹밥 하나로 조석을 때웠다. 여유가 생겨도 여유를 부리지 않았다. 내게 쥐여준 주먹밥은 채우지 못한 당신의 끼니임이 분명했다. 그럼에도 사양할 도리는 없었다.

일단 재촉하는 눈길을 마다할 수 없어 주먹밥을 한입에 털어 넣었다. 이번에는 물을 담은 호리병을 건네는 어머니였다.
"어찌 그리 급하게 먹누? 체하면 어쩌려고."
내가 물까지 다 마시고 나서야 어머니는 고삐 쥔 손을 풀었다.
"무슨 일을 하든, 때는 거르지 말고 꼭 챙겨 먹어야 한다. 몸이 상하면 큰 사람이 되어도 몫을 다하지 못할 테니 아무 소용이 없는 게다."
그제야 고개를 들어 가고자 했던 방향을 돌아보았다. 멀리 영명사 일주문으로 통하는 산 중턱에 뿌연 먼지가 이는 것이 보였다. 이미 늦었다는 사실을 깨달았다. 하늘이든 땅이든 꼭꼭 숨겨 둘 재간이 없는 한, 가리를 구할 방도는 더 이상 없었다. 절로 탄식이 터져 나왔다. 바로 어머니의 낯에 근심이 서렸다.
"무슨 일이 있는 게냐? 시합 중에 자객이 들었다지? 폐하께서는 무사하신가? 너는 어찌 되는 것이냐? 시합이 무산되었다 들었다. 이 어미가 한시도 자리를 비울 새가 없어서 보러 가지도 못했구나."
어머니는 여전히 아들 걱정뿐이었다. 손을 놓을 새 없을 정도로 바쁜 와중에도 아들 관련한 소식에 귀가 번쩍하니 근심이 이만저만 아니었던 게다. 그 속내 뻔히 아는 처지이니 더는 고집을 부릴 용기가 나지 않았다.
어머니를 수고롭게 해드리지 않겠다는 다짐으로 출가한 나였다. 그럼에도 아직 이토록 무거운 수레를 끌게 하는구나 싶어

울연해졌다. 정초에 집에 다녀온 이후, 석 달 만에 만난 어머니는 전보다 허리가 더 굽어져 펴도 온전히 꼿꼿하지 않으니 더욱 그러했다.

"수련은 잘하고 있는 게냐?"

"예."

어머니는 내가 말고삐를 당겨 수레를 끄는 곁을 따르면서 전에 없이 말이 많았다. 내 속과는 달리 뜻밖에 길에서 만난 아들이 반가웠던 모양이다.

"얼마 전에 산삼 세 뿌리를 캤다는 약초꾼이 우리 집에 왔더구나. 백 년 묵은 여우가 꼬리 치고 다닌다는 산속 깊은 골에서 찾은 것이라 하기에 손 타기 전에 얼른 50냥을 주고 사들였지."

아파도 약 한 첩 쓰는 것을 마다하는 분인지라 더럭 겁이 났다.

"어디가 아프신 게요? 갑자기 웬 산삼을……"

"우경 선인께서야 자식의 스승께 답례하는 당연한 도리조차 뇌사로 보시는 분이니 그리 못하고, 대공주 전하께 보내드렸다. 세연당 생도들을 위해 매달 출연금을 내는 이가 있다 하여 알아보니 대공주 전하셨더구나. 간곤한 살림에 배움을 멈춰야 하는 이들을 위해 기회를 주고자 하심이니 이 얼마나 장한 일이냐? 그런 전하께 내 어찌 물심을 아끼겠느냐? 헌데 다음날 바로 백미 다섯 섬을 보내셨더구나. 너는 수련 잘하고 있으니 너무 걱정하지 말라는 전언까지 받았다. 어찌나 황송하던지……. 본시 인정이 많고 어진 분인 것은 알고 있었지만 나 같은 미천한 백성에게조차 답례하시는 것을 보니 전하께서 너를 얼마나 미쁘게 보시는지 알 것 같았다."

　어머니의 평강과 우경에 대한 사의, 평강의 나에 대한 신망, 태왕과의 약조, 나는 이 모든 것을 저버리려고 했다는 사실에 부끄러움을 느꼈다. 반면, 여전히 가리가 가여웠다. 구하지 못한 것이 못내 분통했다. 이 모든 사달이 모두 내 탓인 양 죄스러웠다. 나는 어머니에게도, 가리에게도 아무것도 해줄 수 없는 무력한 존재였다.

쇠뇌

 자객의 고신은 근위군에서 직접 행했다. 그를 도운 영명사 주지 또한 자객을 도운 혐의로 승적이 박탈된 채 고신을 당했다. 듣기로 황가의 안위를 책임지는 근위군의 특성상 그 어떤 기관보다 고문 방법이 잔인하고 가혹하다 했다.
 세연당에서 벗어나자 목줄 풀린 똥개처럼 거리 구경, 여자 구경에 흥분한 어비루가 떠도는 많은 소문을 주워듣고 와 떠들어댔다. 포획된 자객과 관련한 소식도 어비루를 통해 들을 수 있었다.
 "신라에서 보낸 간자라더라."
 "그래서? 어찌 된다더냐?"
 "뭘 어찌 되냐? 미수에 그치기는 했지만, 황성에 잠입해 우리 고구려 태왕 폐하를 시살하려 했던 극악무도한 놈이다. 고문만

실컷 당하다가 결국엔 가장 끔찍한 방법으로 처형당하겠지."

나도 모르게 이가 악물렸다. 고문, 처형……. 그 죄가 크니 어떤 방법으로도 벗어날 수는 없으리라.

"근위 군병 중에 고문으로 악명을 떨치는 자가 있다더라. 주리 틀고, 달군 쇠로 온몸을 단근질하는 정도는 고문 축에도 못 들지. 손발톱 뽑고, 끓는 물 붓고, 눈알을 뽑는 것은 기본이고, 사지를 하나씩 끊거나, 깨진 사기 위에 무릎 꿇린 채 무거운 돌을 하나씩 얹어 뼈를 으스러뜨린다거나, 살점을 한 점씩 도려내고, 산 채로 장기를 하나씩 뽑고……."

"그만해라."

"끔찍하지? 생각만 해도 진저리가 쳐진다. 고문 방법만도 수백 가지가 된다는데 한두 가지만 시행해도 위아래로 똥물을 쏟아내고 급기야 죽은 애비 뱃속에 숨긴 금덩이까지 다 분다더라. 특히 사내놈은 양물에 굵은 바늘을 꽂아 영구적인 불구로 만들어 버리고 계집인 경우, 거친 사내들이 떼로 들어가서 윤간도 한다는데……."

"그만하래도!"

간자나 자객은 사람이 아니었다. 적국에 드는 순간부터 목에 칼을 차고 달리는 격이었다. 그래도 귀신이나 영물이 아닌, 사람 형상을 한 존재인데 어찌 그리 잔혹한 짓을 한다는 말인가. 어차피 죽일 목숨, 그냥 죽이면 될 것을 그런 무참한 고문이라니 상상도 하기 싫었다. 그럼에도 무에 그리 재밌는지 신이 나서

떠드는 어비루의 입에 하마터면 주먹을 틀어넣을 뻔했다.

**

　사태가 수습되자 자객을 잡기 위해 동원되었던 행사 참가자들에게 해산 명령이 내려졌다. 원은 모두의 노고를 치하하는 의미에서 은자 20냥씩을 하사했다. 덕분에 제전이 중지된 것을 아쉬워하던 참가자들 모두 고향으로 돌아가는 발걸음이 그 어느 때보다 가벼웠다. 물론 나는 예외였다.
　세연당으로 돌아가기 직전, 우경은 나를 대동하여 평강의 가택에 들렀다. 마침 평강의 가택 앞에서 한 사내를 만났다. 키는 작으나 어깨가 유난히 넓고 팔뚝이 굵은데다가 검은 피부를 한 사내였다. 우경이 그를 알아보고 먼저 말을 건넸다.
　"야철장의 고루가 아닌가?"
　"오랜만에 뵙습니다, 선인 나리."
　"전하를 뵈러 온 것인가?"
　"그렇습니다. 일전에 부탁하신 일이 있어서 잠시……."
　고루가 말끝을 흐렸기에 우경은 더 이상 묻지 않았다. 대신 우경이 왔다는 소리에 도차지가 달려 나와 깍듯하게 맞았다.
　"어서 오십시오, 선인 나리. 전하께서 기다리고 계시옵니다."
　도차지가 안내한 곳은 안채 뒤의 너른 후원이었다. 온달을 모신 빈소가 있는 곳이기도 했다. 빈소를 품은 절벽 같은 바위산과 주변 담장 주변에는 화사하게 핀 나무와 꽃들이 그 어느 곳보다 이른 봄을 맞은 듯 완연했다. 넓은 선과 소맷단, 그리고 상의 밑단에 화려한 삼족오를 수놓은 노란 비단 복색의 평강이 여전히 아름답고 단아한 모습으로 그곳 한가운데에 있었다.

그녀는 도차지가 우경의 방문을 알렸음에도 비단보가 깔린 탁자 위에 놓인 무언가를 심각하게 살피느라 반응하지 않았다.

"전하, 무얼 그리 골몰하고 계시온지요?"

우경이 다가가 평강을 부르자 그제야 돌아보았다.

"아, 우경. 오늘은 문덕도 함께 왔느냐? 잘 왔다."

"대공주 전하를 뵈옵니다."

나는 평강에게 허리를 깊숙이 숙여 보였다. 이어 평강의 시선을 사로잡고 있는 물건으로 시선을 돌렸다. 나무의 모양은 활처럼 휘었는데, 중간에 또 다른 나무가 가로놓였고, 그 마감은 쇠로 고정되어 있었으며, 아래위 쇠로 된 걸쇠가 달린 난생처음 보는 물건이 두 개 나란히 놓여 있었다.

우경이 관심을 두고 물건을 살피기 시작했다. 병법 외에도 무기구에 관한 한 모르는 것이 없다는 그였다.

"이것은 쇠뇌가 아니오니까?"

"그렇소."

평강은 간단히 대답하고는 쇠뇌 하나를 들어 내게 내밀었다.

"쏘아보겠느냐?"

처음 만져보는 쇠뇌에 당황해하자 우경이 사용 방법을 가르쳐주었다.

"이것이 시위를 거는 아ㅍ. 시위를 당겨 시위 걸개에 걸면 곽郭이 물어 고정된다. 그다음에 과녁을 정확히 조준하라. 힘이 좋으니 각궁과는 달리 정조준하여도 될 것이다. 그리고 현도縣刀를 당기면 살이 날아가게 된다."

나는 우경이 이르는 대로 활시위를 걸고 50보 밖에 서 있는 나무를 향해 현도를 당겼다. 화살이 튀어 나갈 때의 반동도 각궁과는 사뭇 달랐지만, 목표물에 박히는 파괴력이 실로 어마어마했다. 나무 허리께를 박살 낼 것처럼 뚫고 들어간 화살촉이 반대편까지 튀어나왔다. 몸통이 가는 나무였다면 두 동강이 났을 것이 분명했다.

"쇠뇌라고 하셨습니까? 실로 놀랍습니다. 각궁과는 비교도 되지 않을 정도로 강합니다. 어찌 이런 활을……."

평강이 되물었다.

"각궁보다는 강하다. 그뿐이냐?"

"힘이 강하니 멀리 나가고, 그만큼 정확도도 높습니다. 허나……."

"허나? 무엇이냐?"

"아무리 숙련된 자라 할지라도 시위를 당기는 데까지 최소 두 배 이상의 시간이 걸릴 것 같사옵니다. 백병전에서는 보다 빠른 응수가 필요한데, 화살을 거는 것과 거의 동시에 시위를 당길 수 있는 각궁과는 달리, 걸고 조준하고 당기기까지 두세 배의 시간이 걸릴 것 같사옵니다. 또한 무겁기에 장시간 한 손으로 받쳐 들고 있기 힘들 것이옵니다."

미소를 머금은 평강이 고개를 끄덕였다.

"옳게 보았다. 강하고 멀리 나가고 정확하나, 다소 느린 게 흠. 하지만 적에게 치명상을 입힐 수 있는 살상력이 있으니 어지간한 방패와 그 어떤 갑옷도 무용지물이 될 수 있다. 사정거리에만 들어온다면 효과 면에서 각궁과 비교할 바가 아니지. 속도도 숙련하기 나름일 것이다."

우경이 평강의 말에 설명을 더했다.

"공성전에서든, 매복전에서든 멀리서 적을 분산시키고, 단 한 발로도 적군을 무력화시킬 수 있는 무기로는 이만한 것이 없다고 본다."

"이런 기막힌 무기가 있는 줄 몰랐나이다."

"이번에는 이것을 쏘아 보아라."

평강이 이번에는 또 다른 쇠뇌를 내게 주었다. 방법과 용도를 알고 나니 더 쉽고 요령 있게 방아쇠를 당길 수 있었다. 그러나 조금 전 쇠뇌와는 손에 전달되는 느낌부터 달랐다.

"어떠하냐?"

"소인이 사용 방법에 익숙지 않아서인지 손맛이 다르게 느껴지옵니다."

"어찌 다르다는 말이냐?"

"일단 전에 것보다 반동이 약합니다. 힘으로 따져서 전에 것이 300보, 또는 그 이상의 표적을 거뜬히 꿰뚫을 수 있다면, 이것은 사정거리가 200보도 채 되지 않을 듯하옵니다."

그제야 평강의 입에서 장탄식이 터져 나왔다.

"그게 문제인 게다."

평강은 자리를 옮겨 방으로 우리를 안내했다. 이미 탁자 위에는 술과 고기를 비롯한 주안상이 준비되어 있었다. 평강은 손수 우경과 내게 술 한 잔씩을 따라주었다.

"행사 내내 고생 많으셨소, 우경."

"황공하옵니다, 전하."

"문덕아, 시합이 중지되어 아쉽겠지만 너의 수련 성과는 충분히 확인할 수 있었느니라. 태왕 폐하께서도 너의 앞날에 많은 기대가 된다고 그리 말씀하셨다."

"모두 전하와 스승님의 보살핌 덕분이옵니다. 앞으로도 폐하와의 약조를 지키고 전하와 스승님의 은혜에 보답고자 진심갈력하겠나이다."

나의 대답에 평강은 잔잔한 미소를 띠었다.

눈치를 살펴 쇠뇌에 관해 물을 기회를 노리고 있는데 우경이 그 물음을 대신했다.

"전하, 조금 전 쇠뇌는 무엇이옵니까?"

평강은 술잔을 들다 말고 한숨을 크게 쉬었다.

"나는 오랫동안 폐하를 보아왔소. 한 배에서 한날한시에 태어난 오누이이니 세상 누구보다 함께해 온 시간이 길다고 할 수 있을 것이오."

 원과 평강이 몹시 닮았고, 양친이 같은 동복 남매라는 것은 이미 알고 있는 사실이었다. 그러나 한날한시에 태어난 쌍생아였다는 사실은 전혀 짐작조차 하지 못했다. 예로부터 황가에 쌍생아가 태어나면 그 사실을 알리지 않았다. 성별이 같은 사내가 쌍생아로 태어나면 둘 중 약한 쪽을 죽였다. 성별이 다른 쌍생아가 태어나면 사내는 황실에서, 계집은 황적에서 지운 채 먼 사가로 보내 쥐 죽은 듯 살게 했다. 쌍생아를 황권에 방해가 되는 정적으로, 불행의 씨앗으로, 부정한 예견으로 보고 행한 인습이기도 했다.

 그럼에도 평강은 그 모든 인습과는 무관하게 어린 시절부터 황실에서 자랐을 뿐 아니라, 선황인 평원태왕의 지극한 익애 속에 살았다. 다만 온달을 만나 평원태왕의 노여움에 쫓겨난 세월이 있긴 하나, 다시 돌아와 지금의 자리에 있는 것만 보아도 황실 내 평강의 위치가 어느 정도인지 짐작할 수 있는 증거인 셈이다. 특히 이복형제들 속에 유일한 동복 남매인 원의 평강에 대한 기대와 믿음은 극진했다.

 즉, 그런 그녀가 하는 소리였으니 충심을 의심해볼 필요는 없다는 의미였다.

 "황상께서는 묵중하고 현량하신 선황 폐하와는 달리, 강강하고 혈기가 넘쳐 타협이 어려운 분이오."

 우경이 고개를 끄덕였다.

"소인도 잘 알고 있사옵니다. 그만큼 영민한 분이시기도 하지요."

"그와 같은 성정 탓에 전쟁도 두려워하지 않으시니 그게 문제인 게요."

"대고구려의 위세를 만방에 떨치신 광개토태왕, 장수태왕 폐하의 후예이시옵니다. 당연하지요."

"그때와는 주변 정세가 많이 다르다는 것, 우경도 잘 알지 않소. 그저 그런 부족 국가였던 신라가 세를 키워 한강 유역을 빼앗고 동해의 함주까지 깃발을 꽂기도 했소. 이후 상당 부분 되찾기는 하였으나 이보다 더 치욕적인 일이 어디 있겠소? 게다가 이제는 국호를 정한 지 10여 년밖에 되지 않은 수나라의 양견마저 무례하게 입조를 청하고 있소. 폐하의 심기가 이만저만 불편한 것이 아니란 소리요."

"양견의 방자함이 도를 지나쳤사옵니다."

"물론 그자가 도탄에 빠진 백성들을 가엾이 여겨 대운하 사업을 중지하고 율령을 정비하는 등 현군 흉내를 내고 있다고는 하나, 그에 앞서 중원을 통일한 대국의 황제요. 주변국들에 조공을 청하여 거절한 나라들이 없었소. 다만 우리 고구려만이 이에 응하지 않으니 이를 두고 보지는 않을 것이오."

"폐하께서 군량고를 넓히고 정병을 늘리는 한편, 밖으로는 왜(倭)에 문물을 보내주어 신라를 견제하고 있는 것이 그에 대비하기 위함임을 알고 있나이다."

"그렇소. 폐하께서는 짐작건대 수의 기세를 꺾어 놓을 심사인 게요. 확인차 품달하였더니 지난 신라와의 전투에서 획득한 이 쇠뇌를 보여주시었소."

"우리 고구려에도 오래전부터 이를 사용하는 노수弩手가 있지 않사옵니까?"

"있다 뿐이오? 우리 고구려는 활을 잘 쏘는, 주몽의 나라요. 그 누구보다 활을 잘 다루는 민족이오. 하지만!"

평강은 다음 말에 힘을 주기 위해 잠시 끊었다가 다시 이었다.

"문덕이 처음 사용했던 쇠뇌가 바로 신라의 것이오. 사정거리가 천 보라 하여 천보노千步弩라 불리는 것이오."

"사정거리가 천 보라 하셨습니까?"

나의 놀라움은 컸다. 팔과 몸에서 느꼈던 반동이 상당했음은 인정하지만 천 보라니 도저히 상상도 안 되는 거리였다. 물론 천 보라면 표적이 보이지도 않을 만큼의 거리일 테니 그만큼 멀리 나간다는 소리로 이해했다.

"이를 알게 된 폐하께서 우리의 것을 보완하고자 여러 기술자를 불러들여 연구를 거듭하셨소. 하지만 번번이 실패하니 성려가 크셨던 게요. 하여 내 친히 야철장에서 손재주가 가장 뛰어나다는 고루에게 이를 비밀리에 의뢰하였는데 안타깝게도 이 또한 성공하지 못했소."

그제야 평강이 왜 두 개의 쇠뇌를 두고 고심하였는지 그 뜻을 알았다. 여인임에도 병법과 무기에 관심이 남다른 평강이었다.

그 손으로 비천한 신분의 온달을 대장군 자리에 오르게 했고 지금은 원을 봉행하는데 전심을 다하고 있었다. 그런 그녀가 보기에도 적의 침입을 방비하기 위한 첫 번째 관건인 군장이 미흡하여 적국의 기술에 미치지 못하니 이를 안타깝게 여겼다.

우경이 들었던 술잔을 내려놓으며 말했다.

"전하의 말씀이 옳사옵니다. 기술로만 따져도 신라의 쇠뇌가 수나라나 우리 고구려, 아니 주변 그 어느 나라의 그것과도 비교가 되지 않을 만큼 뛰어나다는 사실을 인정하옵니다."

"인정이라……."

평강의 양미간이 살짝 구겨졌다.

"과거 신라의 내마 신득身得이 이를 응용한 포노를 성 위에 설치함으로써 어려운 전쟁을 승리로 이끈 사례가 있사옵니다. 앞으로 이 쇠뇌 기술이야말로 전쟁의 승패를 가를 중요한 열쇠가 될 수도 있을 것이옵니다."

"잘 알고 계시는구료. 그런데, 우경. 왜 여태 이 중요한 사안에 대해 폐하께 주청드리지 않았던 게요?"

갑자기 평강이 입가에 술잔을 댄 채 조용히 우경을 나무랐다. 항시 잔잔한 수면 같은 우경조차 당황하는 기색이 완연했다.

"병법과 무기구에 관한 한 이 나라에서 우경을 따를 자가 어디 있겠소? 그런데 왜 폐하나 나에게 이에 대한 일언반구가 없었던 게요? 대고구려의 국토가 그깟 무기 기술 하나 때문에 신라에게 다시 한번 유린당해도 좋단 말이오?"

"송구하옵니다, 전하. 다만……."

"알고 있소. 선황 폐하께 여러 차례 주청하였지만 들어주지 않으셨다는 사실을……"

"전하, 신라에는 이미 오래전부터 쇠뇌의 중함을 알아 이를 연구하고 제작하는 노사^{弩師}라는 장인 집단을 두고 있사옵니다. 또한 이들은 쇠뇌를 전문적으로 다루는 부대인 노당^{弩幢}의 우두머리가 되어 실전에 투입됨으로써 더 나은 기술을 향상시킬 수 있었사옵니다. 천보노의 탄생은 그들의 이러한 노력과 유관하다 볼 수 있을 것이옵니다. 하여 선황 폐하께 우리 고구려에도 노사의 창설을 주청하였던 것이옵니다. 하오나 선황 폐하께오서는 장안성 축조에 들어간 막대한 세금으로 인해 백성들이 힘들어질 것을 염려하신 나머지 가납하지 않으셨사옵니다."

"그래서 홀로 신라에 쇠뇌 기술을 캐내기 위한 간자를 보냈던 것이오?"

평강이 자신의 비밀스러운 행보를 알고 있다는 사실에 우경은 적이 놀라는 눈치였다.

"알고 계셨나이까?"

"그대의 일을 내 왜 모르겠소. 결과는?"

"극비리에 철통 보안이 이루어지고 있는 노사의 조직 구조상 별다른 성과를 내지 못하였사옵니다."

평강의 입에서 또다시 장탄식이 흘러나왔다. 평강은 우경이 올린 술과 내가 올린 술을 연거푸 마시고 나서도 한참이나 말이 없었다.

잠시 후, 어렵게 떨어지는 그녀의 입술이 파르르 떨렸다.

"온달 장군의 찰갑을 뚫었던 유시가 바로 쇠뇌의 살이었소."

머리에서 쨍하니 깨지는 소리가 났다. 온달을 죽음에 이르게 한 것이 바로 쇠뇌였다니, 속내 뜨거운 불길이 일었다. 그제야 그녀가 왜 이리 쇠뇌에 집착하는지 그 이유도 충분히 이해할 수 있었다. 결단코 신라의 것보다 뛰어난 쇠뇌를 만들어 적장의 심장을 두 동강 내버리고 싶다는 충동이 일었다. 동시에 가리를 살릴 방법이 떠올랐다.

결국 주제넘게 나서고 말았다. 나는 바로 의자에서 내려와 평강의 발아래 부복하였다.

"전하. 소인 을문덕, 온달 장군을 흠모하여 무인이 되고자 결심한 자이옵니다. 또한 온달 장군의 부인이시자 폐하의 여제이신 대공주 전하의 도움으로 여기까지 올 수 있었나이다. 아직 입신하지 못하여 목표한 바에 다가가지 못하였사오나, 주군에 대한 의를 다할 수 있는 길을 열어주신 것과 진배 없사옵니다. 이는 또한, 한낱 미물이 사람답게 살 수 있도록 은혜를 내려주신 것과 같사옵니다. 그런즉, 부디 소인에게 이 크나큰 은혜의 백의 하나라도 갚을 기회를 주시옵소서."

"기회라……? 어떤 기회를 말함이냐?"

"적국에 숨어들어 쇠뇌의 제작 기술을 훔쳐 올 수 있도록 소임을 내려주시기를 청하옵니다."

나의 당돌한 청에 두 사람 모두 어안이 벙벙했다. 특히 우경은 뜻밖의 상황에 대경했다.

"간자가 되겠다는 말이냐?"

평강이 물었다.

"우경의 말대로 신라에서는 쇠뇌 기술을 가진 노사의 우두머리들을 밤낮으로 철통같이 지켜내고 있다. 그런데 어찌 너 혼자 그들의 염통을 뚫고 들어갈 수 있을 것이며, 들어간다 한들 그들이 목숨보다 중히 여기는 기술을 어찌 빼내 올 수 있다는 소리냐?"

"방책이 있나이다."

"방책?"

"소인에게 한 사람만 붙여주시옵소서. 그리해주신다면 목숨을 걸고 쇠뇌 제작 기술을 훔쳐 오겠나이다."

우경과 평강은 잠시 눈을 마주한 채 말을 잊지 못했다. 그러나 곧 나의 다짐한 바를 이해하고 되물었다.

"한 사람이라면 어떤 자를 붙여주면 되겠느냐?"

"신라의 지리와 문화, 습속을 누구보다 잘 알고 있어야 하옵니다. 신라의 말을 무리 없이 구사할 수 있어야 하옵니다. 최근에 신라를 다녀와 상황을 잘 알고 있어야 하옵니다. 그럼에도 반드시 고구려인이어야 하옵니다. 덧붙여 젊은 여인이어야 하옵니다."

"그런 자가 누구란 말이냐?"

"이번에 잡힌 자객이옵니다."

더 이상의 기회는 없었다. 나는 그만큼 필사적이었고 절박했다.

목숨값

신라는 진흥왕^{眞興王} 때 많은 영토를 차지했다. 남으로는 대가야, 서로는 백제의 한수 유역, 북으로는 죽령 이북으로부터 고구려의 동쪽을 타고 북진하여 함주까지 그 영토를 넓혔다. 이후, 고구려가 일부 탈환했다고는 하나, 동해는 너무 길고 위험하여 신라의 도경인 서라벌까지 이르기에는 무리였다. 서라벌까지 보다 빨리 잠입하기 위해서는 육로밖에 없었다. 물론 지독한 고신으로 만신창이가 된 가리가 산을 타거나 장시간 이동하여 위험한 일을 도모하기 위해서는 갱생할 시간이 필요했다.

근위 군병에게서 가리를 인도받은 날, 밤새 많은 생각들이 갈마들었다. 옳고 그름이 아니었다. 아픔도 있었고 미안함도 있었다. 꼭 가리를 향한 것만은 아니었다. 주변의 모두에게 그랬다. 하지만 가리를 보면 오롯이 가리의 고통만 보였다.

황명에 의해 닷새 만에 고문이 중단된 상태였지만 내게 인도된 가리는 이미 죽은 목숨과 매한가지였다. 검게 부어오른 낯으로 간혹 숨을 쉬기 위해 입을 벌리지 않았다면 산목숨인 줄 몰랐을 것이다. 얼마나 이를 악물었는지 어금니는 양쪽 모두 박살이 나서 피를 토할 때마다 한 쪽씩 뱉어냈다. 뭉텅뭉텅 뜯어져 피딱지가 엉켜있는 머리카락 하며, 온몸에는 깊은 자상과 화상 등 상처가 이루 헤아릴 수 없었다. 간헐적으로 몸을 떠는 것이 병들어 곧 죽을 짐승만 같아 차마 눈 뜨고 볼 수가 없을 지경이었다. 그나마 불라는 대로 다 불어 자백한 듯 으스러지거나 끊어진 곳은 없었다. 안 된 일이지만 불도의 자비를 다해 산목숨을 구하고자 했던 영명사 주지가, 노구에 가해진 고신을 이기지 못하고 절명한 것에 비하면 천만다행한 일이었다.

가리를 둘러업고 달려간 곳은 역시나 연 의원 댁이었다. 연 의원은 두말없이 가리를 위해 방 하나를 내주었다.

그때부터 붙어 앉아 상처에 약을 발라주고 수건을 갈아주는 등 밤낮없이 수발하였다.

가리는 소리도 없이 앓았다. 귀를 대어 숨을 확인해야 할 정도로 하루하루가 불안했다. 닷새가 지난 후에야 눈을 떴는데, 그러고도 이틀은 눈에 생기가 없고 섭식을 거부했다. 억지로 벌어진 이 사이로 미음을 떠먹일 수도 있었지만, 그리하지는 않았다. 가리를 구해 준 것은 나지만, 남은 선택은 가리의 몫이라 여겼다.

가리는 증상이 악화되는 밤새 열과 씨름하다가 지쳐 낮 내 잠이 들곤 했다. 조석으로 가리를 구완하는 내가 딱했는지 연 의원이 불러다 밥을 먹였다.

"그러다 너마저 쓰러지겠다. 네가 쓰러지면 너만 죽겠느냐? 네 어미도, 가리도 살아남지 못하리라는 것을 잘 알지 않느냐?"

그제야 어머니가 보내준 국밥을 먹었다. 어머니에게는 연 의원 댁에서 잠시 기숙하며 배워가야 할 것이 있다고만 전했다. 어머니는 내 말을 곧이곧대로 믿었다.

어머니의 굽은 등허리, 첩첩이 굳은살이 박여 두꺼워지고 갈라진 손 마디마디, 어머니가 끌고 오던 짐수레, 닳고 닳아 반 토막 난 어머니의 식칼, 어머니의 이 빠진 밥그릇, 어머니의 낡고 해진 치마저고리, 그리고 나만 보면 심심하게 웃는 어머니의 두 눈가에 맺힌 짜디짠 눈물까지……. 어머니를 생각하면 세상 그 누구보다 강건해야 했다. 그럼에도 가리를 보면 숟가락이 입에 붙지를 않았다. 저것이 저대로 살아질까? 저것이 산다고 사는 걸까? 지켜보는 하루하루가 생과 사의 갈림길이었다.

다행히 가리는 살아냈다. 이후 이레 만에 미음을 먹고 달포 만에 일어나 앉았다.

"네가 나를 살린 목숨값을 치르겠다."

가리의 첫 마디였다. 내가 하려던 바였고, 원과 평강에게 내 목숨을 걸고 또 한 번의 약조로 어렵게 얻어낸 방면이었지만, 그 소리가 조금은 서운했다. 고맙다, 네 덕이다, 그 소리를 듣고 싶었던 것은 아니다. 목숨값, 즉 빚을 갚겠으니 더 바라지도 말라는 소리 같아서였다. 반면, 목숨값을 치르는 것으로 사는 목표를 삼았다면 그렇게라도 살라고 마음을 다독였다.

드디어 원의 명이 떨어졌다.

"신라로 가 일을 도모하라."

신라와의 접경 지역에 작은 소란을 피워 시선을 돌리는 동안, 국경을 넘어가라는 우경의 언질이 있었다.

나는 가리를 말수레에 태워 남하했다. 사흘 후 삼각산의 북쪽을 통해 잠입할 수 있었다.

삼각산은 과거 주인이었던 백제와 고구려에 이어 작금에는 북부 일부를 제외한 대부분이 신라의 영토가 되어 있었다. 바위가 많고 경사가 심해 몹시 험난했다. 절름거리는 환자가 육신을 놀려 오르기에는 무리였다. 그럼에도 가리는 내색 없이 잘도 따라왔다. 더디긴 해도 뒤처지지 않고 오 보 간격을 고수했다.

열이 심하면 스스로 물수건을 이마에 올려 식혔고 몸에 난 상처에는 연 의원이 만들어준 고약을 붙여 견뎌냈다. 모진 고문 끝에 죽을 것이 뻔한 목숨을 살려놓은 데에는 그만한 대가를 치르기 위함이라는 것을 아는 듯 짐이 되지 않기 위해 순순히 따랐다. 그 대가가 반대로 신라에 간자 짓을 하러 간다는 사실도 눈치챈 듯했다.

인가가 없고 사람도 잘 들지 않는, 길 아닌 길만 골라 타다 보니 방향을 잃을 때도 있었다. 그때마다 가리가 말없이 나를 잡아 세우고는 다른 쪽으로 안내했다. 기실 이 길을 먼저 선행한 것은 가리였다. 고구려에서 신라로 넘어갈 때, 다시 신라에서 고구려로 돌아올 때 이 길을 통해서였다고 했다.

먹으라면 먹고, 자라면 자고, 가끔 넋 나간 듯 비실비실 웃기도 했다. 그 웃음이 죽은 아비를 대하는 듯하여 소름이 돋았다.

"덕아."

"……."

"내가 살던 집을 기억하니?"

"개울가에 있던 집 말이냐?"

"그래. 아버지와 내가 살던 집. 잘 있나 모르겠네."

노숙하기 위해 기어든 동굴 안에서 등지고 누운 가리가 먼저 말을 걸었다.

봄가을로 풀을 베어주고 기일마다 찾아가 술을 올렸다는 사실을 가리는 모를 것이다. 가리를 보면 내가 보였다. 아니, 내가 어머니를 생각하는 속정보다 더하면 더 했지 덜하지 않은 가리의 아비에 대한 애상에 감화했는지도 모른다. 그리움보다 더한 아픔은 없으니 그녀가 집을 떠나 애 끓이고 있는 동안 그런 일이라도 대신해주고 싶었다.

"잘 있더라. 지나가다 보니 누군가 풀도 베어주고 술도 올려주고 하는 모양이더라."

"…… 고맙네. 누군지 몰라도……."

한참을 말이 없기에 차분해진 숨소리를 확인한 뒤 잠이 들었다. 그간 백날의 번민과 백 밤의 갈등이, 일을 해도 전념하지 못하는 낮과 누워도 전전반측하는 시간으로만 내게 머무를 줄 알았다. 그런데 이 밤은 어찌 이리 곤한지 눈을 감고 뜨는 깜빡하는 순간에 이미 날이 새고 말았다. 그리고 무엇보다 놀란 것은 코앞에 마주한 가리의 낯이었다. 하얀 아침 한 줄기가 가리의 이마에 내려앉아 있었다. 꼭 감은 눈과 살짝 벌린 입술, 들릴 듯 들리지 않게 살살 불어주는 숨결로 그녀 또한 곤한 잠에 들었음을 알 수 있었다.

혹 깨지 않을까 손을 들어 빛을 가려 주고 있으려니 가여운 생각이 동했다.

'어찌 너는 이리 고단한 삶을 사는 게냐? 어찌 여인으로 감당하지 않아도 될 삶을 짊어지고 가는 게냐? 누가 너를 그리 몰았느냐? 어쭙잖은 아비라도 네 불행을 바랐겠느냐?'

어느새 시선이 그녀의 낯을 훑었다. 그 시선을 따라 나의 손이 흘렀다. 그녀의 부은 코 위에, 거칠어진 뺨 위에, 메말라 갈라지고 터진 입술 위에 닿지 못하고 잠깐씩 머물다가 미끄러졌다. 그러다 번쩍 눈을 뜬 가리, 내 눈은 갈 곳을 잃고 헤매다가 그만 질끈 감아 버리고 말았다. 그녀의 따뜻한 숨결이 낯 가까이 다가왔다가 멀어지는 것이 느껴졌다. 그와 동시에 반응하듯 염통이 발광하여 온전히 숨쉬기가 곤란할 지경이었다.

참다 참다 헉하니 숨통을 터뜨리면서 눈을 떴을 때는 이미 가리의 모습은 온데간데없이 사라지고 말았다. 당황했던 겐가? 누가? 내가? 아니면 가리가?

나는 들노는 염통을 가라앉히고 붉어진 안면을 식히기 위해 계곡으로 갔다. 골짜기에 흐르는 맑고 차가운 물 속에 다짜고짜 머리를 집어넣고 한참을 있었다.

'내가 지금 무슨 생각을 하는 겐가? 나는 적국에 잠입하는 간자가 아닌가? 가리를 살리기 위함이라고는 하나, 그것이 아니라 해도 고구려를 위해 목숨을 바치겠다 약조했던 사람이 아닌가.'

그제야 차갑게 식은 머리에 정신이 돌아왔다. 한시라도 빨리 움직여야 할 터, 이상한 혼란은 가당치 않은 일이었다. 그러나 노숙했던 동굴로 돌아오자마자 낭패하고 말았다. 가리가 돌아오지 않았다. 앗차, 싶었다. 군말 없이 따라왔던 이유가 나를 안심시켜놓고 도망치려던 수였던 겐가 싶으니 골이 아득했다. 나는 얼른 동굴 밖으로 나가 주변을 뒤지기 시작했다.

여기서 가리를 놓치면 내가 돌아갈 길이 없어진다. 평강을 통해 원에게 자객의 방면을 청한 나의 행동은 목숨을 건 청탁이었다. 누가 감히 태왕을 시해하려 한 자객의 방면을 청할 수 있었겠는가. 중신들은 모두 이를 반대했다. 특히 연태조의 반대는 극렬했다. 그는 이번 일로 인해 파면당할 뻔하였다가 아비의 재정적 희생과 여러 중신들의 극간으로 겨우 자리를 지킬 수 있었기에 방면을 반대했다.

"자객을 방면함은 감히 폐하의 목숨을 노린 천인공노할 대역죄를 가벼이 여기는 것과 같사옵니다. 절대 불가하옵니다."

한편, 이를 청한 나를 부역자라 삿대질하는 이들도 있었다. 자객이 화살을 날린 순간, 그 곁에 있었다는 사실까지 꼬투리가 되었다. 그러나 평강이 이를 대차게 몰아세웠다. 자객 하나 죽인다고 큰 득이 있는가, 이해득실을 따지더라도 쓰고 버리는 것이 낫다고 강경히 주장했다. 다행히 원은 나를 의심하지 않았다. 내가 공을 세우기를 바란다고 여겼다. 제천 행사의 시합에서 이루지 못한 일을 이렇게나마 이루려 한다 여기고 내 청을 가납했다. 그만큼 원의 쇠뇌 기술에 대한 집착은 지대했다.

대신 가리를 방면하면서 두 가지 조건이 따랐다. 신라의 천보노 제작 기술을 훔쳐 올 것, 자객을 길잡이 삼되 돌아올 때 다시 데리고 와야 한다는 조건이었다.

원은 가리가 사지를 찢어 죽여도 모자랄 대역죄인이지만 쓸모를 다한 뒤 죽여도 늦지 않다는 평강의 실리적인 주장에 동의하는 입장이었을 것이다. 하지만 나는 달랐다. 내가 아닌, 가리에게 공을 세우게 하여 사면을 청하려는 데에 목적이 있었다. 사면되지 않는다면, 살려놓기라도 한 뒤 후일을 도모하겠다는 심사였다. 그리 어렵사리 얻어낸 방면이건만 중간에 도주를 막지 못했으니, 중신들의 만류에도 불구하고 끝내 자객을 풀어주어 지엄한 국법을 어긴 부역자, 아니 반역자가 되는 셈이었다.

그래도 미련이 남아 산을 벌처럼 쏘다녔다. 하지만, 가리의 흔적은 어디에서도 찾을 수가 없었다. 자객으로 훈련받은 자답게 한 쪽 절름발이 족적조차 남아 있지 않았다.

반나절 동안 헤매다가 당도한 곳은 바위산 정상 백운대였다.

태어나고 자란 곳도 돌이 많아 석다산이었다. 그럼에도 삼각산은 그 크기와 위용이 사뭇 달랐다. 큰 삼각뿔 모양의 세 개의 주봉을 포함한 이름난 봉우리만 40여 개가 넘는 바위산으로, 한수가 흐르는 비옥한 땅을 병풍처럼 감싸고 있어 석다산과 비교도 할 수 없을 정도로 장대했다. 그리고 이 산을 경계로 앞은 신라요, 뒤는 고구려 땅이다.

'이 땅을 차지하기 위해 삼국이 얼마나 많은 피를 흘렸던가? 과거 고구려인이기도 했던 저들이 금일은 신라인이 되어 다른 임금을 섬겨야 하거늘 무슨 생각, 무슨 각오로 사는 걸까? 명일 또다시 주인이 바뀐다면 그들의 충의를 의심해야 하는 걸까? 참으로 기가 막힌 노릇이로구나.'

생각하다가 다시 이곳이 내 죽을 곳이라 감상에 젖는구나 싶어서 한숨만 길게 늘어졌다.

'가리야, 이대로 가는 거냐? 지금 떠나면 고구려 땅을 밟지는 못할 터, 다시 신라로 가는 게냐? 그예 적국으로……? 그게 네 살길이라면 별수 없지. 내가 무어라고 네 목숨을 담보로 일을 도모하려 했을까? 너는 죽음을 바랐는지도 모르는 것을. 그래. 네 마음 가는 데로 가는 거다. 그리고 나 또한 내 책임을 다해야겠지.'

더는 후회하지 않기로 했다. 나로 인해 가리의 목숨이 살았으니 그것으로 되었다. 은혜를 배신으로 갚았다거나 분하고 억울한 것도 없었다. 모두 나의 선택이었고, 자초한 일이었다.

뒤돌아 고구려 땅을 향해 절을 올렸다. 원에게, 평강에게, 우경에게, 그러나 마지막으로 나 하나만을 바라고 헌신했던 어머니를 떠올리니 명치가 불쏘시개로 지지는 듯 뜨거워졌다. 굵은 눈물방울이 땅 짚은 손등 위로 우박처럼 뚝뚝 떨어졌다.

"어머니, 부디 불효한 자식을 마음에 두지 마시오. 전장에 나가 죽는 아들이 세상에 얼마나 많소. 그리 죽었다 여기고 여생을 어머니 자신을 위해 쓰시오. 다만, 웅심을 풀지 못하고 욕되게 객사하는 못난 이 아들 탓에 어머니 노고가 헛되게 된 것이 송구할 따름이오."

그리 회한을 쏟아내고 나니 눈이 저절로 감겼다. 죽어도 고국 땅에 진토가 되고자, 방향은 고구려 쪽으로 잡았다. 발 하나만 떼면 천 길 낭떠러지였다. 순간이 어렵지, 차후는 생각할 것도 없었다.

'아아, 나의 고구려여. 나의 열망이여. 나의 어머니……'

그렇게 발 하나를 떼려는 순간, 허릿단이 뒤로 힘껏 당겨졌다. 놀라 돌아보니 가리가 내 허릿단을 틀어쥐고 있었다.

"날 버리고 간 줄 알았잖아."

"대체 넌 어딜 갔던 게냐?"

"인가에 밥 훔치러 갔다 오니 네가 없지 않니? 한참을 찾았다. 그런데 여기는 왜 왔니? 심심산골 고된 수행을 해왔다 하더니 낭떠러지에서 뛰어내려도 사는 방도를 아는 모양이구나."

가리는 내 하려던 짓을 아는지 모르는지 그리 농을 던졌다. 이어 제 허리춤에서 똘똘 뭉친 보리개떡 두 뭉치를 꺼내 하나를 내밀었다.

"좀 오래되었는지 구리터분한 냄새가 나긴 하지만, 죽지는 않을 게다."

그리고 남은 하나를 제 입에 넣는데 어금니가 없어 앞니로만 씹어 먹기가 좀체 익숙지 않은 모양이었다. 그러나 그마저도 곧 동작을 멈추고 정색했다.

"나야 이런 게 일상이지만 넌 나와 처지가 다른 게지, 아마."

밥 잘해주는 나의 어머니가 떠올랐는지 가리가 내 손에 쥐어진 떡을 채가려고 하기에 얼른 입에 넣어버렸다.

"난 아무거나 잘 먹는다."

가리의 말대로 만든 지 오랜 듯 딱딱하고 시큼터분한 냄새까지 났다. 그래도 잠시 씹다 멈칫했지만 이내 다시 씹어서 단숨에 삼켜버렸다.

"배가 고프던 차에 잘 되었다."

다시 돌아와서 다행이고, 의심해서 미안한 마음에 목이 멨지만, 가슴을 두드리며 떡을 다 먹었다. 그런 나를 지켜보는 가리의 표정이 진지했다. 혹여 땟국 흐르는 낯에 그려졌을 눈물 자국이 들통났을까 봐 얼른 고개를 돌리며 말했다.

"난 한달음에 여기서 저 아래까지 뛰어 내려갈 수도 있다. 너 때문에 지체하고 있을 뿐이지."

그제야 가리가 입가를 씰룩이며 말했다.

"넌 잊었구나. 아이들이 날 놀려 부르던 이름을……."

아이들은 가리를 '사슴발'이라고 불렀다. 몸놀림이 가볍고 발이 재다는 이유였다. 저도 몸만 멀쩡하면 나처럼, 나보다 더 빨리 뛸 수 있다 소리겠다.

"서두르면 날이 저물기 전에 한수 일대에서 가장 맛있다는 국밥집에서 밥을 먹을 수 있을 게다. 물론 네 어머니 국밥에는 미치지 못하는 맛이겠지만……"

절룩거리며 산을 내려가는 가리의 뒷모습을 보며 큰 한숨을 삼켰다. 가리는 모든 정념에서 벗어나 달관한 양, 불편한 몸에도 불구하고 온몸이 새털처럼 가벼워 보였다. 모진 고문에 정신이 바뀌지 않고서야 저리 달라질 수 있을까 싶을 정도로 안구가 깨끗했다.

그제야 가리를 만나 지낸 세월에 비해 전혀 그녀를 알지 못했다는 사실을 깨달았다. 그녀는 술췌기 아비에 대한 의리로 살아온 아이, 그 의리를 다하기 위해 적국의 자객이 되었던 아이가 아닌가. 누구든 마음으로 믿으면 충심을 다하는 아이, 절대 나를 배신하지 않을 거라는 사실을 그제야 깨달았다.

목숨값

녹족

신라는 진흥왕의 장손이자 진지왕의 조카인 제26대 백정^{白淨·}^{진평왕} 치세였다. 백정은 정복욕이 강했던 진흥왕 때의 중흥기를 만회하고자 왕권을 강화하는 데 힘을 쏟았다. 서당^{誓幢}, 사천당 등 군사 조직을 새로 개편하는 한편, 남산성^{南山城}, 명활성^{明活城}, 서형산성^{西兄山城}을 고쳐 쌓아 주변국과의 전쟁을 방비했다. 특히 왜와 손잡고 신라를 압박해오는 고구려를 경계하려는 의도로 수나라에 사신을 보내어 적극적으로 외교했다.

가리를 고구려의 자객으로 보낸 자 또한 백정 휘하 8대 풍월주^{風月主·화랑}인 문노^{文弩}였다. 신라가 감히 넘지 못할 산이라 여겼던 고구려의 동남해를 차지하면서 대주로의 진출을 꾀하려는 야심을 드러낸 데에는, 화랑뿐 아니라 이미 오래전부터 그 밑에서 키워진 숱한 간자와 자객을 이용해 정보를 캐고 소문을 조작하고 암살해 온 결과였다고 볼 수 있었다.

물론 신라에도 고구려의 간자는 많았다. 그중 황산강 나루에 객주를 운영하는 달시라는 낯이 곱상하니 중씰한 여인이 있어 우리를 도왔다. 아비는 어을매 출신 농부였는데 일대에 기근이 들자 노부모에 어린 동생 여섯을 먹여 살리기 위해 간자를 자진하였다고 했다. 살집이 풍부하고 사내처럼 목청이 굵어 '장군멱통'이라고 불렸다. 일 마무리가 세치한데 반해, 성격이 화통하여 단골로 찾는 장사치들이 꽤 되었다. 주로 고구려 간자들에게 자금을 조달하고 은신처를 제공하는 일을 했다. 달시는 우리를 조카 남매라고 소개했다.

가리는 여러 달 객줏집에 머물면서 차차 몸이 회복되었다. 절뚝거리던 다리도 눈여겨보지 않으면 알아보지 못할 정도가 되었고, 낯의 흉터도 분칠을 하면 보이지 않았다. 그녀는 달시를 도와 손님을 맞거나 밥을 짓고 날랐다.

나는 거친 사내들을 상대하고, 상인들이 맡기고 간 물건들을 창고로 옮겨 일일이 장부에 적는 등의 일을 하면서 가끔 서라벌로 사역을 나가곤 했다. 오며 가며 눈여겨본 곳이 노당이었다. 다른 부대와는 달리, 노당은 남산성 주둔군대 한가운데 위치해 외부인에 대한 통제가 엄중하니 접근하기가 쉽지 않았다. 몰래 잠입하여 어디에 있는지 모를 쇠뇌의 비기를 훔쳐내기보다는 사람을 빼 오는 수밖에 도리가 없었다.

노당의 당수 기유가 표적이 되었다. 그는 노당 안에서 쇠뇌를 다루는 노사들의 수장이었다. 쇠뇌의 제조 방법에 정통하고 이를 기록한 비기를 갖고 있을 공산이 컸다. 그러나 이 자는 대대로 신라의 녹을 먹는 관공장 집안의 자손인 만큼 노당 안에 사택을 짓고 살고 있으니 그를 따로 만나기란 바늘구멍으로 소 궁둥이를 디미는 것만큼이나 불가능해 보였다. 다행히 그를 잘 안다는 '묵개'라는 자가 달시의 객주를 번질나게 드나들었다.

묵개는 노당에 부식물을 납품하는 상인이었다. 피부색이 누렇고 체형은 비리비리했는데 양 입가에 겨우 몇 가닥 사내 구실이라도 하자는 식으로 염소수염을 달고 있었다. 사흘에 한 차례씩 황산나루에 들어오는 배에서 물건을 받을 때마다 객주에 들르곤 했다. 독신인 달시에게 사심을 품고 있는 듯하였으나 정작 그녀는 유부남이 이물스럽기까지 하다며 상대하기를 꺼렸다.

그러나 쓸모가 있으면 벗어놓은 속곳이라도 다시 입어야 하는 것이 간자의 수칙이었다. 한 달여 술로 친분을 쌓고 매번 유녀와 적지 않은 뇌물을 찔러주니 슬슬 넘어오는 듯했다. 물론 쇠뇌를 노린다 하지 않고, 좋은 철을 대주겠다는 자가 있으니 책임자를 소개시켜 달라는 이유를 들었다.

"당수를 만날 방법은 없소?"

"어지간히 건건한 사람이어야 말이지. 여러 차례 말은 대 놓았는데 반응도 없네. 그려."

묵개는 그리 말을 해 놓고는 보름 이상 객주에 들리지 않았다. 얻어먹은 것을 토해낼 생각에 아까웠던 겐가, 다른 방도를 강구

해야 하나, 하는데 참다못한 달시가 소매를 걷어붙이고 황산강 나루로 달려갔다. 그녀는 묵개가 배에서 내리는 것을 확인하자마자 무섭게 달려들어 멱살을 잡았다.

"우리 조카 말이 노당의 당수를 소개해준다 했다던데 어찌 된 일이오? 술 마시고 돈 받아 처먹을 때는 언제고, 안 되니 내빼겠다? 당수를 알기는 하는 게요?"

"어허, 오해 푸시게. 그런 것이 아니고 말일세."

"그럼 어찌 쥐가 쥐구멍 들듯 번질나게 찾던 내 객주마저 피해 가시는 게요? 이제 내 낯조차 보기 싫다 이거요?"

"혹 나를 기다렸던 것인가?"

"됐소. 내 모를 줄 아시오? 술자리에 계집이 빠지지 않았다 하던데 날 왜 찾소?"

"무슨! 조카가 그리 말했소? 천부당만부당한 소리. 왜 그런 없는 소리를 다 하는지, 아우가 내게 화가 많이 났던 모양일세. 그게 아니고 말일세."

묵개가 고개를 납작 숙이자 이번에는 허리를 꼬고 토라진 모양을 하는 달시였다.

"말이 나왔으니 말이지. 나도 이제 조카에게 한 살림 떼어주고 찬물에 손 담그는 밥장사, 술장사 때려치우고 싶어서 그러오. 더 늦기 전에 번번한 사내에게 첩실로라도 들어가 사랑받으며 살 때도 되지 않았겠소? 하긴 어디 쓸 만한 사내가 있어야 말이지."

달시가 그리 토라진 척 속내를 은근히 내비치니 묵개는 안달이 나서 달래 보려고 애썼다.

"쓸 만한 사내를 멀리서 찾을 이유가 있는가?"

"내 주변엔 눈 씻고 찾아봐도 없소."

"없긴 왜 없어? 난 사내도 아니란 말인가? 종 부리고 처자식 손에 물 안 묻히고 살게 할 만큼의 재물이면 충분하지 않은가?"

"내가 재물이 없어 사내를 구하겠소? 사람 하나 끌어올 수완도 없는 사내를 뭘 믿고 배를 맞추겠소?"

"며칠만…… 며칠만 말미를 주게. 그 양반이 다른 건 몰라도 술은 좋아한다 소리를 들었으니 자리를 한 번 만들어 봄세."

달시의 도발은 바로 효과를 보였다. 나흘 후 손님 맞을 준비를 하라는 통달이 왔다.

"술 좋아하는 사내놈이 여색은 마다할까? 곱고 나긋나긋하고 말 잘 듣고 영리한 계집으로 골라봐. 처녀라면 더 좋겠지."

달시의 조언이었다.

그동안 기유를 홀릴 마땅한 계집을 찾기 위해 기방뿐 아니라 근동의 유곽까지 모두 뒤졌던 나로서는, 묵개의 통달에 반가우면서도 걱정되는 바가 컸다. 외양이 곱고 나긋나긋하고 말 잘 듣고 영리한, 이 모든 구색을 갖춘 계집을 찾기가 좀체 힘들었기 때문이다. 곱고 나긋하면 첩살이라도 바랐고, 영리하면 의뭉스러운 속내를 알 길 없어 함부로 심중을 드러낼 수조차 없었다. 천금을 주어 매수한들, 그네 나라를 팔아먹으라는 일이었기에 더

더욱 위험부담이 컸다.

얼마 전 말씨가 사근사근하고 글도 쓸 줄 안다는 계집이 지인의 소개로 직접 찾아온 적이 있었다. 복스러운 볼따구에 반달 모양 눈꼬리 가득 색기가 다분했다. 그런데 이를 면접한 달시가 대번에 손사래를 치는 것이 아닌가.

"엉덩이로 호박씨 깔 년일세. 어디서 처녀도 아닌 것이 처녀 행세야?"

달시에게 통박을 당한 계집은 그 자리를 박차고 나가 버렸다. 나중에 안 일이지만, 여러 사내 홀려 껍데기까지 홀랑 벗겨 먹는 기술은 발군이나, 입이 싸고, 돈이면 서방도 갈아탄다고 소문이 자자한 계집이었다. 수많은 사람을 상대하면서 관상까지 읽어내는 달시 덕에 자칫 불신한 인물로 인해 사달이 날 수 있는 상황을 미연에 방지한 셈이었다.

그러나 여전히 쓸 만한 계집을 찾지 못하게 되니 이번에도 틀린 것인가 고심하던 차였다. 가리가 고운 벽사를 입고 방으로 들어왔다. 장안성에서 만났을 때처럼 허연 분칠, 검은 눈썹, 입술까지 붉게 물들인 모습에 당황하지 않을 수 없었다.

"뭐냐, 그 모습은?"

"계집이 필요하다면서?"

"무슨 상관이냐?"

"내가 하겠다."

"몸도 성치 않으면서 뭘 한다고······? 일없다. 서라벌을 다 뒤져 계집 하나 못 구할까? 없다면 다른 방도를 찾을 것이야."

"다른 방도가 있니? 있으면 말해봐라."

옥신각신하는데 달시가 문 앞에서 이를 지켜보고 섰다가 성큼 들어섰다.

"이모님, 저것이 미쳤소. 이게 무슨 일인지나 알고 나서는지 모르겠소."

말려 달라 소리였는데 달시가 이를 일축했다.

"내가 청했다."

"뭐요? 몸도 성치 않은 아이에게 그런 일을 시키다니 무슨 심사요?"

"물색없는 놈! 대체 너는 이곳에 무엇을 하러 온 것이냐? 저 아이는 왜 살려 데려왔느냐 말이다! 나라를 버리고 살림 내러 온 것이냐? 대체 누굴 믿어 끄나풀로 세우겠다는 게냐? 직접 여러 계집을 만나 보지 않았느냐? 자칫 그 계집이 마음을 달리 먹고 발고라도 한다면 너나 나나 사지가 찢겨 죽을 목숨."

"허나 가리는……"

"가리에게 얘기 들었다. 너에게 진 빚을 갚지 않으면 죽어서도 발을 뻗지 못할 거라 하더구나. 목숨값을 치르기 위해서라도 뭐든 하겠다고 하는데 이보다 더한 적임이 어디 있겠느냐?"

"이모님!"

"넌 간자다. 나나 가리도 매한가지. 한 배를 탔으면 물불을 가리지 마라. 누군 되고 누군 안 되고 가릴 처지가 아냐."

틀린 말이 하나 없었다. 게다가 흔들림 없는 가리의 눈빛이 나의 만류를 힘껏 내쳤다. 간자가 되어 적국에 온 이상 그 소임을 다해야 함에도 누굴 보호하고 무엇을 마다한단 말인가. 하지만 여전히 가리를 사내 홀리는 일에 가담케 하는 것은 내키지 않았다.

**

기방 앞이 떠들썩했다. 무슨 큰 손이라도 든 줄 알았더니 검은 낯, 입가에는 덥수룩한 고슴도치 수염, 머리에 누런 건을 두른 면상육갑 오십 전후의 사내와 실랑이하는 묵개의 소리였다.

"왜 이리시오, 당수 어르신? 쇤네가 당수 어르신께 술 한 잔 대접 못할 사이요?"

"나는 공무를 보는 사람일세."

"쇤네가 왜 당수 어르신의 심중을 모르겠소. 나라의 녹을 먹는 입장에 괜히 이왈저왈 입방아에 오르는 것이 싫으신 게지요. 그래도 쇤네가 노당에 출입한 지 벌써 다섯 해요. 당수 어르신께 술 한 잔 대접 못 한다면 그거야말로 사람의 도리가 아니지 싶소."

"이유는 모르겠으나 청탁이라면 돌아가겠네."

"청탁이라니오? 천만부당한 말씀. 당수 어르신 덕에 여태껏 처자식 입에 풀칠하고 사는데 뭘 더 바라겠소? 맹세코 다른 뜻

일절 없소. 여하튼 공무는 공석에서 충분히 보시고, 사삿일은 이렇게 사석에서 풀어야 정도 쌓고 앞날도 도모할 수 있는 법. 마음 푹 놓고 들어가시지요. 내 빚지고는 못 사는 사람이라 오늘만큼은 어르신께 인사를 톡톡히 하고 말겠다, 작심하고 온 사람이오. 애들아, 뭣들 하는 게냐? 노당의 당수이신 기유 어르신 드신다!"

묵개가 기방 안을 향해 소리치자 대여섯 명의 꽃 같은 기녀들이 우르르 몰려나왔다. 기녀들을 진두지휘하듯 머리를 높게 틀어 올린 비단옷 차림의 여인이 나오는데 다름 아닌 달시였다.

"어딜 가시려고요, 어르신? 오지 않으셨으면 모를까, 기방 문턱을 넘으셨으면 제 허락 없이는 아무 데도 못 가시오."

어느새 기녀들이 검은 낯의 기유를 에워싼 채 끌고 밀며 방 안으로 안내했다.

큰 방 안에는 떡 벌어지는 한 상이 차려져 있었다. 갖은 해산물로 만든 여러 종류의 포와 구이, 고구려인들이 좋아하는 맥적, 소금에 절인 가오리 식해, 한약재와 함께 찐 찜닭, 찹쌀밥에 대추와 밤을 넣고 검게 물들인 약식, 다섯 종류의 산나물 무침, 보리로 만든 병식 등 산해진미 곁에는 당연히 맑은 술 한 병까지 놓여 있었다. 왕후장상의 잔칫상이 이러할까? 생전 처음 접한 상차림에 자리를 청한 묵개조차 눈이 휘둥그레질 지경이었다.

하지만 놀라움도 잠시, 묵개는 얼른 상석에 기유를 끌어 앉히고는 기녀들을 채근했다.

"뭣들 하는 게야? 오늘 너희들 중 당수 어르신을 만족시켜드릴 수 있는 계집이 있다면 큰 상을 내릴 터이니 성심성의껏 모시도록 하여라!"

그 소리에 늘어섰던 계집들이 앞다투어 기유의 겨드랑이를 파고들었다. 술을 따르네, 어깨를 주무르네, 안주를 집어주네, 기녀들은 누가 먼저랄 것 없이 기유의 비위를 맞추느라 정신을 쏙 빼놓을 지경이었다. 얼결에 향긋한 분내에 파묻힌 기유는 잠시 어리둥절했지만 이내 정신을 다잡아 자리를 모면하려 했다.

"묵개, 자네 이게 무슨 짓인가? 국경에선 쉴 새 없이 전쟁이 치러지고, 나라 살림이 어려워 장안에 굶는 이들이 부지기수인 이때에, 왕후장상도 기함할 성찬은 무엇이며 이 많은 기녀는 또 뭐란 말인가? 그동안 뒷돈이라도 챙겨왔던 모양이지? 나에게 뇌사를 써서 공범으로 끌고 가려는 것이라면 내 가만 있지 않을 것이야!"

예상대로 기유는 호락호락한 인물이 아니었다. 바로 자리를 박차고 나갔다. 묵개가 얼른 그 뒤를 쫓았다.

"당수 어르신, 소인 그저 어르신께 입은 그동안의 은혜에 보답하자는 의미입지요. 다른 뜻은 전혀 없습니다요."

그러다 두 사람은 대청 위에 미동도 없이 시선으로 발등을 찍고 서 있는 무녀를 발견하고 멈칫했다. 무녀는 속살이 훤히 비치는 하얀 능사 무복에 봉이 두 개인 가체까지 얹은 자태가 꼭 달빛을 품은 선녀인 양 신비롭고 아리따웠다.

이때 그 곁에서 가야금 줄을 튕긴 것은 나였다. 무녀는 기다렸다는 듯 말없이 무복을 나풀거리며 춤을 추기 시작했다. 무녀의 춤은 화객의 그림처럼 연연했다. 가녀린 춤사위가 흩어졌다가 모아졌다가, 마치 꽃이 피었다가 살포시 지는 듯 유려했다. 또한 맑은 물이 고였다가 사방으로 튀는 듯 허공에 하얀 수를 놓았다. 어느새 그녀의 몸에서 흘러나오는 찔레꽃 향기로 주변이 복욱했다.

춤을 마친 무녀가 공손히 손을 모아 인사를 하자, 묵개가 기유의 소맷자락을 끌어당기며 넌지시 말을 건넸다.

"어떠시오? 월성의 무녀 중에서 가장 뛰어난 아이입죠."

"아아……"

기유는 잠시 말을 잇지 못했다. 어느새 술상 앞으로 돌아와 다른 기녀들에게 술을 받는 와중에도 그의 눈은 무녀의 낯에서 떼어질 줄 몰랐다.

"이름이 무엇이냐?"

겨우 그렇게 입을 뗄 수 있었던 것도 방을 나서려는 무녀를 말리기 위한 조급한 마음 때문이었다.

설부화용에 살포시 미소를 짓던 무녀가 보드라운 음성으로 대꾸했다.

"녹족. 녹족이라 하오, 어르신."

쇠뇌 비기

대가 굳으면 부러지기 쉬운 법. 그리 청백리 연하던 기유건만 하루가 멀다고 기방 출입이 잦았다. 술 한 병에 무녀 녹족의 춤사위를 넋 놓고 바라보기만 하다가 조용히 화대만 지불하고 돌아갔다. 이후부터 묵개는 빠지고, 달시가 그를 손님으로 맞았다.

"당수 어르신, 어제는 어찌 방문하지 않으셨소?"

"일이 있었네. 녹족은?"

"녹족, 녹족. 녹족이 어디 기방 기녀요? 어렵게 초빙해오던 아이이온데, 어제도 허탕 치고 가야 했으니 오늘 또 부르기가 쉽지 않더이다."

"오늘은 오지 않는단 말인가?"

기유의 낯에 서운함이 가득하니 달시는 장난기가 동했다.

"녹족 말고도 춤을 곧잘 추는 아이들은 많소. 그보다 나이 어린 계집들도 많고……"

"되었네. 그냥 술 한 병 내오게."

그는 방에 들어서도, 술상을 받고서도, 도통 알 수 없는 표정으로 입을 꾹 다물고 있었다. 곁에서 술을 따르던 달시가 말을 걸어도 답을 내지 않기 일쑤였다. 그저 한 시진도 되지 않아 자리를 뜨면서 역시 녹족뿐이었다.

"내일은 오는 겐가?"

"누구 말씀이오?"

"녹족 말일세."

"아아, 연통은 넣어 보겠소만, 원체 월성 내에 찾는 분들이 많은 아이인지라 장담은 못 하겠소."

"그리 총총한 겐가?"

그렇다는 말을 듣자, 기유는 어깨를 축 늘어뜨리고 시르죽은 표정으로 기방을 나섰다. 그 꼴이 꼭 주인에게 야단맞고 꼬리를 깔고 앉은 개꼴이었다.

그리 헛걸음하고 발길 돌리기를 닷새째.

"참으로 사내들이란……"

달시가 혀를 차며 돌아서다가 뒷자리에 버티고 선 나를 보고 놀란 모양이었다.

"기척이라도 하지 않고."

그런데 이내 피하듯 나를 비켜 가는 게 수상했다.

"이제 어찌하실 생각이오? 저러다 어렵게 만든 자리가 무산

되지 않겠소?"

"그럼 어찌할까? 녹족, 아니 가리에게 자매自賣라도 하라 할까?"

"그런……"

녹족이 바로 가리였던 것이다. 본 이름은 말고 제 어린 시절 동네 아이들이 놀리던 '사슴발'을 예명이라고 썼다.

달시는 소매에서 나온 두둑한 주머니 하나를 내게 던져주었다. 주머니 속에는 은자 스무 냥이 들어 있었다.

"사내들은 애가 타면 탈수록 본심을 주체하지 못하게 되지. 가리의 머리를 올려주겠다고 지불한 은자다."

머릿속이 아득해졌다. 계획한 바였지만, 막상 때가 도래하니 온몸의 피가 벌떡벌떡 뛰고 호흡이 가빠졌다. 방법이 이뿐이었는가, 후회막급이었다.

그간 밤마다 가리의 꿈을 꾸었다. 하얀 무복을 입은 가리가 나비처럼 떠올랐다가 여린 팔을 하느작거리며 춤을 추었다. 손이라도 잡을라치면 소리 없이 웃으며 멀어져 갔다 또다시 돌아와선 내 주위를 맴돌았다. 손끝이 아니고 옷 끝만 스쳐도 숨이 막힐 지경이었다. 그러다 깬 새벽녘에는 여지없이 고袴 앞자락이 흠뻑 젖어 있곤 했다.

축축해진 고를 말리기 위해 기방 후원으로 나왔다가 가리를 만났다. 며칠 제 방에서 두문불출하던 가리를 만난 것은 한 집에서도 오랜만이었다. 가리는 희붐한 하늘에 여전히 건재한 허연 초승달을 올려다보고 있었다. 나는 당황한 나머지 말아 쥔 고를 등 뒤로 오그리고 말았다. 해사한 낯이 돌아보았다.

"일찍 일어났네."

"세연당에서는 늦은 시각이다."

"세연당에 있었다고 했지? 나는 신라에서 화랑들이 간자를 키우는 조직에 있었다. 밤잠 없이 글을 배우고 활, 검을 휘둘렀지."

"재주가 좋더라. 제천 행사에서의 시합 말이다……"

"목숨 걸고 배웠으니까……"

목숨 걸고 배웠다, 그 말이 속내 아렸다. 내가 전심을 다했던 것만큼 가리 또한 그랬던 게다. 얼마나 고되었을까? 사내인 나도 힘든 수련을 여인인 가리는 어찌 감당할 수 있었을까? 저 가냘픈 몸 어디에서 고되고 벅찬 수련을 견뎌낼 기운이 났을까? 아마도 복수하겠다는 일념만으로 그 모든 고통을 감내했겠지. 그 마음이 더 아팠다.

"그곳에서 춤도 배웠나?"

"흐. 춤만 배웠겠니? 계집이 간자가 되기 위해서 가장 우선시 배우는 게 무엇이었을 것 같니?"

나는 대답하지 못했다. 대답하고 싶지 않았다. 내 추측을 확인하는 짓 따위로 스스로의 속을 되훑기 싫었다. 대신 흘리듯 건넸다.

"머리를 올리자고 했다던데……"

"기유 어르신 말이냐? 그 어른을 홀리는 것이 내 목표였으니 잘된 일 아니냐? 사실 이런 관계로 만난 것이 아니었다면, 이런 나라도 저토록 귀애해 주는 사람이 있다면 평생을 의탁해 살아도 나쁘지 않겠다는 생각을 잠시 하기도 했다."

그 말에 갑자기 역증이 울컥했다.

"네가 여기 사내를 구하러 온 것이냐? 다 쪼그라진 늙은이라도 사내 허울만 쓰면 누가 돼도 좋다 이 말이냐?"

하는데, 가리는 오히려 키득대며 웃었다.

"내가 그자에게 몸이라도 내어줄까 봐 그러는 게냐?"

"뭐, 뭐야?"

"걱정 마라."

"걱정은 무슨……. 다 된 밥에 코 빠뜨릴까 봐 그렇지."

"나에게도 계획이 있다."

"무슨 계획?"

가리는 그저 웃기만 했다. 그 속내 알 길이 없으니, 걱정인지 미덥지 않은 탓인지 여전히 편편찮았다.

**

예상대로 기유가 왔다. 전에 없이 끼끗한 쪽색 비단옷에 깃털 단 피관을 쓰고 기방 문을 넘었다. 발그레하니 상기된 낯이 딱 처가에 장가 들러온 새 신랑이었다.

가리는 조촐한 술상을 준비해놓고 기다렸다. 가리를 만난 기유는 만면에 웃음이 가득했다. 하지만 곧 웃음기는 가시고 낯빛이 흐려졌다.

"어찌 이러느냐?"

가리가 달시를 통해 전달받은 은자 주머니를 두 손으로 내어놓고 무릎을 꿇은 탓이었다.

"소첩, 비록 미천한 무녀이오나, 돈에 몸을 파는 유녀는 아니오. 거두어 주시오."

당황한 기유가 가리 앞에 마주 앉았다.

"곡해는 마라, 녹족아. 너를 유녀로 여기다니. 비록 만난 지 두어 달이지만 나는 그동안 너를 통해 세상의 애락을 깨달았다. 부인과 사별한 이후, 술로 나날을 보내오면서도 계집에게는 눈 한 번 돌린 적이 없던 나다. 부부의 연은 이제 끝이니 오로지 나라를 위해 전심을 다하자고 작심하고 살아왔다. 그런 내가 너를 만나 참으로 얄궂게도 너 외에 다른 생각이 들지 않더구나. 너를 보는 날은 봄볕처럼 행복했고, 너를 보지 못하는 날이 여러 날 거듭되니 지옥이 따로 없더구나. 네가 나 외에 다른 사내 앞에서 춤을 춘다는 생각만으로도 목구멍이 타고 숨이 멎을 것처럼 참을 수가 없었단 말이다."

"소첩을 그리 애틋하게 여기시니 몸 둘 바를 모르겠소. 허나, 사내들이 무녀의 발밑에 은자와 집문서를 던져주고 취하려 하는 것이 어디 남녀의 정애겠소? 상관하자는 수작일 뿐이지요."

"당치 않다. 진정 내 본심을 몰라서 하는 소리냐?"

"소첩의 어미도 무녀였소. 어느 잘난 귀족과 관계하여 아이를 낳았소. 그게 소첩이오. 이후 하룻밤 통정한 그이를 잊지 못해 시름시름 앓다가 돌아가셨소. 다시 오마, 하고 약조하고 떠난 그이를 기다리다가 말이오. 소첩은 사내를 믿지 않소."

제 어미의 사연이랍시고 들어 거절하는 가리의 단호한 태도에 기유는 애간장이 타들어 가는 듯 보였다. 눈꼬리가 자빠지고 검은 낯이 더욱 깜깜해지는 것이 그랬다.

"나는 너를 버리지 않을 것이다. 너를 세상에서 가장 귀히 여길 것이다. 맹세하마. 내 어찌하면 너의 믿음을 얻을 것이냐? 정실이 되고 싶은 게냐? 노당을 나올 테니 살림을 살자꾸나. 천년만년 너와 내 육신이 진토 되는 날까지 엉켜 살자꾸나. 다짐장이라도 써 주랴? 그리하면 내 마음을 믿겠느냐?"

"신분의 귀천이 엄엄하여 골품^{骨品}을 넘어 혼례하지 못하온데 어찌 이 천 것이 감히 당수 어르신의 정실 자리를 넘볼 수 있겠소? 당치 않은 소리요."

"그럼 어찌하란 말이냐? 내 타는 속내를 정녕 어찌하란 말이냐?"

기유는 가슴을 치며 제 속을 몰라주는 가리를 원망할 기세였다. 이에 가리가 그의 손을 잡아 술상 앞으로 이끌었다. 그리고 배주를 권했다.

"성내지 마시오, 어르신. 실인즉, 소첩 또한 어르신을 만나 이리 귀히 대우받으니 천하에 천하디천한 무녀의 눈이 뜨여 처음으로 하늘이 맑고, 꽃이 고운 것을 알게 되었소."

"너도 나를 마음에 품고 있다는 소리냐?"

"무녀의 마음에 들어 무엇 하시겠소. 소첩은 그저 춤추고 노래하는 무녀올시다. 그리 생각하시면 편하실 게요. 기별하면 언제든 기다렸다가 어르신을 맞이하겠소. 그러하오니……"

달시에게 배웠는가? 사내의 마음을 쥐락펴락하는 가리의 솜씨는 여간이 아니었다. 배워 익힌 것이라기보다 타고나기를 그리 태어났나 싶을 정도로 절륜했다. 그예 기유는 모든 것을 내어놓을 심사로 가리에게 매달리기에 이르렀다.

"원하는 것을 말하라. 그렇지 않다면 내 너를 억지로라도 취하고 말 테다."

"어르신."

"그러니 가리야, 나를 모질고 나쁜 사내로 만들지 말아다오."

가리가 한 푼 흘린 감정에 정신이 빠진 기유의 간곡하고도 강한 태도에 드디어 가리는 짐짓 무너져야 했다.

"정히 그러시다면 소첩에게 정표를 주시겠소?"

"정표가 필요한가? 뭐든지 말해라."

"당수 어르신께 가장 소중한 것을 청해도 되겠소?"

거듭 물으니 이제야 가리의 맘이 풀렸다고 여긴 기유의 표정에서 미소가 되살아났다.

"그래, 내게 가장 소중한 것이라…… 땅문서를 말하느냐? 그뿐이랴? 네가 내게만 와준다면 천금이라도 상관없다. 100마지기 전답도, 월성 내에 기와집도 다 네 것이 될 것이야."

"100마지기의 전답도, 월성에 있는 기와집도 어르신이 다른 여인을 품는 순간 그 여인의 것. 소첩은 당수 어르신의 진심을 확인하고 싶은 것뿐이지요."

"아니라 해도!"

"당수 어르신께서 하시는 일이 나라를 위해 쇠뇌를 만드는 일이라 들었소."

"그렇지. 내가 그 책임을 맡고 있지. 나라에서 중히 여기는 특별한 일이지."

"그 비기를 소첩에게 보여주시오."

순간 기유의 낯이 딱딱하게 굳어졌다. 들고 있던 술잔을 떨어뜨릴 정도로 당황했다.

"하필 왜 그것을 보여 달라 하는가?"

"소첩은 쇠뇌가 뭔지도 모르오. 다만, 노사의 수장이자, 노당의 당수이신 어르신께 목숨만큼이나 소중한 것이라면 그것뿐이지 않겠소? 소첩을 세상에서 가장 귀히 여기겠다 하셨으니 어르신께서 세상에서 가장 중히 여기는 것을 보여주셔야 어르신의 마음이 한때의 정염이 아닌, 진정이라 믿을 수 있지 않겠소?"

"……."

"결단코 어미와 같은 전철을 밟고 싶지 않소, 어르신."

한동안 방 안 가득 정적이 흘렀다. 기유는 한숨만 여러 차례

내쉴 뿐 대꾸하지 못했다. 천금도 통하지 않는 희한한 계집이라 여겼는지, 위험천만한 계집이라 주춤하는 것인지는 알 수 없었다. 칼자루를 쥔 것이 가리인지, 기유인지조차 모호했다.

 병풍 뒤에 숨은 나도 기유의 대답을 기다리느라 몰려오는 깊은 숨을 가만히 죽여야 했다. 내심 기유가 계집에 미친 사내이기를 바라기도, 그렇지 않기도 했다.

탕척

 기유는 계집에 미친 얼뜨기가 분명했다. 아니, 여우에게 홀린 듯 혼을 쏙 빼놨으니 가리의 재주가 초매한 것인지도 모른다. 다시 찾아온 그의 손에 쇠뇌의 비기가 들려 있었던 것이다.
 비기를 확인한 가리는 흡족한 낯으로 기유를 환대했다. 기유는 그 자리에서 부부의 연을 맺자는 제안까지 했다. 가리는 쾌히 승낙하고 준비한 술상으로 초례상을 대신했다. 마주하고 절을 하는 내내 기유의 입가에는 미소가 끊이질 않았다. 그렇게 아무 의심 없이 그녀와 초례를 치른 기유였지만 한 잔 술에 곯아떨어지고 말았다. 마시면 바로 잠이 드는 약을 탄 술이었다.
 나는 가리를 데리고 당장 기방을 도망 나왔다. 그동안 기방을 빌려 행수 노릇을 했던 달시는, 이미 객주를 정리하고 모아두었던 재물까지 모두 챙겨 달아난 상태였다. 고향인 고구려로 가지 않고 백제로 간다는 소리만 남기고 갔다.

가리와 말을 타고 이틀을 쉬지 않고 달렸다. 비기를 훔쳐 달아난 간자 년을 잡아들이라는 수배 격서가 신라 각지에 띄어졌다. 방문에 가리와 달시, 나의 면목까지 고스란히 달렸다. 기유는 쇠뇌의 비기를 간자에게 넘긴 혐의로 끌려갔다. 묵개 또한 주선자가 아닌, 간자와 내통한 혐의로 고신을 면치 못했다. 물론 그 죄가 대역죄에 준하였기에 살아남기는 힘들었다.

국경까지 가는 길에 여러 차례 검문하는 군사들을 발견할 수 있었다. 돌아서 가는 길, 좁은 사잇길까지 군사들이 진을 치고 있어 사흘째부터는 도보로 험한 산길을 타고 이동해야 했다.

억새버덩이고 다리 밑이고 몸을 숨길 수 있는 곳이라면 어디든 기어들어 쪽잠을 잤다. 배고프면 산을 개간한 화전에 자라는 무를 뽑아 먹거나 나무에 올라 돌배를 따 먹었다.

그렇게 돌고 돌아 겨우 보름이 지나서야 국경인 삼각산에 당도할 수 있었다. 다행히 군사들의 눈을 피해 무리 없이 산으로 잠입했다. 대신 며칠 이어진 폭우와 큰바람으로 인해 발밑이 미끄러워 몇 차례나 뒹굴어야 했다.

잠시 비가 그쳤다. 어느 방향에서도 눈에 띄지 않는 바위틈에 가리와 나란히 앉아 숨을 돌렸다. 두 사람 자리로 꼭 맞는, 위로는 칡넝쿨이 우거지고 사방으로 둘러싸인 바위틈에 끼어 앉은 형국이었다. 물이 불어난 계곡을 따라 흐르는 격한 물소리와 청아한 새소리가 어우러져 가시 돋친 계심을 잠시 내려놓고 한숨

돌릴 여유가 생겼다. 붉은 단풍과 누렇게 색 바랜 나뭇잎을 보고서야 새삼 가을인 줄 깨달았다. 신라로 향하던 때가 볕 따스한 봄이었으니 벌써 두 계절이 지난 셈이다.

갑자기 찔레향이 훅 끼쳤다. 동시에 가리의 머리가 내 어깨 위로 무너졌다. 그녀는 몹시 지친 듯 그새 잠이 들었다. 나는 들먹이는 숨도 가만가만 움직임을 죽여 그녀의 잠을 방해하지 않았다.

문득 이 산만 넘으면 고구려 땅인데 이대로 괜찮을까 하는 생각이 들었다. 비기만 전달하면 내 일은 끝난다. 하지만 그 이후 가리는? 원은 가리를 살려줄 것인가? 확신이 없었다. 그렇다고 신라군의 표적이 된 가리만 남겨둔 채 혼자 떠날 수도 없었다.

"백제로 가라."

나도 모르게 소리 되어 나온 생각이었다. 가리가 머리를 들었다. 그리고 내 속내를 읽었는지 피식 웃음으로 대했다.

"내가 가면? 넌 돌아가서 무어라 보고 할래?"

"임무를 수행하다가 신라군에게 잡혀 장렬히 전사하였다고 하지."

"바보. 우리가 쇠뇌의 비기를 훔쳐내려고 움직이고 있을 때 주변에 다른 고구려 간자는 없었을 것 같니? 달시뿐 아니라, 객주에 또 다른 간자가 있었다. 양쪽 볼에 마마 자국 있던 그 유녀 말이다."

그제야 객주에서 허드렛일을 도우며 밤이면 객지 생활에 지친 사내들을 상대로 매춘을 주로 하던 덕치라는 유녀가 떠올랐다. 어린 시절 마마로 얽은 낯에 말재간도 없고 노래도 못하는 박색에 박재였던 계집이 간자였다니, 누구도 의심하지 않을만한 절묘한 수가 아닌가.

"우리가 무엇을 하는지, 어찌 움직이는지 이미 태왕은 다 알고 있을 게다."

"하긴."

"그리고…… 어디 간들 내 자리가 있겠니? 내 고향 고구려에서도, 잠시 의탁했던 신라에서조차 나는 간자인 것을."

어디에도 쉴 곳 없는 고단한 인생이란 그녀의 소리가 씁쓸하게 들렸다.

어느새 가벼운 바람이 불어와 가리의 젖은 앞 머리카락을 흔들었다. 간지러운 듯 찡그리는 그녀의 눈살에 내 손이 절로 가서 그녀의 머리카락을 쓸어 넘겼다. 그녀는 움찔하면서도 피하지는 않았다. 다시 떨어지는 머리카락을 쓸어다가 연신 귀 뒤로 넘겨주는데도 보기만 했다. 괜히 안아주고 싶어졌다. 그녀의 인생이 딱하고 안타까워서 견딜 수가 없었다. 동병상련, 동정, 연민, 단순한 인정? 이유야 어찌 되었든 선잠에 고의 앞자락을 적시는 따위 사내의 본능과는 무관하다는 사실만 알았다.

내 팔이 그녀의 가녀린 어깨를 감싸 안는데도 그녀는 피하지 않았다. 대신, 그녀의 뜨거운 입술이 내 귓가에 와 닿는 것이 느껴졌다. 일순 소름이 돋는 듯했는데 바로,

"쉿."

그녀가 먼저 감지하고 내가 뒤늦게 깨달은 것은, 다가오는 발소리였다.

"샅샅이 뒤져라! 근처 인가에서 나오는 계집을 보았다는 제보가 있었다!"

인가는 들어가지 말자 했지만 지독한 허기를 참지 못하고 잠깐 들렀던 것이 역시 사달이었다.

"여기 발자국이 있습니다!"

진자리를 밟고 지난 자취 또한 들통났다. 모여드는 발소리의 수가 점점 늘어났다. 두 사람이 숨어 있는 바위 주변을 신라군들이 몇 차례나 지나쳤다. 모두 검이나 창으로 무장한 상태였다. 발각되는 것은 시간문제였다. 군사 몇이면 모를까, 감당할 수 있는 숫자가 아니었다.

이대로 발각될 때까지 숨죽여 있어야 하나, 기회를 노려 도망칠 방도가 없을까, 하며 주저하고 있는데 그녀가 속삭였다.

"나 따라오면 죽는다."

갑자기 그녀가 나를 힘껏 떠밀면서 벌떡 일어섰다. 그녀의 손에는 내 허리에 채워져 있던 단검이 들려 있었다. 그녀는 말릴 사이도 없이 바위 밑으로 뛰어내렸다. 그녀의 동작이 고스란히 신라 군사들의 눈에 포착된 것은 말할 나위도 없었다.

"저기다! 계집이 달아난다!"

수십 명의 신라군이 가리를 쫓기 시작했다. 사슴발 가리는 정말 산을 누비는 사슴처럼 엽렵하게 바위를 넘고 돌부리를 피해 잘도 뛰는가 싶더니 금세 시야에서 사라졌다. 군사들도 일제히 그리로 몰려갔다.

무서운 것은 아니었다. 따라오면 죽는다, 하고 뛰쳐나간 가리의 거짓 엄포 때문도 아니었다. 경황이 없었을 뿐이다. 가리가 사라진 방향으로 쫓아 나서려다가 품 안에 든 쇠뇌의 비기가 떠올랐다. 목적은 이것이었으니 적의 시선을 따돌린 틈을 타 도망친다면 얼마든지 산을 넘을 수도 있을 것이다. 가리가 바라는 것이 분명 이것이었을 것이다. 그러나 가리를 두고 갈 수는 없었다. 그럴 양이면 이 험한 적지에 숨어들어 목숨 걸고 간자 짓을 하지는 않았다. 속이 타들어 갔다. 내가 간들, 구할 도리가 없다 할지라도 가야 했다.

'바보 같은 계집. 저가 뭐라고 사지로 뛰어드나? 겁도 없는 계집, 저가 뭐라고……!'

나는 신라군의 소리를 따라 내달리기 시작했다. 도중에 낙오한 신라군 하나가 있어 다짜고짜 몸을 날렸다. 순식간에 그의 목뼈를 부러뜨리고 검을 취했다. 검을 쥐니 기운이 더욱 북받쳤다. 가리가 잘못되기라도 한다면 신라군 열이고 백이고 이 손으로 죽이고 말겠다는 분이 치밀었다.

그 사이 다시 폭우가 쏟아지기 시작했다. 신라군들의 소리가 거센 빗소리에 묻혀 잘 들리지 않았다. 폭우로 물이 불어난 협곡 주변에 당도하니 눈 앞을 가리는 폭우와 천둥 같은 물소리에 귀가 먹먹할 지경이었다. 그러다 협곡 위를 올려다보는데 언뜻 절벽 위에서 하늘거리는 흰 자락이 보였다. 눈을 부릅뜨고 한참을 올려다보고 나서야 가리인 줄 알았다. 마치 춤이라도 추듯 단검을 휘두르던 가리는 압박해오는 수많은 신라군에게 밀려 점점 절벽 끝까지 내몰리는 형국이었다.

"가리!"

목이 터져라 불렀지만 솟구치고 틀어박히고 휩쓸리는 거친 물소리는 내 목소리쯤 일절 남기지 않은 채 모조리 집어삼켜 버렸다. 점점 염통이 미친 듯이 날뛰기 시작했다. 마음이 조급해서 협곡 바위를 몇 번이고 미끄러지면서도 오르기를 멈출 수가 없었다.

그런 내 시야에 굵은 빗줄기와 함께 흩날리는 하얀 자락이 들어왔다. 그것은 천천히, 아주 천천히, 억수 같은 빗속에서도 무게가 없는 나뭇잎이나 눈꽃처럼 가볍게 춤을 추면서 떨어졌다. 찰나였지만 겁먹은 눈이 나의 눈과 마주친 순간, 시간도 멈추고 내 숨도 멎었다. 그예 그 하얀 자락이 사나운 소용돌이 속으로 휘말려 사라지는 것을 확인하고서야 정신이 바짝 들었다.

"가리야!"

생각할 여지 따위 없었다. 무섭게 휘몰아치는 계곡물 속에 곤두박질치는 그녀를 확인한 순간, 몸이 먼저 반응하여 물로 뛰어들었다. 하지만 산으로 들로 수련 다닌 나로서도 거대한 지축을 뒤흔들고 대기를 유린하면서 세상을 지배하는 자연의 힘에는 속수무책이었다.

　눈을 뜰 수가 없었다. 숨을 쉴 수조차 없었다. 몇 차례 자맥질하다가 쓸려가는 그녀를 향해 온 힘을 다해 팔을 내저었지만, 좀체 다가갈 수도 없었다. 물살에 끌려다니는 나와 그녀의 길은 달랐다. 굽이치고 소용돌이치는 물살은 폭풍을 동반해 퍼붓는 폭우와도 비교되지 않을 만큼 사나웠다. 있는 기운을 죄다 쥐어짜 보았지만, 물살은 갈퀴가 되어 나를 찍어 누르고 짓밟았다. 그 와중에도 죽음을 목전에 두어서가 아닌, 그녀를 구하지 못할지도 모른다는 사실이 두려웠다.

　다행히 불뚝하니 솟아 있는 바위 사이에 그녀가 아슬아슬하게 걸려 있는 것을 발견할 수 있었다. 어느 속에 남았는지 모를 기운이 솟구쳐 그녀 곁으로 헤엄쳐 가기를 한참, 드디어 그녀를 물가로 끌어낼 수 있었다. 그러나 그녀의 몸은 차가웠고 기식을 느낄 수 없었다. 몇 번이고 입을 맞대고 숨을 불어넣으면서 나의 숨을 나눠주려고 했지만, 소용이 없었다. 나는 이리도 미친 듯 발광하는데 너는 어찌 뛰지 않느냐, 하며 염통을 힘껏 두들기기도 했지만, 여전히 반응하지 않았다.

　"안 돼! 눈을 떠! 일어나라고! 내게 빚을 갚겠다더니 겨우 이거냐! 살아서 갚으랬지, 누가 죽어 대신 하랬나? 제발 일어나라, 제발! 가리야!"

　얼마나 지났을까. 드디어 그녀가 물을 토해내며 숨을 터뜨렸다. 어찌나 반가운지 그녀를 힘껏 끌어안고 격한 감정을 울기 시작했다.

"아아, 살았어, 가리야! 살았어! 살았어! 가리야! 가리야!"

이제껏 부른 수의 몇 곱절을 그 이름에 매달렸다.

대신하게 해서 미안했고, 살아줘서 고마운 마음으로 벅찬 나머지 그 자리에 퍼져 엉엉 소리 내어 울었다. 하지만 내 소리는 내 귀에 들리지 않았다. 휘몰아치는 계곡이 폭우를 만나 천둥처럼 터져나가는 소리에 묻혀 나는 울지만, 물살이 더 크게 울부짖었다. 그래서 부끄러움도 없이 우는 것을 멈추지 않아도 되었다.

누군가 팔을 잡아끌 때가 되어서는 더 이상 기진하여 몸을 가눌 수조차 없었다. 눈만 가늘게 뜨고 그를 올려다보았을 뿐, 아무 저항도 하지 못했다.

**

어떤 불가항력적인 힘이 나를 가리에게서 떼어놓으려고 했다. 봉두난발한 내 머리채를 잡아끄는 검은 손들이 가리와 내 사이를 집요하게 떼어놓았다. 꾸역꾸역 몰려드는 짙은 어둠이 발아래 질척거렸다. 홍건한 피였다. 그 피가 가리를 덮치더니 그예 집어삼켜 버렸다. 이름을 불러보았지만, 혀가 잘린 벙어리처럼 소리가 되어 나오지 않았다. 미칠 노릇이었다. 온몸이 터져나갈 것처럼 분이 차올랐다. 그럴수록 내 몸은 핏빛 개흙과 뒤엉켰다.

이때 누군가가 내 이름을 끝도 없이 불렀다. 덕아, 덕아, 덕아. 나는 그 소리를 향해 고개를 돌렸다. 그리고 눈을 번쩍 떴다.

"덕아! 괜찮은 게냐?"

어비루였다. 그가 침상 곁에서 콧물을 훌쩍이다 말고 반색하며 달려들었다.

"여긴……!"

"너 찾아서 삼각산을 다 뒤졌다. 왜 협곡 아래에서 그러고 있었냐? 다들 물귀신인 줄 알았다."

잠시 어리둥절해 있었는데 그와 함께 사숙하는 세연당의 방이었기에 안도의 한숨이 흘러나왔다.

드디어 고구려에 왔는가?

자신이 심어놓은 고구려 간자의 연통을 받은 우경이 직접 예하 50인을 이끌고 국경을 넘었다고 했다. 쇠뇌의 비기를 훔쳐 오는 나를 지켜내기 위한 일이었다. 실신 직전 내가 본 마지막 사람도 우경이었다.

"신라군과 전투가 있었다. 비가 어찌나 내리던지 눈앞이 보이지 않을 지경이었는데도 스승님은 널 구하겠다고 가장 먼저 말에서 뛰어내려 검을 쥐셨다."

그제야 가슴 속에 품고 있던 비기가 떠올랐다. 옷은 바뀌어 있었고 그 안에 비기는 없었다. 흠뻑 젖었을 텐데 비기는 대체 어찌 되었단 말인가? 비기를 취하기 위해 떠난 길, 계곡물에라도 흘려버렸단 말인가? 그것을 잃었다면 가리의 목숨을 구명할 방도가 없었다. 연태조와 대신들 모두가 그리 반대했던 자객까지 끌고 국경을 넘었던 일에 대한 결과는 어찌 감당할 것인가. 죽음으로밖에 수습이 되지 않으리라. 낭패감이 밀려들었다.

"어비루, 혹시……"

"너도 참. 사흘을 기절해 있다가 눈 뜨자마자 찾는 게냐?"

"그야 당연히……"

"역시 덕이는 재주가 남다르다니까. 신라에까지 가서 계집을 낚아오다니……. 총각 딱지는 뗀 거지?"

"무슨 소리냐?"

"시침 떼기는. 실신하면서까지도 품에 안고 있던 그 여인 말이다."

물론 눈 뜨자마자 가장 먼저 알고 싶었던 것은 가리의 생사였다. 그러나 어비루가 약점이라도 잡은 양 제 가슴을 감싸 안고 느물거리는 꼴을 보고 있자니 주저할 수밖에 없었다.

"미친놈."

"미친놈이라도 좋고, 개차반이라도 좋으니 얘기 좀 해주련? 그런 미색은 어떻게 꼬드긴 거냐? 사내 구실도 모르는 숫난이인 줄 알았는데, 이제 보니 타고난 엽색꾼이지 뭐냐? 제천 행사 때도 여인들이 줄줄 따르더니 이제는 적국의 여자까지…… 비결이 뭐냐?"

어비루는 가리가 나와 함께 신라로 갔던 자객이라는 사실을 모르는 눈치였다. 그저 신라에서 이러구러 동행하게 된 계집이려니 하는 것 같았다. 더 듣고 있을 수가 없어서 자리를 박차고 일어났다. 이어 우경이 거하는 세연당으로 바삐 걸음을 옮겼다. 우경이라면 행방을 알 수 있으리라. 쇠뇌의 비기에 대해서도, 가리의 행방도.

우경은 탁자 앞에 앉아 여느 때처럼 잔잔한 모습으로 서책을 넘기고 있을 뿐 별 반응을 하지 않았다.

"스승님."

"일어난 게냐?"

그제야 우경이 고개를 들었다.

"스승님, 쇠뇌의 비기가……"

먼저 말을 꺼내 용서를 구하려는데 우경이 눈앞의 서책을 가리키며 말했다.

"물에 젖어 글씨를 통 알아볼 수가 없구나."

우경이 보고 있던 서책이 바로 쇠뇌의 비기임이 분명했다. 하지만 바싹 말렸음에도 먹물이 번져 전혀 내용을 알아볼 수 없는 지경이었다. 저도 모르게 터져 나오는 탄식을 꿀꺽 삼켜야 했다.

"송구하옵게도 신라군에 쫓겨 계곡으로 뛰어드는 통에 그만……."

그러나 의외로 우경은 담담했다.

"할 수 없지. 네 노고가 무색하게 된 것이 안타까울 따름이다."

"스승님."

"그래도 천만다행이다."

"예?"

"너의 판단이 옳았다. 자객이라 할지라도 혹형으로 다스리기보다는 이익을 따져 쓰임을 찾는 것이 낫겠지. 이렇듯 무용한 살생을 피할 수도, 일을 도모함에 있어 큰 성과를 얻을 수도 있었으니 말이다."

"……."

이해하지 못해 얼떨떨하고 있는데 우경이 뜻밖의 소리를 했다.

"녹족이라는 그 아이 말이다. 달시에게서 연통을 받았다. 노당의 당수를 꾀어 비기를 훔쳐낸 자가 바로 그 아이였던 게지?"

나는 얼른 말을 빚었다.

"그렇습니다. 소인은 곁에서 감시만 했을 뿐, 그 아이가 당수에게서 쇠뇌의 비기를 빼돌렸습니다. 하오나……"

"나도 그 아이를 만났다."

멈칫했다. 한 번 본 나를 기억하던 우경이 아닌가. 아비를 부르며 우르적시던 가여운 아이를 기억하지 못할 리 만무했다. 그럼에도 우경은 아는 척 대신 입가에 서근서근한 미소를 지어 보였다.

"그리고 폐하께서도 앞으로 그 아이의 쓰임을 보자 하셨다."

"쓰임이라니 무슨 말씀입니까?"

"우리도 천보노를 만들어야 하지 않겠느냐? 그 아이의 머릿속에 그 내용이 있다 하니 고구려에서는 그 아이가 곧 쇠뇌의 비기인 게다. 네가 그 아이에게 비기의 내용을 외우게 했던 일은 참으로 잘한 일이다."

"아아!"

"그런 연유로 폐하께서 그 아이에 대한 탕척을 명하셨다."

"탕척…… 탕척이라 하셨습니까?"

나는 잠시 말을 잇지 못했다. 가리가 비기의 내용을 죄다 외우고 있다는 사실도 그랬지만 그보다 놀라운 것은 탕척이었다. 탕척은 죄명이나 죄과를 깨끗하게 거둔다는 뜻이었으니 쇠뇌의 비기를 송기해 고구려로 돌아온 공로를 높이 사겠다는 것으로 매우 파격적인 결단이 아닐 수 없었다.

나는 그 자리에서 황성 방향을 향해 넙죽 절을 올렸다.

"태왕 폐하 만세. 황은이 망극하옵니다."

우경은 더 이상 묻지 않았다. 굳이 적국의 자객을 살려 일을 도모하려 했던 일, 그리고 그 자객이 살아났다는 사실에 감복한 나의 행동에 대해서도 그랬다.

전운

다음 해 초, 평강이 나를 양자로 들였다. 이어 원이 나에게 자위自位의 관등을 내렸다. 선인 바로 아래에 해당하는 관등으로 지방 소성을 통괄하는 지방관이나, 변방을 지키는 일개 대대의 지휘관 직을 맡을 수 있었다. 그러나 평강의 권유로 황성의 치안을 담당하고 있던 태대형太大兄 강이식姜以式 장군의 수하로 들어가 부관을 자청했다.

어머니는 미리 언질을 받았던 듯, 놀라는 대신 손수 준비한 관복을 내밀었다. 주름진 눈에 가득 맺힌 어머니의 눈물이 소리 없이 그녀의 야윈 볼을 타고 내렸다.

"네 아버지가 이런 너를 보았다면 얼마나 좋아하셨겠느냐? 지금도 우리 곁에서 너를 잘 키워주어서 고맙노라 웃고 계시겠지?"

강직하던 어머니였지만 근자 들어 부쩍 돌아가신 아버지를 자주 입에 올렸다. 국밥집도 헐값에 넘기고 집에 들어앉은 때도 이 시기였다. 더 이상의 욕심이 없는 듯 보이는 것이 왠지 불안했다. 아들 하나 보고 산 인생을 마무리하려는 것처럼 느껴져 걱정스러웠다.

가끔 가리를 만났다. 가리는 중성 내에 위치한 군사 무기를 조달하는 군수소에서 직책 없이 일했다. 아비가 야철장이었던 탓일까. 보고 자란 손재주가 뛰어나 찰촉을 잇고 창촉을 손쉽게 만들었다. 그러나 그녀의 쓰임은 따로 있었다. 비밀리에 쇠뇌의 기술을 가르치고 만드는 일이었다. 쇠뇌의 비기는 머리를 올리기로 했던 날 밤, 기유가 자랑삼아 펼쳐 보이며 설명하는 것을 단번에 송기한 것이라고 했다. 비상한 기억력을 가진 아이라는 사실을 처음 알았다.

"일은 어렵지 않나? 거친 사내들 틈에서 버티기 쉽지 않을 터인데……."

"어려울 게 무에 있나? 그보다 더한 짓도 해왔는걸. 오히려 마음은 편하다. 내 재주가 여기에 있음을 알았다. 아버지를 닮았나 보다."

"다행이다."

두물머리 언덕에 나란히 앉아, 만나고 굽이치는 물살을 내려다보는 가리의 낯에 심심한 미소가 떠올랐다. 이번에는 가리가 물었다.

"모시는 장군님은 어떠하냐? 소문으로는 기개가 호협하고 충직하지만 그만큼 외골수라 아랫사람들이 힘들어한다고 하던데……."

상관인 강이식에 관해 묻는데, 나에 대한 관심이라 여겨져 웃음이 났다.

"장수다운 분이다. 취중 호기로 떠든 소리조차 지키려 하다 보니 스스로를 다그치는 일이 많지만, 수하들을 의와 신으로 대할 줄 아는 사내 중의 사내다."

"사내들이란……"

"무슨 뜻이냐?"

"내 낯이 뵜지. 술 취해 잘난 척, 없는 것도 있는 척, 있는 것은 많은 척, 많은 것은 더 많은 척. 그렇게 호기 부리면 허땜쟁이가 되고, 억지로 지키려고 고지식쟁이가 되는 수도 있지."

"사내들이란 말이다. 지켜야 할 것들이 많은 법이다. 자신이 한 약조를 지키지 못하면 권속도, 수하도 지키지 못하는 법이다. 그래서 자신의 말을 지키려고 하는 것이고, 그렇게 자신을 강강하게 단속하는 사내가 진정 사내인 게다. 허땜쟁이와 비교해서는 안 된다."

"생각보다 말이 앞서는 사내들이 싫다는 소리다. 말은 아끼고 대신 행동으로 보여주는 것이 진정한 사내 아니겠니?"

가리의 단언에 나도 모르는 사이 속내를 슬쩍 드러내고 말았다.

"그런 사내를 좋아하나?"

"말하자면. 어깨 힘주고 사내인 척 해봐야 소용없다. 허세가 무슨 벼슬이냐? 오히려 다정다감하고 세심하면서 속내가 물처럼 빤히 들여다보이는 그런 사내가 좋을 때도 있다."

"계집이냐? 다정다감하고 물처럼 속을 다 보이고 다니게……. 속없는 놈을 좋아하는구나."

내 비웃음에 가리는 잠시도 주저하지 않고 대꾸했다.

"너."

그 눈이 내 눈을 빤히 들여다보고 있었다.

"뭐?"

"너 날 좋아하지? 어찌나 속이 빤한지 동경에 비춰도 그 속내가 다 비칠 정도다."

"뭐? 내가 왜 널……."

당황해 더듬거리는 나를 두고 가리가 벌떡 일어났다. 이어 들꽃이 가득한 벌판을 가로질러 달리기 시작했다. 어린아이도 아닌데 나도 쫓아 뛰었다. 잡아서 뭘 해 보겠다기보다 가리가 달리니 따라 달렸다. 가벼운 몸체가 잡힐 듯 잡히지 않자 그예 몸을 날려 가리를 덮쳤다. 꽃대에서 떨어져 나간 노랗고 하얀 꽃잎들이 사방으로 흩날렸다.

갑작스러운 상황에도 가리는 놀라지 않았다. 거친 숨과 함께 토해져 나오는 숨결에 내 머릿속이 오히려 까무러칠 듯 아득해졌다. 그녀는 거부하는 대신, 지그시 내 눈을 응시하다가 두 팔로 나의 목을 감싸 안았다. 가리의 입술에 내 입술이 가 닿았다. 향긋한 꽃내음, 싱그러운 풀내음, 축축한 흙내음이 뒤섞인 찔레향 때문에 옴짝달싹도 할 수 없었다. 그녀의 부드러운 입술이 나의 입술 위에서 살풋 벌어졌다. 사지에 힘이 풀리면서 저릿한 기운이 전신을 구석구석 치달았다. 이토록 감미롭고 황홀한 느낌은 난생처음이었다. 더는 아무런 생각도 들지 않았다. 어미의 배 속을 빠져나와 생을 산 지 스무 해. 이제껏 여인을 몰랐던 숫보기에게 수밀도처럼 물이 차오르기 시작한 그녀는, 품에 안는 것만으로도 벅찬 상대였다.

어느새 밤이슬이 어둠을 불러 마른 대기가 촉촉해질 때까지 오랫동안 서로의 입술에 매달려 천지 분간 못하는 바보처럼 뜨겁고 아찔한 순간을 나누었다.

※※

강이식이 원의 급한 부름을 받고 황궁으로 달려가 입시했다. 부관인 나도 그 자리에 참석했다. 태왕전에는 막리지 직임을 맡은 대대로 연자유, 신임 대모달에 오른 태대형 강이식, 조위두대형 안유, 발위사자 명중소 등 나라의 중요 요직을 차지하고 있는 고위 관등의 대신들과, 고건무, 대양, 평강을 비롯한 황족, 그리고 근위 군장 연태조, 말석에 우경과 나에 이르기까지 많은 장수와 원의 측신이 모두 모여 있었다.

놀라운 것은 태왕이 전례 없이 미리 나와 황좌를 지키고 있다는 점이었다. 그만큼 급박한 일이 터졌음을 직감할 수 있었다.

"읽어보라."

원이 말하자 연자유는 천천히 바닥에 내동댕이쳐진 황금색 비단 두루마리를 집어 들었다. 하지만 몇 마디 읽다 말고 고개를 떨어뜨리고 말았다.

"크게 읽어보라!"

원의 언성이 커졌다. 연자유는 벌벌 떨리는 손으로 다시금 비단 두루마리를 펼쳐 읽기 시작했다. 그 음성은 이전보다 격앙되고 심히 떨렸다.

고구려 왕은 보라. 왕이 신하가 되었으면 모름지기 짐과 덕을 같이 베풀어야 하거늘, 오히려 말갈을 괴롭히고 거란을 금고禁錮시켰다. 또한 여러 차례 짐의 나라에 조공하고 입조하라 명하였으나 듣지 않은 채 말갈과 거란에게 천자국 행세를 하니, 이는 왕이 과만하여 짐을 기만하는 행위가 아니고 무엇이겠는가? 요수가 넓다 하나 장강보다 넓은가? 고구려의 백성이 진陳보다 많은가? 그럼에도 추궁하지 않는 것은, 고구려가 비록 땅이 좁고 사람 또한 적지만 지금 왕을 쫓아낸다면 그대로 비워둘 수 없으니 결국 다시 관리를 뽑아 안무케 해야 하기 때문이다. 이에 왕이 마음을 닦고 행실을 고쳐 법을 따른다면 곧 짐의 어진 신하가 되는 것이니, 어찌 수고롭게 따로 사람을 보내겠는가? 이전의 잘못을 책망하려 한다면 장군 한 사람에게 명하면 될 일인 즉, 왕이 스스로 거듭나도록 타이르는 바이다.

수제 양견의 칙서였다. 양견이 입조를 명하였으나, 원이 이를 듣지 않고 주변국 위에 상국으로 군림하고 있으니, 신하의 예로 굽어들면 용서하겠거니와, 그렇지 않다면 진나라의 예처럼 원정군을 보내 짓밟아 버리겠다, 겁박하면서도 아랫사람 다루듯 어르기까지 하는 교자하기 짝이 없는 칙서였다.

그러나 아무도 이에 대해 품달하지 못했다. 칙서의 내용도 내용이었지만 양견에 대한 원의 집요하리만치 불편한 심기를 잘 알고 있었기 때문이다. 삼백여 년 동안 분열했던 중원을 통일하였다고는 하나 신생국이라 할 수 있는 수나라 따위에 신속하라고 종용받다니, 요동과 중원의 동북 일대를 호령하는 대국 고구려의 체면이 땅에 떨어진 셈이었다. 원은 그동안 양견의 국서가 올 때마다 찢어발기고 사신에게 푸대접해 보내곤 했다. 하지만 이번만은 그냥 넘어갈 수 없는 지경이라 여겼던 것이다.

참다못한 강이식이 분연히 자리를 차고 앞으로 나왔다. 거친 수염과 송충이 같은 짙은 눈썹이 분노한 콧바람에 푸들푸들 떨렸다.

"폐하! 신, 대모달 강이식. 영명하신 태왕 폐하께 감히 아뢰옵니다. 수 양견이 어찌 감히 대고구려 태왕 폐하께 신속을 명하고 원정하겠노라, 겁박하는지 그 방자함에 실소가 터져 나올 지경이옵니다. 이러한 오만무례한 구서는 붓으로 답할 것이 아니라 칼로 응해야 하옵니다. 대군을 일으켜 수의 발호를 짓밟고 엄중히 다스리시기를 청하옵니다."

이에 원은 아무러한 대꾸를 하지 않았다. 원의 의중을 갈피 잡느라 애쓰던 연자유가 어렵게 입을 뗐다.

"폐하! 신, 막리지 연자유 아뢰옵니다. 분기한 강이식 장군의 심정이 여느 신료들과 다르오리까? 하오나, 고구려가 대국으로 주변국들에게서 조공을 받고 있는 입장인 것처럼 수나라 또한 삼백여 년간 분열해 있던 중원을 통일한 강국이옵니다. 게다가 추정되는 군대의 수만도 기백만이 넘사온데, 이에 비해 우리 고구려는 백성들의 머릿수를 다 헤아려야 그 수에 비할 정도이옵니다. 이렇듯 군력 면에서 전혀 비교할 수 없사온데, 자칫 그들의 요구를 무시하고 원정길에 올랐다가 대군을 맞기라도 한다면 어찌하오리까? 공연히 숲을 헤쳐 맹수를 깨우는 것과 무엇이 다르겠사옵니까? 부디 분기를 내려놓고 다른 방도를 찾으시옵소서. 싸우자고 빌미를 찾는 듯하오니, 사신을 보내어 살살 달래심이……."

강이식과 몇몇을 제외한 중신들 대부분이 고개를 끄덕이며 연자유의 말에 수긍하는 몸짓을 보였다. 그도 그럴 것이 중원을 통일한 수나라가 주변국을 복속시키기 위한 정복 전쟁을 치르는 데에 있어 그 과정은 노도와 같고 무참했다. 항복하는 이들은 포용하고 너그러웠지만 항거하는 이들에게 결코 자비란 없었다. 그러하기에 수나라 대군을 맞은 적들이 오래 항거하지 못하고 항복하였던 것이다. 하지만 원의 생각은 달랐다. 전쟁은 가시적인 숫자보다 장수를 포함한 군병들의 실력과 노련함, 더해 자발적인 충심에서부터 시작된다고 줄곧 주장해왔다. 이는 기하급수로 덩치가 커가는 수나라를 염두에 둔 말이기도 했지만, 중신들의 이심을 막고 단속하기 위한 압박이기도 했다.

이러하니 원이 연자유의 말에 분기탱천하여 대갈한 것은 당연한 일이었다.

"싸움이 되지 않으니 다른 방도를 찾으라? 감히 짐에게 고하 구분도 못 하고 오만방자하기 짝이 없는 양견 따위가 하는 도발을 참고 견디라 하는가, 막리지? 그게 한 나라의 재상이 자신의 황제에게 간하는 말이냐 물었소?"

"송구하옵니다, 폐하. 그런 뜻이 아니옵고……."

"중원의 나라들이 수차례 발호하였지만, 대고구려는 그들에게 무릎을 꿇은 적이 없소! 광활한 북방을 포함하여 중원을 토벌하시었던 광개토태왕과 장수태왕 폐하의 점령지를 선대황제 때 지켜내지 못한 수모를 떠올리기만 해도 원통하고 억한데, 그자가 시키는 대로 하라? 신하가 되라? 짐이 그 무례한 자의 신하가 된다면 그대도 그자의 신하가 된다는 사실을 모르오? 아니면 그리되고 싶어서 안달이 난 게요?"

"아니옵니다, 폐하! 오해시옵니다, 폐하! 다만, 수나라와의 전쟁을 기다리고 있는 또 다른 적, 백제와 신라를 의식하지 않을 수 없기에…….”

"짐이 숙고 없이 국사인 혜자慧慈를 우마야도廐戶. 쇼토쿠 태자의 아명의 스승으로 보낸 줄 아오? 미개한 왜와 친교하여 무엇을 얻겠다고 종이와 묵을 주고 기술자를 보내면서까지 외교 했다고 생각하오? 모두 신라를 견제하기 위함이란 사실을 모르오? 게다가 왜가 아니더라도 백제는 신라와는 불구대천의 원수가 아니오! 신라의 손에 백제 왕성왕의 목이 떨어져 만인이 밟고 다니는 계단에 묻히는 치욕을 당했으니 정신이 온전하다면 절대 신라와 손을 잡고 우리를 침략하는 짓 따위는 하지 않을 것이란 말이오! 그러한데 무엇이 문제란 말이오? 당장 뒤가 두려워 목전의 적에게 고개를 숙이는 아둔한 짓을 해야 하는 이유가 뭐요? 대체 짐이 더 이상 어떤 수고를 해야 한단 말이오?"

원의 목청에 점점 더 힘이 가해졌다. 분이 치받쳐 스스로를 가누지 못할 지경이었다.

"아니면 신라를 두려워함이오? 왕의 여자가 신하와 사통하고, 색사에 미친 계집들이 젊은 인재들을 갈아타며 정치를 좌지우지하는, 법도도 없고 황음하고 추잡하기 짝이 없는 신라 왕실이 금수와 다른 게 무엇이오? 그런 무도한 신라가 또다시 짐의 강토에 흙발을 내딛는 일이 생긴다면 결단코 그 본토를 짓밟을 것이며 죽은 삼맥종진흥왕의 무덤을 파헤쳐 그 머리를 박살내고 뼈는 발라내어 변견에게 던져줄 것이오! 그 가솔들은 모두 젓갈을 담가 양견에게 보내고 말 것이오! 수나라 다음은 신라란 말이오! 알아듣겠소?"

전쟁 불가에 더해 갈아 마셔도 시원찮을 신라까지 입에 올렸다가 원의 대노를 산 연자유는 그 자리에 납작 엎드려 읍소했다.

"폐하! 죽을죄를 지었나이다! 소신이 늙어 망령되이 입을 놀렸나이다! 죽여 주시옵소서"

"황공하옵니다, 폐하!"

다른 신료들도 황망히 이마를 짓찧으며 용서를 구했다. 그러나 원의 분을 누그러뜨리기는 절대 쉽지 않았다. 태왕의 뜻을 거스른 연자유의 죄는 가볍지 않을 것이었다. 나 또한 연자유의 간언을 부당하게 여겼다. 수나라가 세상을 다 얻었다 한들, 감히 나의 주인인 대고구려 태왕의 체면을 땅에 메다꽂는 언사를 하다니. 분이 차올라 지엄한 자리임에도 입이 들썩일 지경이었다.

이때, 연태조가 부복하여 말했다.

"폐하. 소신, 근위 군장 연태조 감히 아뢰겠나이다. 중원의 무뢰배 양견이 대고구려 태왕 폐하께 입조 운운하다니 이는 결코 용서해서는 아니 될 일이옵니다. 오만방자한 오랑캐 따위가 감히 폐하를 상대로 서열을 가르려 하다니 이는 아직 대고구려의 위상을 깨닫지 못하고 중원을 통일했다는 방자함이 과만한 나머지 행한 도발이 분명하옵니다. 하오나 이를 두고 다른 방도를 찾자 말한 막리지의 주장이 결코 그르다고만은 볼 수 없나이다."

"뭐라?"

전운

"적의 뜻에 따르자는 것이 아닌, 시의적절한 대처로 국난의 빌미를 주지 말자는 충의에서 아뢰었을 것이 분명하기 때문이옵니다. 하오니 노여움을 푸시옵소서. 대신 소신이 사병을 이끌고 국경으로 나아가 막리지와 연씨 가문의 충량함을 확인시켜 드리겠나이다. 침략의 명분을 찾는 양견의 행사에 앞서 대고구려 태왕 폐하의 존엄이 무엇인지 보여주고 오겠나이다."

연태조는 원의 노여움을 산 아비를 지키기 위하여 스스로 원정을 자청하였다. 그제야 펄펄 뛰던 원이 자리에 눌러앉으며 물었다.

"짐의 존엄을 보여주고 오겠다?"

"요서의 영주營州를 치겠나이다."

"영주를?"

"영주는 요하 서쪽, 우리의 국경 경비 기지인 라邏와 마주하고 있는 요서 지역의 주요 거점이옵니다. 그들이 우리를 침공한다면 반드시 전진기지로써 또는 보급 기지로써 이용될 곳이 분명하옵니다. 그러한즉, 이를 먼저 공격하여 모든 시설을 분쇄한다면 당분간 수의 대군이 침략한다 하여도 보급 조달의 어려움으로 인해 운신의 폭이 좁아질 것이옵니다. 하오니 소신을 보내주시옵소서. 영주를 모조리 초토로 만들어 놓고 오겠나이다. 물론 외교적인 일로 비화한다 하여도 이는 연씨 가문의 사사로운 행사가 될 터이니 대고구려 황실과는 무관한 것이옵니다."

원은 잠시 생각에 잠기는 듯했지만 오래 걸리지 않았다. 그가 다시 황좌에서 일어났을 때에는 만면에 화기가 가득했다.

"어찌 이런 국가 간 중차대한 분쟁에 가문을 지고 가려는가? 이는 짐의 뜻이기도 하니 짐이 선봉에 서겠다! 근위 군장 연태조! 당장 중앙군 5천을 준비하라! 국경의 이족들을 동원하여 함께 요서를 치겠다!"

"폐하! 어찌 장수가 이처럼 많은데 소용치 아니하고 친히 출정하려 하시옵니까? 소신에게 맡겨주시옵소서!"

"폐하! 소신을 보내주시옵소서!"

연태조가 그리 나오니 전쟁을 반대하던 장수들도 원치 않는 전투에 나서겠다며 너도나도 청할 수밖에 없었다. 원은 이미 연자유의 반대를 예상하였다. 그리고 이를 무섭게 몰아세워 그의 아들인 연태조로 하여금 적극적인 주전론을 펼치도록 유도하고 더 나아가 중신들의 동의까지 얻어내려는 작전이었던 것이다.

결국 원은 계획대로 국경의 말갈족을 포함한 고구려군 1만의 군사를 이끌고 직접 요하를 건넜다. 순식간에 일어난 일인지라 영주 일대의 모든 시설물이 파괴되었음에도 양견은 속수무책 당하고만 있어야 했다. 성벽, 요새, 창고 할 것 없이 그야말로 쑥대밭이 되었다.

다만 영주 총관 위충韋沖은 영리하고 기지가 뛰어난 자였다. 앞뒤 가리지 않고 공격을 퍼붓는 원을 유인하여 복병 2천으로 고구려군을 일망타진하려 했다. 이때, 원을 보좌한 것은 역시나 연태조였다. 복병을 염려하여 원을 말렸으나 듣지 않자, 그를 보호하기 위해 200명의 결사대를 결성해 끝까지 수호하였다. 결국 원은 수의 군사 기지로서의 주요 거점들을 모두 파괴한 뒤, 유유히 요하를 건너 장안성으로 돌아올 수 있었다.

 문제는 그다음이었다. 그렇지 않아도 기회를 엿보고 있던 양견이 이 일을 무심히 넘어갈 리 만무했다. 이 사건이 도화선이 되어 다음 해, 양견의 30만 대군이 고구려를 침공했다. 때는 영양왕 9년[598년]. 그렇게 고구려와 수나라의 첫 번째 전쟁이 요하를 중심으로 한 북방 일대를 전란의 소용돌이 속에 휩쓸고 말았다. 대륙의 동북 패권을 노린 양견의 과욕이 부른 필연적인 전쟁을 선제공격으로 대비한 원의 불굴의 의지이기도 했다.

출정

　수나라 개황^{開皇} 18년 2월, 양견에 의해 30만 대군의 동원령이 내려졌다. 수나라 행군 원수로 한왕^{漢王} 양량^{楊諒}과 의양공 왕세적^{王世績}이 임명되었고, 상서좌복야 고경^{高熲}이 한왕장사^{漢王長史}가 되어 대군을 지휘하였다.

　양량은 양견의 다섯 번째 아들이었다. 나이 스물넷이었고, 여색을 밝혀 양견의 황후인 독고가라^{獨孤伽羅}의 눈 밖에 난 태자 양용^{楊勇}의 자리를 탐했다. 고구려와의 전투에 자진 출정한 것 또한 공을 세워 양견과 독고가라의 눈에 들기 위함이었다. 물론 진의 장수 기진을 기구에서 격파함으로써 진나라 정벌에 큰 공을 세운 바 있는 왕세적이 총사령관직을 겸한 것만 보아도 이러한 양량을 보좌하라는 양견의 기대가 컸다고 볼 수 있었다.

　드디어 6월, 수나라 30만 대군이 탁군을 출발하였다는 소식이 전해졌다. 이를 맞기 위한 고구려군 병력도 요하로 이동하기 시작했다.

요하는 고구려와 수나라의 국경을 동서로 나누는 강이었다. 고구려의 국경 경비 기지인 여러 개의 '라'가 요서에 있었지만, 지형적으로 수나라 영토와 맞닿아 있어 방어보다는 경비와 정찰하는 역할을 주로 하였다. 결국 요하가 최전선인 셈이었다.

원의 명에 의해 요동성을 위시하여 남으로는 안시성, 구형산성, 오고성, 비사성, 북으로는 백암성, 신성, 용담산성 등 20여 개의 성 중 10개의 성에 신속히 노대가 설치되었다. 대형 쇠뇌인 포노를 설치할 자리였다.

그렇게 중원을 통일한 수나라 대제국과 동북방 일대를 호령하고 있는 대고구려의 한 치 양보 없는 대전의 서막이 시작되었다.

원은 주전론을 주장했던 강이식을 전군 총사령관으로 임명해 전권을 맡겼다. 부관인 나에게도 소집 명령이 떨어졌다. 다행인 것은 고구려와 대치할 요서 지역의 거점인 영주가 이미 원의 1만 대군에 의해 초토화되어 그 기능을 상실했다는 사실이었다. 원이 연태조의 의견을 받아들여 영주를 기습한 것은 탁월한 선견지명이었던 셈이다.

나는 소집 명령이 떨어지자마자 어머니부터 찾았다. 어머니는 무장하고 나타난 나를 보고도 전혀 당황하지 않고 소고기죽을 끓여 내주며 말했다.

"공을 세우고 오너라. 어미는 너를 기다리며 밤낮없이 치성을 드릴 것이다. 다치지 말라, 아프지 말라, 이기고 돌아오라, 내 천신께 그리 기도할 것이야."

소고기 국물에 푹 끓인 어머니의 죽은 구수하고 담박했다. 어머니는 죽을 먹는 내내 단 한 시도 내게서 눈을 떼지 않았다. 자식을 전장에 내보내는 어미의 애애한 심정이 고스란히 전해져서 명치가 뭉클했다. 어머니는 무릎 꿇고 절을 올리는 아들의 온몸을 아기처럼 보듬었다.

전쟁이라는 것이 무엇인가? 정치적 명분으로 시작은 하지만, 이기든 지든 그 피해는 고스란히 백성들이 짊어져야 할 몫이다. 땅을 갈아먹고, 물고기를 잡아 팔고, 남의 집 머슴살이로 먹고살던 순박한 백성들도 가사를 등지고 강제로 징집되어 야차처럼 적을 향해 칼을 휘둘러야 한다. 칼과 창이 인명을 난자하고 천지를 피로 물들이는 살육 또한 정당한 행위가 되어, 승리를 자축하고 북을 울리고 노래를 부르게 되는 것이다. 패자의 백성들은 노인이고 아이고 도륙되고, 여인들은 겁측당한 뒤 끌려다니거나 이 역시 도륙된다. 죽은 자는 자국의 영웅이 되지만, 애비 잃고 자식 잃은 가족들은 그 슬픔을 누구 탓도 하지 못한 채 가슴 깊숙이 묻고 살아야 한다. 어미도 이를 알지만, 사신의 그림자를 업고 가는 아들을 배웅할 수밖에 없는 것이다.

'어머니……'

그렇게 나는 어머니에게 등을 보이고 나왔다.

이어 집결지로 향하는 길에 가리를 만날 생각이었다. 장에서 산 은가락지를 떠올리며 무슨 말을 해야 할까 고민했다. 기다리라, 기다려 달라……. 무작정 그리 말한다면 가리는 무어라 대꾸할까? 어머니를 떠나면서 무거웠던 마음이 다시 들먹거렸다. 처음 치르는 전쟁에 대한 불안함과는 다른 설렘이었다.

말을 타고 중성 문을 들어서는데 한 무리의 인마가 기다리고 있었다. 백마를 탄 평강과 그녀를 보필하는 다섯 명의 시위들, 그리고 한 대의 가마였다.

나는 얼른 말을 내렸다.

"어찌 나오셨나이까? 인사 여쭈러 가는 길이었나이다."

평강도 말에서 내려 나를 품에 안았다. 나의 두 손을 꼭 잡고 쓰다듬으며 친자처럼 대했다.

"생모를 보고 오는 길이냐?"

"앞서 뵈옵지 못한 점 송구하옵니다."

"마땅한 일이다. 네 어찌 내게 사죄하느냐? 이리 나온 것은 네가는 길을 배웅하기 위함이다. 반생 동안 전장을 누비셨던 장군의 고충을 알기에 매번 출정 전에는 내가 이리 뒤를 따랐느니라."

"전하……. 아니, 어머님."

"몹시 수고로울 것이다. 먹는 것, 입는 것, 자는 것, 그 어떤 것도 평시와는 다를 것이다. 싸우다 보면 적들에게 포위되어 단신서 있게 될 수도 있고, 수하가 죽어가는 것을 목도했음에도 그 시신을 수습하지 못한 채 자리를 피해야 할 때도 있을 것이다.

그 모든 회한에 전전반측하는 밤이 북풍한설보다 더 매서울 것이다. 하지만 어찌하랴? 장수가 나가 싸워야 나라와 주군을 지킬 수 있는 것을. 내 처자식, 가족을 지켜내기 위해 전장에 나가는 것이 고구려 사내들의 운명인 것을."

"알고 있나이다. 걱정하지 마시옵소서."

"배를 앓아 낳지는 않았으나 나 또한 네 어미니라. 걱정하지 말라면, 아니 하겠느냐? 그 어떤 어미라고 자식을 전장에 내보냄에 있어 아프지 않겠냐마는, 그것이 또한 어미의 도리이기에 나는 너를 장한 마음으로 내보낼 것이다."

"무탈하게 다녀오겠나이다."

평강은 나를 그윽한 눈으로 바라보았다. 어쩌면 아들이 아닌, 온달을 대신하여 보는 듯한 눈빛이었다.

이때 한 여인이 가마에서 내려 곁으로 다가왔다.

"마마, 아들을 어찌 그리 애틋하게 보시는 겝니까?"

새까맣고 긴 머리에 작약 모양 금꽃이를 하고 금박을 입힌 연분홍 화려한 비단 유와 상을 입은 이는 다름 아닌, 이화 공주였다. 이화는 두 볼을 복숭아처럼 붉힌 채 살포시 눈웃음을 짓고 있었다. 가까이 보니 동글동글한 얼굴과 오밀조밀한 이목구비가 참으로 귀상이다 싶은 생김이었다.

내가 모르는 줄 알고 평강이 이화를 소개했다.

"대고구려 태왕 폐하의 금지옥엽 이화 공주마마시다. 내 너를 보러 간다 하니 출정하는 사촌에게 위무라도 하고 싶다 하여 함께 왔느니라."

양자라고는 하나, 태왕의 여제인 평강의 아들이 되었으니 이화와는 촌수가 사촌임은 맞았다. 하지만 여전히 공주와 나는 태생과 신분이 달라 이화가 나를 사촌으로 위무하러 왔다는 사실에 당황하지 않을 수 없었다.

"전하를 뵈옵니다. 지난 제천 행사 때 응원해주시는 것을 뵈었나이다."

"나를 보았다고요?"

이화는 입가에 잡히는 미소를 어쩌지 못해 손끝으로 막고 섰다가 노래하듯 속삭였다.

"혹여나 모자간 귀한 이별 시간을 빼앗을까 염려했는데 오기를 잘했다는 생각이 듭니다."

이화는 빈 말 위에 오르더니 나와 평강 곁에 말머리를 나란히 한 채 조용히 따랐다. 내가 평강의 물음에 답할 때마다 가끔 곁눈질로 훔쳐보기도 했다. 눈이 마주치면 눈꼬리가 발그레하니 눈 둘 곳을 찾지 못해 헤매는 듯도 했다. 이유는 알 수 없었지만, 순전히 사촌을 대하는 것처럼은 보이지 않았다.

집결지인 정해문 앞까지 향하는 동안, 평강은 많은 조언을 해주었다. 전장에 나가서는 흔들리는 나뭇잎도 허투루 보지 마라, 작은 승리에 도취하여 만취되지 마라, 우물 속 맑은 물이라도 함부로 마시지 마라 등 소소한 것까지 세세히 경계할 것들을 일러주었다. 반생을 전장에서 보냈던 온달의 삶을 누구보다 잘 아는 평강의 조언에서 따뜻한 배려와 걱정이 느껴졌다.

정해문 앞에는 이미 수천의 군사들이 집결해 있었다. 찰갑마와 찰갑으로 중무장한 500여 명의 개마무사들이 8척이 넘는 긴 창을 든 채 선두에 도열해 있는 것이 가장 먼저 눈에 들어왔다. 황성 일대를 지키던 중앙군들 또한 각각의 장수 지휘하에 모였다. 검은 말을 탄 우경이 자신의 예하 300명을 이끌고 오는 것도 보였다. 그 외에도 태왕의 부름을 받은 많은 군사가 속속 자리를 채웠다. 나머지 군사들은 각 지역의 집결지를 거칠 때마다 합류하기로 되어 있었다.

"아들아, 무훈을 빈다."

나는 평강에게 어머니에 대한 예로 큰절을 올렸다. 이어 이화를 향해 돌아서는데 어느새 다가온 그녀가 내 손을 꼭 움켜잡는 것이 아닌가. 말간 눈물이 가득한 눈으로 그녀는 말했다.

"참으로 늠름하신 분, 강건한 모습으로 돌아오시오. 기다리겠소."

"염려 마시옵소서, 전하."

이화는 더 이상 말을 잇지 못한 채 가마 위에 얼른 올랐다. 무심결에 내 손에 쥐어진 것을 확인했더니 잠두에 삼족오가 아로새겨진 금비녀였다. 잠시 이것이 무엇을 의미하는지 아연했다. 평강을 돌아보았지만, 그저 서그럽게 웃기만 했다.

잠시 후, 큰북이 둥둥 울렸다. 출병식을 알리는 신호였다. 나는 얼른 말을 타고 선두로 향했다. 번쩍거리는 은빛 찰갑으로 온몸을 감싼 강이식이 정해문을 등진 채 미동도 없이 군사들을 노리고 서 있었다. 그 앞에 마주 서니 이제야말로 출병이구나 싶어 기합이 바짝 들었다. 원의 등장을 기다리는 동안, 군사들은 저마다 자신의 자리를 찾아 줄을 채웠다. 모두가 몹시 긴장하고 흥분된 낯이었다.

군사들 주변으로 많은 백성이 에워싸고 있었다. 군사 누구의 노모와 어린 자식들일 것이고, 젊은 처, 가족이 될 것이다. 신분 고하를 막론하고 평강도, 이화도 입장은 같으리라. 저들 모두를 지키기 위해 싸워야 한다는 사명감으로 불끈거렸다. 그리고 그 많은 이들 중에 언뜻 가리가 보였다. 가리의 먼 시선은 틀림없이 나를 향해 있었다. 이별 인사를 못 한 것이 아쉬워 말머리를 돌리려는 찰나, 다시금 북소리가 울려 걸음을 세워야 했다.

드디어 원이 등장했다. 그는 중신들의 만류로 당장 출전은 하지 않는 대신, 갑옷에 황금을 입힌 명광개를 입고 등장했다. 대고구려 태왕답게 전쟁이 끝나는 순간까지 갑옷을 벗지 않겠다는 의지를 드러내는 모습에 모든 백성이 열광했다.

"태왕 폐하 만세!"

"대고구려! 만세!"

드디어 이 나라 대고구려를 위해 목숨을 건 나의 첫 번째 출정이었다.

중상

요동성에 당도하자마자 장수들이 소집되었다. 총 6만의 군사 중 5만이 남고 나머지 군사들은 백암성, 안시성 등에 나누어 배치된 직후였다.

서슬 퍼런 강이식이 요동성 성곽 위에서 뒤늦은 장수들을 맞았다. 요하를 내려다보고 서 있는 강이식의 모습에 비장함이 묻어나니 장수들 또한 긴장하지 않을 수 없었다.

"들었는가? 6월에 출정식을 하고 탁군을 출발한 수나라 정병이 드디어 임유관臨渝關에 집결하였다는 소식에 이어 주라후周羅睺가 이끄는 6,000명의 수나라 수군이 동래를 출발하여 장안성 쪽으로 향하고 있다는 소식이다."

"주라후라면 혹, 수나라 양준楊俊의 장강 도하를 1개월이나 막아내었다는 진나라의 맹장 아니오?"

장군 아유가 유난히 무겁고 커 보이는 투구 아래 왕방울만한 눈알을 굴리며 되물었다. 함주의 태수로 있던 선대에 진흥왕에게 패배하면서 영토를 빼앗긴 죄로 파직된 안강의 장남이었다. 이후 함주의 탈환으로 복직되었는데 무공이 뛰어난 장수였다.

장군 명중소가 말을 받았다. 장수로서의 무맹함보다는 유려한 달변가로, 이탈한 말갈 유민들을 다시 포섭하는 등 북방 이민족과의 관계에 공이 큰 자였다.

"지금은 수나라에 투항한 수군총관水軍總管이오. 그것도 백여 척의 병선과 오아전선 두 척까지 끌고 말이오."

"무어라? 오아전선이라 하였소?"

수나라 수군의 참전에 과거 진나라 장수가 수군총관으로 임명되었다는 사실도 그랬거니와, 특히 오아전선이라는 소리에 장수들은 술렁였다. 첩보된 내용만으로도 실로 상상하기 어려울 만큼 굉장한 병기였던 탓이다.

장강삼협 칠백 리 수로의 험난한 암초와 급류를 뚫고, 받는 족족 적선과 적병들을 수장시킨 바 있는 오아전선. 높이가 10장, 너비 40장에 5층 누각을 쌓아 올린 초대형 병선 오아전선 한 척이 수용할 수 있는 병사의 수는 약 800여 명이었다. 각 층에 원거리 사격의 노기를 설치하여 적의 병선을 멀리까지 내려다보며 공격하기 유리하게 설계되었다고 알려졌다. 오아전선 한 척으로 수십 척의 적선을 상대로 싸울 수 있는 공격력을 갖추고 있는 셈이었다. 또한 포석기, 파성추, 운제 등 온갖 전투 장비들이 실려 있어 언제든 적지에 상륙하여 공성전마저 가능하였다. 굳이 말하자면 물 위에 떠 있는 움직이는 요새라 할 수 있었다.

안유가 성질을 누르지 못한 채 발끈했다.

"오아전선까지 끌고 왔다는 게 대체 무엇을 의미하겠소? 우리가 요하를 향해 진군하는 수나라 육군을 막고 있는 사이, 장안성을 함락하겠다는 소리 아니겠소? 이를 먼저 막지 못한다면 태왕 폐하의 안전과 고구려의 국운마저 장담하지 못하게 될 것이오."

키가 작고 장수들 중 가장 연로한 장군 계노치가 말했다. 신라와의 수차례 전투에 참여한 바 있는 백전노장이었다.

"수나라 수군은 고작 6천. 고구려 수군이 그깟 6천을 상대하지 못할 것 같소? 그들은 우리 수군으로도 충분히 막아낼 수 있소. 게다가 주라후라니, 진나라를 배신한 자 아니오! 아무리 진왕 진숙보陳叔寶가 후궁 장려화張麗華에 미쳐 사치와 향락을 일삼고, 대신해 싸우겠다고 나선 충신 소마가蘇摩訶의 첩까지 취하는 등 황음무도한 짓을 저지른 우패한 왕이라 할지라도 자신의 주군. 주군의 전횡을 간하지 않던 자가 항복하라는 서한에는 냉큼 알아듣고 적국으로 나라를 갈아타지 않았소. 더욱이 다름 아닌 자신의 나라를 무너뜨리는 데 중추적 역할을 했던 오아전선의 선두에서 수나라의 주구走狗가 되어 나타났단 말이오. 그런 무의무신한 장수가 어찌 병사들의 존경을 받을 수 있을 것이며, 그런 오합지졸 군대가 어찌 전투에서 승리할 수 있겠소?"

"계노치 장군, 주라후는 왼쪽 눈에 유시를 맞고도 북제군을 상대로 대승을 올렸던 맹장이오. 또한 섬기던 주군이 우패한 자라서가 아닌, 그 우패한 자가 나라를 버리고 항복 선언을 하였기에 이심한 것임을 세상이 다 아는데 이를 누가 문제 삼을 수 있다는 말이오! 게다가 오아전선에 대해 알기는 한 것이오?"

"오아전선 따위 난 모르오. 내 보기에는 안유 장군께서 우리 고구려 수군을 지나치게 과소평가하는 것 같아 드리는 말씀이외다."

"무어라?"

논쟁이 격해지자 답답해진 강이식이 대갈했다.

"그만! 적을 코앞에 두고 아군끼리 싸울 것인가!"

그제야 주변이 조용해졌다. 아무도 바로 의견을 내지 못할 정도로 강이식의 태도는 엄엄했다.

보다 못한 내가 말석에서 입을 뗀 것은 그때였다.

"자위 을문덕, 존경하옵는 장군들께 감히 한 말씀 올리겠소."

예전이라면 감히 면을 세워 말조차 섞을 수 없을 만큼 관등으로나 직책으로나 높디높은 귀족 장수들뿐이었기에, 조심스럽고도 부담스러운 입장이었다. 그럼에도 주저하지 않고 논의에 끼어들 수 있었던 것은 항시 고하 없는 의견 수렴으로 최상의 결과를 내고자 했던 강이식의 회의 방식을 보아 왔기 때문이다.

"을문덕은 말하라."

역시 강이식은 격 없이 나의 의견을 이끌었다. 물론 장수들은 말석에서 의견을 낸 자가 있다는 사실만으로도 어리둥절한 표정으로 돌아보았다.

"장안성이 함락된다면 요동성에서 적을 막아낸들 아무 소용이 없지요. 그렇다고 오아전선까지 출진한 수나라 수군을 만만히 볼 수도 없는 일. 그들의 수륙 양면 공격을 동시에 막아내기 위해 요동성의 병력을 쪼개 다시 황성으로 보내는 것이 부담되어 근심하시는 것 아니오이까?"

"그렇네. 현재 요동성과 나머지 주요 성에 동원된 고구려군의 병력은 기존 주둔군을 다 합쳐봐야 고작해야 7만. 게다가 남으로는 신라와 백제가 호시탐탐 노리고 있고, 우리와 친교를 맺고 있다고는 하나 언제든 적이 되어 달려들 수 있는 돌궐과 말갈, 거란 등 이민족들을 방비해야 하는 입장에서 더 이상의 차출은 쉽지 않은 상황일세. 여기에 오아전선까지 출진하였다면 더더욱 말이지."

"그 문제라면 크게 걱정하실 필요 없다 사료되오."

"어찌 그러한가?"

"수나라 수군의 목표가 장안성이 아닐 공산이 크다는 말씀이외다."

"뭐라? 목표가 장안성이 아니라고?"

모두가 놀란 것은 말할 나위도 없었다. 나는 그동안 수년간 치러진 전쟁 동안 수나라 병력의 움직임을 비롯해 진 정벌 당시에 대한 척후 기록 등을 숙지해왔다. 그리고 나름의 계산을 해본 결과였다. 그럼에도 고위급 장수들에게는 일개 하급 장수가 떠드는 허황하고 무지한 말로만 들리고 있음이 분명했다.

"무슨 되도 않을 소리! 장안성이 목표가 아니라니?"

"수가 진을 정벌할 당시 동원된 병력은 50만. 특히 장강을 건너기 위해 준비한 크고 작은 병선만도 수만 척이었소. 게다가 당시 출진한 오아전선은 그들이 보유한 다섯 척 전부였소. 그런데 지금의 수나라 수군의 전력은 어떻소? 고구려 병력의 크기가 진에 비할 바는 아니나, 그들이 우리의 장안성을 치겠다고 보낸 수군의 전력이 지나치게 변변치 않다는 말씀을 드리는 것이오."

이번에는 장수들 사이에서 비웃는 소리가 이어졌다.

"허허. 변변치 않다?"

"감히 수나라가 우리를 우습게 보고 있다는 겐가? 아니면 본인이 수나라의 전력을 우습게 보는 겐가? 30만이 장난인가? 참으로 가소롭군."

"그러게 말이오. 수가 진을 치기 위해서는 장강을 건너야 했기에 전력을 배로 실어 날랐던 것인데 어찌 그때와 군선의 수효를 비교한단 말인가?"

다행히 강이식은 침착하게 되물었다.

"장안성이 목표가 아니라면 그들의 목표는 무엇이며 그 이유는 무엇이겠는가?"

"수나라 수군은 바로 보급병들이라 생각되오!"

잠시 좌중에 정적이 흘렀다. 강이식의 눈에도 어리둥절한 빛이 서렸다. 이어 사방에서 폭소가 터져 나왔다.

"보급병? 양견이 미치기라도 했단 말인가? 아니면 저자가 미친 겐가?"

"오아전선을 유람선으로 쓰면 썼지, 어찌 보급선으로 쓴단 말인가?"

"대장군! 저자가 군략이 뭔지나 아오? 전쟁이 뭔지 아느냐 말이오? 대가리에 피도 안 마른 새파란 놈이 지껄이는 시정잡배보다 못한 소리를 듣고 있어야 하오?"

고족대가나 장수들의 떠세나 교만함, 계심은 이미 각오한 바였다. 그런데 지나쳤다. 그들은 도무지 들으려고도 하지 않았다. 이유를 듣기도 전에 나의 입을 틀어막고 위세로 까뭉개고 있었다.

그예 들어서는 안 될 소리마저 듣고 말았다.

"신분 상승을 노려 대공주마마의 양자가 된 맹랑한 자라더니 참으로 괘란쩍구나. 여기가 어떤 자리라고……!"

돌아보니 얄팍한 눈매에 수염이 듬성한 젊은 장수 하나가 마뜩찮은 표정으로 앉아 있었다. 태대사자 고승^{高勝}이었다. 황족이었으나, 황통과는 무관하였기에 장수로서 공이라도 세워보고자 자발적으로 참전한 것이라 알고 있었다.

그런 그가 무도하게도 나를 중상했다. 전혀 무근하여 괘씸하였다. 억한 것은, 다들 그리 생각하는 듯 갑자기 주변이 동요한다는 사실이었다. 이제는 비웃고 비꼬는 소리가 노골적으로 나를 적시했다.

"저 자였는가?"

"역시 인물이 번번하구만."

"대공주께서 온달 대장군을 대신할 사내가 필요했던 모양이지."

"흥. 폐하의 책사를 자처하더니만, 이제는 미실 흉내까지 내시려나?"

관등도 없던 비천한 내가 일약 평강의 양자가 되고 자위의 관등을 받게 된 것은 매우 이례적인 일임이 분명했다. 전례로 온달이 있었지만, 그 또한 평강의 사람이었으니 그녀의 실심이 의심받는 것 또한 이해할 수 있었다. 그래서 더더욱 평강이나 나에게 관등을 내린 태왕에게 누가 될 것이 두려워 감히 변무하려 하지 않았다. 그런데 온달 대장군의 이름을 욕되이 하고 감히 천한 미실 따위와 평강을 비교하다니 이는 도저히 묵과할 수 없는 모욕이었다.

미실이 누구인가? 신라에서 진골정통 외 유일한 왕후 자리 혈통이라고는 하나, 정확히 말하면 색사의 재주를 이용하여 왕후 자리를 차지하는 대원신통 출신이 아닌가. 세종 전군과 혼인하는 한편, 화랑 사다함과 정을 통하였고, 그 외에도 진흥왕을 비롯한 여러 왕과 사통함에 그들의 왕좌마저 쥐락펴락하던 왕 위의 여자. 그래서 더욱 음탕하고 무도한 여인이 아니던가. 그런 연유로 원조차 신라 왕실의 계보를 경멸하였거늘, 그런 여인과 평강을 빗대어 말했으니 고구려 황실을 업신여기는 꼴이 아니고 무엇이겠는가. 도저히 인내를 다해 참을 수 없는 지경이 되었다. 울화가 치미니 나의 과거 신분을 잊고, 감히 어려운 자리에 배석했음 또한 잊고 말았다.

"이 무슨……!"

하려는데, 우경이 자리를 박차고 일어섰다.

"선인 우경, 감히 존경하옵는 장군들께 한 말씀 올리겠소."

"우경 선인은 말하시오."

"잘 알고 계시다시피 소장은 태왕 폐하께 을문덕을 천거한 사람으로서 그의 스승이기도 하외다. 영리하고 문무를 두루 겸비해 나라의 위명을 떨칠만한 충분한 인재로 보았으나 그 재능을 발휘할 만한 자리에 있지 않은 것을 안타깝게 여겼소. 이에 주청하니 폐하께서 친히 관등을 제수하고 직임까지 내리신 것이오. 그런데 지금 장군들은 참으로 당치 않은 짓을 하고 계시지 않소. 이 자리가 어떤 자리요? 나라의 국운을 건 전쟁을 논의하는 이 중차대한 자리에서 장수의 자격을 논하는 것도 부족해 근거 없는 말로 중상하다니요! 이는 곧, 그에게 관등을 내리신 대고구려 태왕 폐하에 대한 불경된 소리이거니와, 양자 삼은 대공주 전하를 비롯한 황실을 모욕하는 반역 행위임을 알아야 할 것이오!"

관후장자寬厚長者로 불릴 정도로 과언한 바 없던 우경의 다소 격한 언사에 다들 놀라는 눈치였다. 그도 그럴 것이 공명정대하지 않은 일에 나서지 않는 이가 우경이었다. 그러한 이유로 제 편을 두남두기보다는 책하여 예하 수하들을 다스려 왔던 것이 그의 인의였고, 사람을 사는 방법이라 알려져 있었기 때문이다.

이때 다시 굵직한 목청이 끼어들었다.

"우경 선인의 말씀이 맞소! 적은 임유관에 있지 이 안에 있는 것이 아니외다!"

"근위 군장!"

금방 달려 당도한 듯, 갑옷 위로 뜨거운 김이 이글거리고 있는 장수는 다름 아닌 근위 군장 연태조였다.

"대고구려 태왕 폐하의 명으로 근위 군장을 사임하고 동부순노부 욕살의 자격으로 참전하게 된 연태조올시다."

"어서 오시오, 연 장군."

이미 시달을 받은 양, 강이식이 연태조를 반갑게 맞아 자신의 우측에 세웠다. 그리고 좌중을 향해 말했다.

"나 또한 우경 선인의 말에 동의하오. 이 자리는 장수의 자격을 논하는 곳이 아닌, 국운을 건 전쟁에 임하기 위해 전략을 논의하는 자리요. 사사로운 계심은 일에 방해만 될 뿐이니, 이 점 유념하기 바라오."

태왕의 측신인 우경, 막리지의 아들이자 근위 군장이었던 연태조, 게다가 대장군까지 같은 소리를 내니 더는 반박하는 이가 없었다. 물론 그렇다고 나의 분심이 사라지지는 않았다. 다만 소리를 낼 때와 내지 말아야 할 자리를 가려야 한다는 사실을 깨

닿는 순간이었다.

가리야.

나는 나를 폄훼하고 대공주 전하를 욕보인 장수들을 쉽게 용서할 수가 없다. 적과 대치한 전장에서 적이 아닌 아군의 흠구덕을 찾아 물고 늘어지려는 장수들의 정치적인 행보가 한심하기 짝이 없다. 그러나 나는 그들과 같은 우를 범하지 않을 것이다. 나의 적은 시시각각 다가오는 수나라군과 오아전선, 그리고 그들을 고구려에 보낸 양견이지 이들이 아니기 때문이다.

도새

 요하 위에 부교가 놓였다. 하류의 지대가 더 높은 지리적 특성 탓에 역류하는 강물에 휘말리지 않기 위해서는 배를 띄울 때도 줄을 달아매어 오가던 곳이다. 부교도 마찬가지였다. 강가에 세운 수십 개의 지지대와 부교를 단단한 밧줄로 꽁꽁 묶어 고정하는 일은 쉽지 않았다. 병사들뿐 아니라, 요동성 일대의 백성들이 죄 동원되었다. 통나무를 베어 뗏목을 만들고 널빤지를 덮어 묶고 잇는 작업이 사흘 바듯 계속되었다.

 무더운 날씨에 천근 같은 몸뚱이를 끌고 통나무와 씨름하는 이들 곁에서, 놀이패였다가 부역 나온 사내 셋이 북을 치며 노래를 불러 기운을 북돋웠다. 강이식의 지시였다.

 밧줄을 동여매던 노인 하나가 한참 만에 구부정한 허리를 펴고 일어섰다. 그을은 낯 위로 쏟아지는 땀을 닦으며 올려다본 하늘은 회백색 구름장으로 무겁게 가라앉아 있었다. 예사롭지 않은 습한 바람이 불고 있었다.

"모레 새벽쯤이면 오겠구먼."

"그러게 말이오. 하필 이때 장마가……."

"장마 말고. 그것이 먼저 오게 생겼으니 말일세. 예년보다 더 클 걸세."

나는 노인이 주먹밥을 건네는 청년과 나누는 의미심장한 말을 뒤로한 채 병사들을 독려했다.

"서둘러라! 오늘 밤까지 일을 마쳐야 한다!"

드디어 부교가 완성되고 다음날 먼동이 트기 직전, 강이식의 명령이 떨어졌다.

"전군 도강!"

나는 선봉에서 군사들을 이끌고 부교 위에 올랐다. 바람 때문에 부교가 심하게 흔들리곤 했다. 한 걸음 한 걸음이 조심스러울 수밖에 없었다. 그 뒤를 장수들이 각자의 말과 예하 군사들, 군사 장비를 이끌고 부교를 건넜다. 마지막으로 강이식의 병사들까지 무사히 건넌 것은 늦은 오후가 다 되어서였다.

다음날 새벽부터 바람이 점점 거칠어지기 시작했다. 강이식은 도강한 군사들을 모두 요하가 내려다보이는 산허리에 집결시킨 채 더 이상의 진군 명령은 내리지 않았다. 무언가를 기다리는 듯, 건너온 요하 저편에 우뚝 솟은 요동성만을 노려보고 서 있을 뿐이었다. 그렇게 밤이 되어도 강이식은 자리에서 미동도 하지 않았다.

예상대로 밤새 천둥 번개가 치더니 굵은 나무 허리마저 쥐고 흔들 만큼 어마어마한 바람에 실린 억수 같은 빗줄기가 쏟아붓기 시작했다. 곤두선 파고가 어지간한 집채를 넘겼다. 나는 강이식이 폭풍과 큰비를 맞고 서 있는 뒤에서 그를 지켜보고 있었다.

문득 전날의 일이 떠올랐다.

전략회의 석상에서의 불미스러운 언쟁이 있은 다음날의 일이었다. 강이식은 내게 부교 놓는 일의 지휘를 맡기기 위해 다시 호출했다. 그는 성루에 앉아 차를 마시고 있었다. 그와 탁자를 마주한 이는 연태조였다.

"자위 을문덕. 부름에 응하였소, 대장군."

얘기를 나누던 강이식이 말을 끊고 돌아보았다.

"부교가 완성되려면 시간이 얼마나 걸리겠는가?"

"군사들을 모두 배가 아닌 부교로 건너게 하실 요량이오?"

"그렇네."

"어차피 전군의 발이 요하에 묶여 있으니 백성들까지 모두 동원한다면 사흘이면 충분하오."

"이행하게."

그뿐이었다. 강이식은 더 이상 말이 없었고, 연태조 또한 생각에 잠긴 것처럼 뜨거운 찻잔에서 입술을 떼지 않고 있었다.

"명 받들겠소, 대장군."

목례를 하고 돌아서려는데 그제야 연태조가 묵직하게 입을 뗐다.

"이유를 듣지 못하였네만……"

나는 바로 알아듣지 못했다.

"무슨 이유를 말씀하시는 게요?"

"오아전선까지 끌고 나온 수나라 수군이 보급병일 거라 말한 이유 말일세."

"그렇네. 어찌 그리 단정하였는가?"

강이식 또한 내 쪽으로 돌아앉으며 되물었다. 나는 기탄없이 의견을 개진할 수 있는 기회라 여겼다.

"임유관에 집결한 수나라 정예부대가 며칠째 움직임이 없다는 사실에 기인한 것이오. 적림積霖. 장마이 오기 전에 요하를 건너야 유리할 텐데도 말이오."

"수군의 상륙을 기다리고 있다?"

"지난해 폐하께서 요서의 영주를 뒤집어 놓지 않으셨소? 병참 기지가 박살났으니 그들은 진군하는 동안 양민들에게서 식량을 조달해야 하오. 허나 임유관에서 요하에 이르는 길목은 척박한 산지와 구릉, 험난한 강줄기가 이어져 있어 30만 대군을 먹일 만한 식량을 구할 수가 없는 형국이오. 보급병을 동원해 업고지고 온다 한들, 요동성을 함락시키지 않는다면 더 이상의 전진이 어려울 터. 수나라 수군의 일단 목표는 요동성까지 진군한 군에게 보급을 하는 것일 테고, 그다음 수순이 장안성일 것이라 생각하였소."

묵묵히 듣고 있던 연태조가 찻잔을 조용히 탁자 위에 내려놓았다. 그를 가까이에서 다시 보니 처음 만났을 8년 전과는 사뭇 달라진 모습이었다. 서생처럼 약골로만 보였던 체신에 살집과 근육이 붙어 견두가 부목처럼 커졌고, 코밑과 턱을 둘러 기름 발라 반지르르한 수염이 무성하고 가지런했다. 이렇듯 장성한 사내의 풍모를 풍기며 영민하고 총기 넘치던 옛 눈빛에 위압적인 기운까지 더하니, 장수로서 전혀 모자람이 없어 보였다. 나약한 외관으로 하부를 통솔하기에 부족함이 있다고 하여 부러 몸을 키운 것이라 들어 알고 있었다.

"을문덕 공, 그대의 예상이 맞았네. 장안성으로 향하리라 예상했던 수나라 수군이 기수를 돌렸다는 사실을 오늘에야 확인할 수 있었네."

예상은 했으나 뜻밖의 자리에서 마주한 소식에 다소 당황했다. 대공주의 양자에 맞는 '공'이라는 호칭까지 쓰며 예우하는 연태조의 말은 나직하지만 심도하게 이어졌다. 나의 예상이 맞았다는 사실에 강이식과 연태조의 나를 보는 시선이 확실히 달라졌음을 알 수 있었다. 황실에 대한 충심으로 나를 두둔해야 했던 예의가 아닌, 나라는 존재에 대한 비상한 관심이 분명했다.

"그들의 목표는 요하 하구의 비사성을 돌아 임유관으로 들어가든가, 비사성에 상륙하여 요동성에서 진군하는 정예군과 만나 보급을 전달하고 협공하겠다는 계획이겠지. 나는 후자라 생각되네만……."

"아마도……. 하지만 전자든 후자든 그 어떤 것도 그들 원하는 바대로 순조롭지는 않을 것이오."

"어찌 그리 생각하는가?"

"도새^{태풍}! 곧 큰바람이 불 것이기 때문이오."

나는 그리 장담했었다. 어린 시절, 어미와 산속에서 살면서 생존하기 위해 피부로 익혀야 했던 경험과 불거로에게 배운 천문지식이 통했다고 볼 수 있었다. 갑작스레 불어난 잠자리가 떼를 지어 다닌다거나, 해안의 들쥐들이 뭍으로 이동해 전에 없이 깊은 굴을 판다든가, 물고기 몰려다니는 꼴, 게가 육지로 몰려드는 행위, 새가 향하는 방향, 바뀐 풍향, 격한 바람, 유난히 습한 공기 등 매해 겪는 도새에는 분명한 공통점이 있었다. 별자리가 바뀌지는 않지만, 보이지 않던 별이 보이고, 보이던 별이 사라지는 것도 그 증거였다. 부역 나온 노인이 장마 아닌 그것, 예년보다 더 클 것이라 말한 큰바람, 즉 도새를 예상한 것도 해박한 지식이라기보다 오랜 경험치였다.

강이식은 나의 의견을 십분 받아들였다. 그 또한 전장에서의 오랜 연륜으로 이 정도는 충분히 눈치채고 있었으리라. 그는 곧 고승에게 5천의 군사를 주어 요동성을 지키게 하는 한편, 뒤늦게 도착한 원의 아우 고건무가 자청하니 이 역시 5천을 주어 비사성으로 향하게 하였다. 그리고 나머지 4만의 군사들을 모두 도새가 닥치기 전에 도강하도록 했던 것이다.

다시 새날이 되었다. 하늘은 낮과 밤의 구분이 어려울 지경으로 층층했다. 빗줄기가 거세져 눈을 뜨고도 지척을 분간하기 힘들었고, 굵은 나무가 뿌리째 뽑혀 나갈 정도로 폭풍이 사나웠다. 사방팔방 검불과 돌멩이, 심지어 먼 하늘에 초가지붕이 통째로 날아다니기도 했다. 병사들은 진막을 치지 못한 채 동굴 안에 자리를 잡거나, 바위 아래 몸을 구겨 넣은 채 밤을 지새워야 했다. 이미 예상했던 일이었기에 군사들은 미리 준비해 온 주먹밥으로 때식을 때우며 기다렸다.

드디어 부경을 건넌 지 나흘째 되는 날 오중에 못 미쳐, 강이식과 내가 그토록 기다리던 신호를 확인할 수 있었다. 저 멀리 요동성 성곽 위에 희뿌연 연기가 피어오르고 있었다.

"봉화다!"

세찬 빗줄기 속에서 태산처럼 버티고 서 있던 강이식이 전군을 향해 돌아서며 외쳤다.

"전군, 출격하라!"

가리야.

드디어 봉화가 올랐다.

요동성 성곽 위에 희뿌연 연기가 솟아오르는 순간, 내 염통이 크게 들먹였다. 대장군도 나와 뜻이 같을진대 그 와중에도 눈빛은 의연했고, 호령은 천하를 집어삼킬 듯하여 이를 따르는 전군이 기세등등했다. 그대로 달려 일거에 30만 대군을 짓밟아 버릴 수 있을 것만 같았다.

　아느냐, 봉화가 무엇을 의미하는지? 어찌하여 내 염통이 이토록 용약하는지?

　우리가 승리하였다는 소식이다. 즉 나의 계략이 맞아떨어졌다는 소리인 게다. 내가 곧 도새가 올 것이라 했다. 동부 욕살은 곧 도새가 올 것이라는 사실에는 동의했다. 하지만 도새와 장마는 적뿐 아니라 아군에게도 불리한 상황이니 당장 나아가 싸우지 말고 때를 기다릴 것을 주장했다. 나는 반대로 지금이 바로 '그때'라고 말했다. 다행히 대장군은 나의 주장을 받아들였다.

　대장군이 태제 전하에게 명하여 비사성 인근 해역에 그물을 치고 기다리라 하였는데 그것 또한 내 계략이었다. 적선들이 태풍에 이리저리 끌려다니다가 해안으로 들어오는 즉시 걸려 표몰하도록 쳐놓은 그물이란 말이다.

　이제 남은 것은 30만 대군을 임유관 밖으로 끌어내는 일이다. 이 비바람에 대군을 이끌고 행군할 엄두도 나지 않겠지만 무엇보다 군량을 보급받지 못하게 된 적은, 절대 임유관 밖으로 나오려 하지 않을 것이다. 후방에서 오는 보급을 기다리면서 비바람이 거치기만을 기다리려고 하겠지. 하지만 나는 그때까지 기다리지 않을 생각이다. 우리에게 유리한 이때를 놓칠 수 없기 때문이다.

　기도해다오. 내가 나의 나라 고구려를 위해 공을 세울 수 있기를. 나로 인해 대고구려 태왕 폐하의 위명이 선황이신 광개토

태왕 폐하의 그것을 능가하여 감히 그 어느 누구도 넘보지 못할 나라로 거듭날 수 있게 되기를. 그리고 무엇보다 내가 무사히 돌아가 너를 다시 만날 수 있게 되기를.

도발

고구려 군사들은 폭풍우를 뚫고 달리고 달렸다. 내가 선봉이 되어 이끄는 기병 5천은 개마무사가 아니었다. 찰갑 아닌 그보다 가볍고 단순한 갑옷을 입은 일반 기병들이었다. 그럼에도 의기가 충천했다. 길은 진창이었고, 계속된 비로 갑옷은 흠뻑 젖어 더욱 무거워졌고, 곳곳에서 산사태가 나는데도 불구하고, 기민하게 움직였다.

길 밝은 요서 출신 병사의 인도에 따라 바닷길을 따라 만 나흘을 달렸다. 적은 영주에 총관을 두었을 뿐 방만히 여겼기에 몰랐을 테지만, 고구려는 과거 우리 땅 요서의 서쪽 또한 구석구석 아주 잘 알고 있어 가능한 일이기도 했다.

드디어 바닷길을 가로막은 웅장한 장성萬里長城의 끝자락이 육안에 들어왔다. 동북과 화북 지역을 가르고 화華와 이夷를 나누는 경계인 임유관이 있는 곳이었다. 즉, 관내는 중원의 민족이요, 관외는 이민족이라는 그들만의 세계관을 확실히 하는 장성의 동쪽 끝이 바로 임유관이라는 소리였다.

우리는 임유관을 멀리서 관망할 수 있는 산 정상으로 올라갔다. 북쪽의 연산燕山을 타고 내려와 관문을 통과하여 거센 파도가 무섭게 휘몰아치는 보하이해에 이르는 전체적인 지형이 한눈에 들어왔다. 병풍 같은 산맥을 타고 이어진 끝이 보이지 않는 성벽, 그 끝에 출렁이는 바다라니. 말을 타고 이동하는 북방 유목민족을 방어하기에 이보다 더 좋은 지형이 어디 또 있을까? 천혜의 군사적 요충지임이 확실했다. 30만 대군이 집결한 그곳을 소수의 고구려군이 함락하기는 절대 불가능했다. 역시 그들을 치기 위해서는 끌어내는 방법밖에 없었다.

나는 산 위에 진막을 치고 며칠을 기다렸다. 억수같이 내리던 비와 사정없이 불어 제치던 바람은 이미 잦아들었다. 격렬했던 도새가 끝난 것이다. 수나라군은 고구려군이 도새를 뚫고 접근해 와있으리라고는 상상도 하지 못 하리라. 혹여 적의 척후가 보았더라도 극악한 폭풍을 뚫고 달려온 고구려군의 기상에 기함하였으리라.

뒤미처 도착한 연락병이 비사성에서의 승리를 상세히 전달했다.

"장안성 쪽에서 기수를 돌린 적의 군선들이 비사성 인근 해역에 모습을 드러낸 것은 불과 열흘 전의 일이었습니다. 태제 전하께서는 미리 전군을 눈에 띄도록 해안에 배치하였지요. 낮이면 비사성 하늘 가득 연기를 피워 올리고, 밤이면 대낮처럼 환하게 불을 밝힌 채 적을 기다렸습니다. 다행히 가시거리에서 멈춘 적들은 척후선을 띄우는 것 외에 다른 행동을 보이지는 않았습니다. 아무래도 조수의 시기와 지형을 살피는 것 외에도 아군의 수효가 예상외로 많다는 사실에 조심스러운 듯했습니다."

연락병은 급하게 달려오느라 턱에 받친 숨을 다시 고르며 말을 이었다.

"하지만 다음날 동이 트기도 전에 적선들이 일제히 해안으로 밀려들기 시작했습니다. 마침 도새의 조짐이 보이기 시작했고 바다 한가운데에서 도새를 맞을 수 없었던 적들이 다급하게 상륙을 시도하려 했던 것입니다. 오아전선에서 어마어마한 크기의 투석이 날아와 비사성 벽을 연신 두들겼고 우리 군 또한 투석과 포노를 쏘아 응수했습니다. 적들은 기를 쓰고 상륙하려고 했지만, 해변에 발을 들여놓기가 무섭게 고구려군의 화살에 맞아 쓰러졌습니다. 그렇게 들어오려는 적과 저지하려는 아군의 충돌로 인해 서로 백병으로 도륙하기를 하루 바듯. 이때 태제 전하께서는 폐하께서 내리신 용천도를 휘두르며 총력을 다해 적을 막아내셨습니다. 그리고 드디어 기다리던 도새가 시작되었습니다."

비사성으로 급파되었던 고건무는 강이식의 지시를 정확히 수행해냈다. 비사성에 밥 연기를 크게 피우고 햇불을 밝혀 아군의 수효를 과장하는 것으로 시간을 벌자 했던 것도 나의 계략이었다. 상황을 듣고 있는 내내, 내가 그린 그림대로 전개되는 전세에 숨이 벅차올랐다. 드디어 적병이 도새를 만났다는 구절에서는 온몸에 전율이 일 정도였다.

"삽시간에 바다는 아수라장이 되었습니다. 바다가 끝도 없이 뒤집어지고, 바람은 땅에 발붙인 모든 물자를 날려버리고, 하늘이 터져버리기라도 한 듯 엄청난 폭우가 계속되었습니다. 적의 군선들은 제대로 된 싸움 한번 걸어볼 새도 없이 거대한 풍랑에 표몰하기 시작하였습니다. 오아전선이라고 별반 다를 바가 없었습니다. 오아전선이 산더미 같은 배였다면 태풍은 그 산더미마저 뒤엎을 만한 기세로 덮쳤지요. 그렇게 거친 풍랑과 사투를 벌이던 오아전선도 해안으로 밀려왔다가 미리 쳐놓은 그물에 걸려 중심을 잃고 넘어졌습니다. 넘어지면서 몇 번이고 암초에 부딪히기도 했습니다. 결국 그 형체를 알아볼 수 없을 만큼 악살박살이 나더니 반 시진 만에 시야에서 사라져 버리고 말았습니다. 그 와중에 살아남은 적병들이 해안가로 올라오기도 했지만 대부분 고구려군에 의해 죽임을 당했습니다. 그렇게 주라후의 수군은 우리 해안에서 초멸하였습니다."

마치 직접 보고 온 듯한 연락병의 구체적인 설명이 끝나기를 기다렸다가 물었다.

"대장군의 전언은?"

"이번 비사성에서의 승리는 성을 지켜낸 태제 전하의 공도 크거니와, 천문을 읽어 직언한 자위 을문덕의 공 또한 크다. 이를 태왕 폐하께 장계로 올릴 것이니 자리에 없었음을 서운해하지 말라. 임유관에 그대를 선봉으로 보낸 것 또한, 의심을 품은 이들에게 그대의 진가를 보여주고자 함이다. 그런즉, 적들을 토벌하는 것에 진력을 다하라."

순간 직전과는 또 다른 뜨거움이 불끈 솟구쳤다. 항시 뒷전에서만 모시던 상관으로부터 이제야 진정 인정을 받은 셈이니 태왕에게 통하지 않더라도 충분히 황감했다.

"대장군께 전하라. 자위 을문덕은 임유관에 버티고 있는 적들을 끌어내어 모조리 소탕하기 전까지는 결코 살아서 돌아가지 않겠노라고."

나는 그리 짤막하게 전언을 남기고 진막 밖으로 나갔다. 어느새 작열하는 햇살이 눅눅한 갑옷 위를 뜨겁게 달구었다.

어비루가 다가와 조용히 말했다.

"덕아, 군사들 모두 너의 명령을 기다리고 있다."

"아니, 아직 때가 아니다."

나는 임유관 너머 먼 하늘을 노려보았다.

"바다의 적은 도새로 잡는다……. 자네 말대로만 된다면 우리 군의 손실도 최소화할 뿐 아니라, 임유관의 30만 적병 또한 보급받지 못하게 되니 큰 타격을 받게 되겠군. 스스로 돌아가는 길 밖에……."

내가 두 사람 앞에서 도새를 이용해 바다의 적을 저지할 수 있다고 말했을 당시, 강이식과 연태조의 눈빛은 심하게 흔들리고 있었다. 연태조는 이미 황실의 천문관을 통해 도새의 접근을 확인하고 온 직후라고 했다. 다만 의견은 달라 그는 나아가 싸우기를 만류했고 나는 지금이 최적기라고 주장했던 것이다.

"돌아가면 다시 올 것이오."

"그럼 수많은 전투를 치러낸 수나라 정병 30만을 어찌 상대하면 좋은가? 왠지 자네의 생각이 궁금하군."

"다음은 적림이오."

"적림? 장마 말인가? 예상했던 일이네만……"

"허허. 도새에 장마라……. 그게 그것 아닌가? 대체 무슨 이유인가?"

비웃는 듯한 연태조의 태도와는 달리, 강이식은 신중히 내 입을 주목했다.

"『손자병법孫子兵法』『지형地形』편에 보면 지형支形이라는 말이 나오외다. 아군이 출격해도 불리하고 적군이 출격해도 불리한 형세를 말함이오."

"요서의 형세가 바로 그 지형이란 말인가?"

"적림기에만 그러하오."

"여름이면 항상 큰바람과 장마가 번갈아 오지. 아군에게도 적군에게도 불리한 조건이니 당분간은 우리도 때를 기다려 적을 맞을 준비를 더 강건히 해야……"

"요하 하구를 보통은 요택遼澤이라 부르외다. 큰비라도 내리는 날이면 감탕밭 정도가 아닌, 곳곳에 깊은 구렁이 이어져 아무리 헤엄을 잘 치는 자라 할지라도 빠져나오기 힘든 광활한 늪지가 되어 버리오. 기동성은 군 병력이 움직이기에 매우 곤란한 곳이라는 말씀이오."

"늪지라……. 요서의 지리를 어찌 그리 잘 아는가?"

"양친의 고향이 이곳 요하요. 터를 잡기는 요동이었지만 요서를 자주 오갔기에 그러하다, 어머님이 자주 말씀하셨소. 감탕밭이 된 요택에 잘못 들어갔다가는 발이 묻혀 사나흘 묶여 있다가 결국은 굶어 죽게 된다고도 말씀하셨소."

"요택으로 적을 끌어들이자, 그 말인가? 그래, 자네 말대로 도새로 수나라 수군을 잡는다 치세. 하지만 임유관에서 버티고 있는 수나라 정병을 어떻게 요택으로 유인한다는 말인가? 보급선이 끊어진 상태에서 시간이 걸리더라도 육로를 통한 보급을 기다리지 않겠는가? 굳이 적림기에 군량도 없는 군이 무모하게 적국에 들어가는 법은 없네. 게다가 양량의 곁에는 고경이 있지 않은가."

한왕장사 고경이 누구인가? 자는 소현昭玄으로, 그의 신묘한 지략은 진나라를 정벌할 때 크게 쓰여 수나라 개국 공신이자 중원 통일의 일등 공신으로 인정받고 있었다. 게다가 도량이 넓고 우수한 인재를 알아볼 줄 알았다. 그 때문에 시기 질투로 얽힌 수많은 모략에도 불구하고 양견의 절대적인 신뢰를 잃지 않은 충신이었다. 아무리 어리석은 양량일지라도, 곁에 노련한 왕세적과 군사 고경이 있는 한, 절대 호락호락하게 넘어오지는 않을 거란 소리였다. 그럼에도 나는 확신이 있었다.

"끌어내면 되오."

"어떻게?"

당시 강이식보다 연태조의 놀라움은 눈빛에서 극명하게 드러났다. 나의 확신을 의심하는 듯했지만, 수나라 수군의 전멸을 확인했으니 이제 더는 의심하지 않으리라. 강이식은 오히려 나의 건투를 빌고 응원까지 하지 않는가. 더 이상 두려워할 것이 없었다. 나는 나의 길을 수행하고, 그것이 나의 나라를 구할 길이라는 것에 자신이 있었다.

**

며칠 후, 다시 하늘 가득 짙은 먹구름이 무겁게 내려앉았다. 산중에 있으니 안개 때문에 지척조차 분간이 힘들 지경이었다. 곧 장마가 시작될 조짐이 분명했다.

나는 북을 치게 하여 쉬고 있던 병사들을 들깨웠다. 불을 피우지 못해 날쌀을 씹어야 했던 병사들에게 불을 피워 밥을 해 먹게 했다. 드디어 우리가 코앞까지 와 있을 것이라고는 추호도 예상치 못하고 있을 그들 앞에 등장해야 할 때였다.

"든든히 먹어둬라! 이 전투가 끝나는 순간까지 적의 목을 치느라 밥 먹을 새도 없을 것이다!"

예상대로 보급선이 비사성 앞 바다에서 전몰 당했다는 보고를 들은 수나라 정병들은 날이 갠 이후에도 관문을 나서지 않았다. 다시금 육로를 통해 보급품을 전달받기 위해서는 얼마의 시간이 더 걸릴 것이다. 그 전에 끌어내는 것이 답이었다.

그들은 5천 명에 불과한 적이 눈앞에서 설레발치는 것을 가만히 두고 보지 않을 것이다. 얕잡아볼 것이다. 잠시 짬을 내어 짓밟아 주고 와도 될 만하다 여길 것이다.

"임유관 앞으로!"

며칠 꿀 같은 휴식을 누린 군사들은 분연히 일어나 말에 올랐다.

나와 5천의 기병들은 임유관 관문 앞 500보 앞에서 멈췄다. 그리고 북을 치고 소리치며 우리의 등장을 알렸다. 한족의 언어를 잘하는 병사가 선창하면 나머지 병사들이 복창했다.

둥둥둥둥둥.

"허풍쟁이 양량, 이놈!"

"허풍쟁이 양량, 이놈!"

"당달봉사 왕세적, 이놈!"

"당달봉사 왕세적, 이놈!"

"겁쟁이 고경, 이년!"

"겁쟁이 고경, 이년!"

둥둥둥둥둥.

"꽁무니 뺀 애꾸눈 주라후 꼴에 겁먹었느냐?"

"주라후 꼴에 겁먹었느냐?"

"고구려 땅을 밟으려면 요하를 건너야지! 임유관이 웬 말이냐?"

"임유관이 웬 말이냐?"

"싸움에 진 개 꼴로 숨지 말고 어서 나와 놀자꾸나!"

"어서 나와 놀자꾸나!"

'이 무슨 소리?' 하며 하나둘 고개만 내밀던 적들이 관문 위에 새까맣게 달라붙어 지켜보기 시작했다.

드디어 임유관 성벽 위에 황금 갑옷을 입은 양량이 나타났다.

"개떼처럼 몰려와서 떠드는구나! 주라후를 물리친 것이 네 놈들 실력이냐? 운이 좋았던 게지! 내 당장 나아가 네 놈들의 그 간악한 혀를 잘라내고 더 나아가 너희 왕 고원의 불알을 베어 환관으로 입조시키고 싶다만! 날이 궂구나! 오느라 무릎도 시릴 텐데 가서 좀 쉬고 날이 개면 다시 오거라!"

목청이 10리에 달할 것처럼 우렁찬 적병 하나가 양량의 말을 전달했다.

나는 기다리고 있던 바, 홀로 말을 달려 100보 당겨 멈췄다. 그리고 바닥에 긴 창을 꽂은 채 배에 힘을 바짝 주고 목청을 돋웠다.

"환관이라니? 그럴 배짱이나 있느냐? 네 애비 양견의 소문은 들었다. 몰래 첩을 들였다가 그 첩의 목이 베이니 마누라 무서워서 산속으로 도망쳤다지? 스스로 천제의 아들이라 하더니 내 보기엔 겁보에 사내값도 못하는 졸자가 아니더냐? 너 또한 그 애비에 그 아들인데 내 어찌 너의 말을 겁박으로 듣겠는가? 지나던 개도 웃을 소리로 들리는구나! 핫하하하하하!"

중원을 통일한 수나라의 황제 양견이었지만 그에게도 함부로 할 수 없는 이가 있었으니 그가 바로 황후 독고가라였다. 양견은 황제가 되어서도 절대 후실을 들이지 않기로 독고가라에게 약조한 바 있었다. 하지만 그런 양견이 위지형(尉運逈)의 딸 위지씨를 총애하게 되었다. 독고가라가 이를 보고만 있을 리 없었다. 질투가 심했던 그녀는 위지씨의 목을 베어 그에게 보내버렸다. 결국 이에 분노한 양견이 궁을 뛰쳐나갔다는 일화는 이미 만국의 입방아에 오르내리던 얘기였다.

필부도 아닌 일국의 황제가 마누라 무서워 도망을 쳤다며 모두 뒤에서 비웃고 있었으니 이를 듣는 아들 입장이 얼마나 분하고 치욕스러우랴. 그 분심을 계산에 넣은 소리였다. 왕세적과 고경의 만류를 뿌리칠 수 있을 만큼 도발해야 한다. 부박하고 변급한 양량을 끌어내는 방법으로 그 애비와 아들을 동일시해 치부를 건드리는 것 만한 것이 또 있으랴?

역시나 잠시 후, 양량이 반응했다. 굵은 빗줄기가 쏟아지기 시작했다.

임유관 전투

　임유관 성벽 위에서 요란하게 흔들리는 황금 갑옷이 보였다. 양량이 관문 위에서 악을 쓰고 몸부림치는데 이를 말리는 자가 또 보였다. 왕세적, 아니면 고경일 것이다. 겨우 5천의 군사가 감히 도발하는 것에는 분명 함정이 있으리라, 그래봐야 오천이지, 이런 실랑이를 하고 있음이 틀림없었다.

　"감히 천자이신 나의 아바마마를 욕되게 하다니! 누가 나가 저 자의 목을 가져오라!"

　드디어 양량의 흥분한 고함 소리에 이어 굳게 닫혀 있던 관문이 열렸다. 그 안에서 흑마를 탄 7척 거구의 장수 하나가 달려 나왔다.

　"편장군 주왕소, 대수국의 황제 폐하와 황자 전하를 욕보인 자의 세 치 혀를 잘라 고원의 머리와 함께 갈아 마셔 버리겠다!"

주왕소가 제 키의 세 배는 됨 직한 긴 창을 말 머리 앞으로 쭈욱 뻗은 채 질풍처럼 달려왔다. 쏟아지는 빗줄기마저 좌우로 갈라질 듯한 기세였다. 나는 미동도 없이 그를 지켜보고만 있었다. 그가 30보 앞 가까이 오는 것을 기다려서야 바닥에 꽂아 두었던 창을 빼 들었다. 그리고 있는 힘껏 창을 날렸다. 창이 물결치듯 온몸을 뒤흔들며 날아가는 것을 나는 한순간도 놓치지 않고 지켜보았다. 창은 정확히 그의 염통이 있는 갑옷 자리를 뚫고 들어가 등 밖으로 한 치나 튀어나왔다. 말 뒤로 나가떨어진 그가 몇 차례 사지를 버르적거리기는 했지만, 그뿐이었다. 놀란 흑마가 아직도 열이 펄펄 끓고 있는 주인의 시체를 말고삐에 달고 달아나는 동안, 주변은 굵은 빗줄기가 바닥을 치는 소리뿐이었다.

순식간의 일이었다. 누구도 방금 무슨 일이 일어났는지 단박에 깨닫지 못한 듯 정적만이 가득했다. 하지만 곧 고구려 군사들 속에서 함성이 터졌다.

와아아아아아!

"수나라 장수는 일합도 안 되는구나! 다음은 누구냐? 나 자위 을문덕이 얼마든지 상대해주마!"

임유관 성벽 위에서 30만이 한꺼번에 웅성거리는 소리가 웅웅 울렸다.

곧 또 다른 장수 하나가 다시 열린 관문을 통해 나왔다. 이번엔 창과 유사하나 날이 더 크고 끝이 휜 언월도를 든 장수였다. 그 또한 기골이 장대하여 무거운 언월도를 자유자재로 휘둘렀다.

"야만족 고구려의 개종자야! 거기 딱 기다려라! 정남장군征南將軍 손오운이 네 온몸을 천참만륙天斬萬戮하여 개의 먹이로 던져줄 것이다!"

나는 어비루가 던져준 창을 다시 고쳐 쥐고 손오운을 맞기 위해 말 옆구리를 가볍게 찼다. 상대가 조금 전 편장군보다 직위가 높은 자라 그만한 대우를 해줘야겠다는 의미는 아니었다. 그저 첫 싸움에서 점점 끓어오르는 피를 주체하지 못한 탓이었다. 차가운 빗줄기도, 사나운 바람도, 나의 불길 같은 투지를 누르지는 못했다.

'죽여주마, 대고구려의 원수들아!'

창촉과 언월도의 날이 부딪치며 큰 울림과 진동이 온몸으로 전해졌다. 무게로 보나, 크기로 보나 언월도를 상대하기에 나의 창은 빈약해 보였다. 하지만 고구려의 철은 최강이었다. 고이산성高爾山城이 있는 무순撫順에서 생산된 최강의 철로 활촉과 검, 창촉, 찰갑, 심지어 편자, 경첩까지 만들었다. 수나라의 무구가 제아무리 강하다 한들, 고구려의 철을 이기지 못하니 나의 창이 언월도를 두려워할 리 만무했다.

단 삼 합 만에 언월도의 환혈에 걸린 명주 수술이 보기 좋게 끊어졌다. 그 틈에 나의 창은 손오운의 염통을 향해 깊숙이 비집고 들어갔다. 손오운이 나의 창을 휘어잡으려고 했으나 허용치 않았다. 대신 나의 창대가 파도처럼 휘어지면서 손오운의 옆구리를 후려쳤다. 손오운은 말과 함께 열 자는 더 밀려났는데 언월도를 고쳐 잡으려던 그의 시도는 무산되었다. 투구 아래 드러난 두 눈에 창날이 꽂혀 뒤통수가 관통되었기 때문이다.

와아아아아!

"누구 없는가? 저 발칙한 만적의 목을 따 오는 자에게 큰 상을 내리겠노라!"

충격에 휩싸여 있을 양양의 괴성이 고구려 군사들의 함성에 묻혀 들리지 않았지만 들리는 듯했다.

그런데 이때, 이어지는 방울 소리. 관문이 다시 벌어지면서 나선 것은 투구 끝에 여러 개의 방울을 단 장수였다. 전장에서 방울을 단 노장이라, 들은 바가 있었다. 진나라 정벌의 최고 수훈자로 수나라 개국 공신이기도 한 거기장군車騎將軍 하약필賀若弼이 분명했다. 아비인 주나라 하돈이 황제에게 입을 잘못 놀려 사형당하기 직전, 아들에게 "입을 신중히 놀리라"는 유언을 남겼는데, 이를 지키기 위해 경종의 의미로 방울을 달고 다닌다는 바로 그였다.

"나, 하약필의 창을 받으라!"

하약필은 우렁찬 음성으로 짧게 소리치며 백마를 달려 나왔다. 그사이 나는 손오운의 낯짝에 꽂힌 창을 비틀어 뽑았다. 터진 눈알과 뇌혈이 창끝에서 뚝뚝 떨어져 빗물에 번졌다.

하약필을 이 자리에서 베어 버린다면 나를 폄훼하고 평강과의 관계를 모함하던 자들의 삿된 주둥이를 보기 좋게 뭉개 버릴 수 있는 확실한 기회가 될 것이다. 노장이긴 하나 그 같이 명성 높은 적장이 나의 첫 전투에 나와 준 것을 하늘에 감사했다.

드디어 하약필과 나의 창이 허공에서 부딪쳤다. 그의 창끝에서는 오랜 전장에서의 경험과 자신감, 연륜이 묻어났다. 허를 찔러 들어오는가 싶다가 흘리고, 물러나는가 싶다가 치고 들어오고, 부러 허점을 보여 유도하는 등 그 수가 변화무쌍하여 종잡을 수 없을 지경이었다. 그렇다고 물러설 수는 없는 법. 그의 수가 절묘하고 능글차다면 나의 수는 강강하고 정직했다. 게다가 나는 혈기방장한 이십 대였으니, 합이 길어질수록 오십을 넘긴 노장의 동작이 숨차게 보이기 시작했다.

끝내 투구와 방울을 잃고 옆구리에 창상까지 입은 하약필이 등을 보이고 달아났다.

"천하의 하약필이 늘그막에 고생이 많구나! 양량아, 변견들의 실력은 충분히 보았으니 주인이 직접 나와 내 창을 받아보는 게 어떠하냐? 그래도 그 나라 왕의 아들이라니 곱게 목은 보존하고 사지육신만 잘라 임유관을 감싸고 있는 저 무심한 파도에 던져주마!"

"네 이놈! 감히 나를 모욕해?! 당장 저놈을 잡아 오라! 저놈의 배 속을 산채로 뒤집어서 숨이 끝날 때까지 내장 하나하나를 끊어놓고 말겠다! 당장 저놈을 죽여라!"

동시에 관문 위에서 억수 같은 화살이 쏟아졌다. 순간 비의 굵기가 커진 것이라고 여길 정도로 갑작스러운 반응이었는데, 제일선에서 표적이 된 나를 향한 비겁한 공격이었다. 쏟아지는 화살을 쳐내며 말 뒤로 구르듯 뛰어내리자 수백 개의 화살이 말의 온몸을 관통했다. 다행히 어비루의 빠른 대처로 이십여 명의 아군들이 방패를 겹겹이 잇대어 나를 보호하고 200보 뒤로 끌어냈다. 화살은 더 이상 무거운 빗줄기에 힘을 잃고 닿지 않았다.

가리야.

상황은 순식간에 급박하게 돌변했다. 거친 빗줄기를 뚫고 관문 위에서 두드리는 커다란 북소리가 요란하게 들렸다. 마침내 새는 바가지처럼 감질나게 열리던 관문이 쩌렁쩌렁한 소리를 내며 활짝 열리는 순간이었다.

너는 30만 대군을 본 적이 있느냐? 선황이셨던 평원태왕 폐하의 천도 때도 이리 많은 수는 아니었다. 우리가 함께 겨루었던 제천 행사 때의 구경꾼들도 이처럼 많지는 않았다. 꾸역꾸역 밀려 나오는 것이 마치 수문이 터져 밀려 나오는 강물처럼 끊임이 없었다. 순식간에 임유관 앞이 사람의 떼로, 군마로 가득 찼다.

그 수를 굳이 셀 필요는 없으리라. 그 수가 1만이든 30만이든 내가 끌어낸 것이니 말이다.

다만 고작 오천뿐인 나의 군사들은 어떠했을까? 겁을 먹었겠지. 허나 염려하지 않았다. 우리는 대고구려의 용맹한 군사들이 아닌가. 네가 만들어준 찰갑을 입고, 네가 만들어 준 창과 검을 휘두르며, 누구보다 훌륭히 싸워줄 대고구려의 군사들임을 나는 믿는다.

〈2권에서 계속〉

살수의 꽃 1
을지문덕의 약조

초판 1쇄 발행 2022년 11월 10일

지 은 이 | 윤선미
펴 낸 이 | 윤중목
펴 낸 곳 | ㈜도서출판 목선재

책임편집 | 김수현
디 자 인 | 신유민

등 록 | 제2014-000192호 (2014년 12월 26일)
주 소 | 서울시 중구 필동2가 25 중앙빌딩 401호
      문화법인 목선재
전 화 | 02-2266-2296
팩 스 | 02-6499-2209
홈페이지 | www.msj.kr

ISBN   979-11-976611-6-7   04810
        979-11-976611-5-0   04810 (세트)

* 이 책의 판권은 ㈜도서출판 목선재에 있습니다.
* 본사의 허락이나 동의 없이 무단 전재 및 복제를 금합니다.
* 잘못 만들어진 책은 바꾸어 드립니다.